夏日终曲

［美］安德烈·艾席蒙 吴妍蓉 译

CALL ME BY YOUR NAME
André Aciman

外语教学与研究出版社
北京

雅众文化 出品

献给艾尔比欧，我的灵魂

目 录

第一章　回头不做，更待何时？　　1

第二章　莫奈的崖径　　59

第三章　圣克莱门特症候群　　153

第四章　魂牵梦萦处　　193

第一章 回头不做，更待何时？

"再说吧！"那字眼，那声音，那态度。

过去从来没人道别时跟我说"再说吧"。因为这听起来刺耳、草率、轻蔑，里边还挟有一层漠然，感觉能否再见到你，能否再收到你的音信，都无所谓。

这是我关于他的第一个记忆，至今言犹在耳。再说吧！

闭上双眼，念出这句话，仿佛又来到了多年以前的意大利：我顺着林荫车道走时，看着他走下出租车，宽松的蓝衬衫如波浪般起伏，胸口大敞着，戴着太阳眼镜，头顶草帽，上下都有肌肤露出来；下一秒钟，他就来跟我握手，把背包递给我，然后从出租车后备箱里拿出手提箱，并问我父亲是否在家。

一切或许始于那个地方、那个当下：那件衬衫，卷起的衣袖，浑圆的脚后跟在已磨损的布面草底凉鞋里滑进滑出，急着试探那条烫热的通往我们家的砾石道，似乎迈开的每一大步都在问："哪条路通往海边？"

今夏的住客。又一个讨厌鬼。

接着，几乎不假思索地，背对着出租车，他挥了挥手，朝车上另一位乘客，或许是从车站一起拼车过来的，吐出一句漫不经心的"再说吧"。没有称呼，也没有匆匆告别时过渡的俏皮话，什么都没有。他那简短的道别显得轻快、冒失而唐突——随你怎么说，他才不在乎。

看着吧，到时候他也会这样跟我们道别。用那句粗声粗气又鲁莽的再说吧！同时，我们得忍受他漫长的六个星期。

我感受到了威胁。他肯定是那种难相处的人。

不过，我也可能会慢慢喜欢上他。从他圆圆的下巴到圆圆的脚后跟。可是，接下来的几天，我开始恨他了。

正是他，几个月前相片还贴在申请表上的人，活脱脱地出现了，而且让人一见倾心。

为了指导年轻学者修改出版前的书稿，我父母每年夏季都请他们过来住。每年的夏天有六周，我必须腾出自己的卧室，搬进走廊那一头的房间，那里过去是我祖父住的，要窄小得多。冬天的几个月里，我们去城里住时，那个小房间就临时作工具间、储藏室和通风阁楼用，谣传与我同名的祖父长眠之后仍在里头磨牙。夏季住客无须支付任何费用，基本上能够随心所欲使用屋内的设施，只要每天花一个钟头左右帮父亲处理信件和整理文件即可。他们最后往往成了这个家的一分子。连续接待了十五年后，我们已经习惯了不只在圣诞节前后，而是一年到头，都会有明信片和礼物如雪片般飞来。他们深深眷恋着我家，每次来到欧洲，总会带着家人特地造访 B 城几日，到曾经短暂落脚的地方来趟怀旧之旅。

用餐时往往会多两三位客人，有时候是邻居或亲戚，有时候是同事、律师、医生等名利双收人士，他们在前往自家的夏季别墅前，顺路来拜访我父亲。有时候我们甚至向偶尔来访的夫妻开放自己的餐室，他们对这栋老别墅早有耳闻，纯粹想来一窥究竟。受邀与我们共餐时，他们完全像着了魔一样，跟我们聊很多自己的事情。而这时，总是在最后一分钟才接到通知的马法尔达则端出她的家常菜。虽然几杯玫瑰红葡萄酒（Rosatello Wine）下肚后，坐在午后炎热的夏日阳光里，人不免变得懒散迟钝，但是私底下内敛害羞的父亲，最爱听学有专长的早慧之士以数种语言高谈阔论。我们总把这段时光称为"正餐苦役"，过不了多久，那些即将长住六周的访客也会这么说。

一切或许始于他抵达不久后的一次磨人的午餐。当时他坐在我旁边，我总算注意到，尽管那年夏初在西西里岛短暂逗留时，他晒得有点棕褐色，但掌心和脚底、喉咙、前臂内侧都是一样的白皙、柔嫩，因为都没怎么晒过太阳。几乎是淡粉色的，像蜥蜴腹部一样光亮平滑。私密、纯洁、青涩，就像运动员脸上的红晕，或是暴风雨夜之后的一抹曙光。这些透露出的是我死也不会去问的事。

一切或许已经始于午餐后那些无止无尽的空闲时间，人人都穿着泳衣，在屋子内外懒洋洋地躺着，浑身瘫软，打发着时间，直到终于有人提议到礁石那边去游泳。不论是远亲近邻，还是朋友、朋友的朋友、同事，随便哪个人，只要他愿意来敲门询问可否使用我们的网球场，都能在这里四处闲晃、游泳、吃东西；假若待得够久，甚至可以住在客房。

或许一切始于海边。或许在网球场上。又或许就在他刚到的那天，我们第一次并肩同行的时候。我依吩咐为他介绍房子和周边地区，一样样讲过，最后带他穿过那道古老的锻铁大门，走到荒郊里那块偏僻得仿佛没有尽头的空地，然后朝曾经连接B城与N城、如今已然被弃置的铁轨走去。"附近有废弃火车站吗？"他把目光投向灼热太阳下树林的另一头，或许是想对屋主的儿子提出恰到好处的问题。"没有，附近从来就没有火车站。火车只是随叫随停。"他对这里的火车感到好奇，因为铁轨看起来那么窄。是有皇家标志的双节无顶货车，我解释道。现在，一些吉卜赛人住在里面。自打我母亲少女时期到这儿来避暑，他们就住在那里。吉卜赛人把两节脱轨的货车拖得离海更远了。我问他："想去看吗？""再说吧。或许吧。"真是有礼的冷淡，仿佛他察觉出我在以过分的热情去讨好他，便立刻把我推开了。

此举刺痛了我。

不过，他倒是说想在B城的银行开户，然后去拜访他的意大利语译者，那是他的意大利出版商为他聘请的。

我决定骑自行车带他过去。

骑车时的对话不比走路时更顺利。途中，我们停下来找东西喝。烟草店酒吧里漆黑一片，空荡荡的，老板正用刺鼻的氨水拖地，我们就尽快离开了。一只寂寞的乌鸦栖息在地中海松上，刚唱出几个音符，旋即就被喋喋不休的蝉鸣淹没。

我大口大口喝着大瓶矿泉水，然后递给他喝，接着自己又拿来喝。我倒了一些在手上，抹抹脸，再沾湿手指梳理头发。水不够冷，气泡太少，留下了那种意犹未尽的渴。

大家都在这里做什么？

不做什么。就是等夏天结束。

那么，冬天做什么？

答案到了嘴边，我不禁露出微笑。他领会我的意思，说道："别告诉我，是要等夏天来，对不对？"

我乐意被他看穿心思。相较于那些比他更早来我家的人，他会更快意会到"正餐苦役"。

"其实，一到冬天，这里会变得非常灰暗。我们来这里是为了过圣诞节，否则这里渺无人烟。"

"除了烤栗子、喝蛋奶酒之外，你们圣诞节在这里还做什么？"

他在逗我。和先前一样，我保持微笑。他都懂，也不说什么，于是我们笑了起来。

他问我平时都做些什么。我说打网球、游泳、晚上出去玩、慢跑、改编乐曲，还有阅读。

他说他也慢跑。一大早就出门。这附近去哪里慢跑？主要是沿着海边的步行道。如果他想看看的话，我可以带路。

就在我又有些喜欢他的时候，他给了我一记当头棒喝："再说吧。或许吧。"

我把"阅读"放在清单的最末位，是因为我认为，到目前为止，以他表现出的任性与满不在乎，阅读对他来说应该是敬陪末座。但几个小时以后，当我知道他刚刚完成一本关于赫拉克利特[1]的书，而"阅读"在他的生活中可能并非微不足道时，我才意识到，我必须机灵点，改弦易辙，让他知道我真正的兴趣跟他是一路的。然而令我心烦意乱的，并不是挽回自己形象所要耗费的一切，而是我终于，带着几许让人不

1　赫拉克利特（Heraclitus，公元前535—公元前475）：古希腊哲学家。——后文注释如无特别说明，均为译注。

快的担忧,迟迟省悟:无论当时,还是我们在铁轨旁闲聊时,我毫不掩饰,但也不愿承认的是,我一直在试图赢得他的心——却徒劳无功。

我提议带他去圣贾科莫(访客都很喜欢那里),登上我们戏称为"死也要看"[1]的钟塔顶端时,我不该笨到只是呆站在那里,连一句反唇相讥的话也没有。我原以为只要带他登上塔顶,让他看看这城镇,看看这片海,看看永恒,就能将他拿下。可是不然。又是一句再说吧!

但一切的开始也可能比我想的要晚了许多,在我浑然不觉的时候。你看见一个人,但你其实没真看到他,他还在幕后,正准备登场;或者你注意到他了,可是没有心动,也没有"火花",甚至在你意识到某个存在或有什么在困扰你之前,你所拥有的六个星期就快成为过去,而他若非已经不在,就是即将离开。实际上,你在慌乱地接近自己也不知情的东西时,它已经在你眼皮子底下酝酿了数周,而且所有的征兆都让你不得不呼喊我想要。你会问自己:怎么没能早点明白?我一向清楚欲望为何物啊。然而,这次它悄悄溜过,不着痕迹。我喜欢他每次看破我心思时,脸上闪现的那一抹狡黠的笑,而我真心渴望的其实只是肌肤,只是肌肤。

他抵达后的第三天晚餐,我向客人解释我还在改编中的海顿《十字架上的基督临终七言》时,感觉他在盯着我看。那年我十七岁,因为是桌上年纪最小的,讲话可能最没人听,于是我养成了一个习惯,尽可能将最多的信息暗藏于最少的字句中。我讲得很快,给人一种我说话总是慌慌张张、含糊不清的感觉。在解释完自己的乐曲改编之后,

---

[1] 此处原文为to-die-for,意为"非常吸引人"。

我感受到左边投来一束最热切的目光。我一阵狂喜，开始飘飘然；他显然有兴趣——他喜欢我。事情并没有那么困难嘛。但当我好整以暇，总算转身面对他，与他四目相接时，撞上的却是冷冰冰的怒目相向。那是玻璃般冰冷残酷、蓄有敌意、近乎残忍的东西。

这令我不安到极点。我何苦受这种罪？我希望他再对我好，再跟我一起笑，就像几天前在废弃铁轨那儿一样，或者就像那天下午，我向他解释 B 城是意大利唯一一个能让卡瑞拉（Corriera），也就是地方公交，载着基督一路飞驰不停的城镇。他立刻笑了出来，听出我在影射卡罗·列维[1]的书。我喜欢我们的心像是在并肩而行的样子，我们总能立刻猜出对方在玩什么文字游戏，却到最后一刻才说破。

他会是个难处的邻居，我想，最好还是离他远一点。想想吧，我差不多已经爱上了他的手、他的胸膛、他那双生来从未接触过粗糙表面的脚，还有他的双眸——当它们以另一种，更加温柔的目光注视你时，就像神子死而复苏，看再久也不厌倦，反而得一直盯着看，好知道为什么总看不腻。

我必定也曾经对他投去过同样带有恶意的目光。

有那么两天，我们的对话突然暂停。

即便在我们的卧房共有的长阳台上碰到，也是一味回避，只有应付了事的"你好""早安"和"天气不错"，都是些无关痛痒的闲扯。

接着，没有解释，又恢复了原状。

今天早上我想去慢跑吗？不，不怎么想。那么，我们游泳吧。

---

[1] 卡罗·列维（Carlo Levi，1902—1975）：意大利犹太裔画家、作家、记者、医生和艺术家。他最著名的小说是《基督停留在埃博利》，最早出版于 1945 年，是他对因加入反纳粹活动而被流放的生活的回忆。1979 年，意大利导演弗朗西斯科·罗西导演的同名电影上映，使这部小说更广为人知。此处小说主人公埃利奥对 B 城的揶揄和这部小说有关。——编注

新欢的痛苦、郁热和震颤，眼看就能获得的美满幸福，却仍在咫尺之外徘徊；在他身边总是坐立不安，怕领会错他的意思，担心失去他，遇事都要揣测再三；想要他也想被他要，使出各种诡计；架起重重纱窗，仿佛自己与世界之间立着不止一层的纸拉门；把本来就不算事儿的事情煞有介事鼓捣一番后又装作若无其事——这些症状，在奥利弗来到我家的那个夏天，全都发生了。这些都印刻在那年夏天的每一首流行歌曲里，在他住下期间和他离开之后，我所阅读的每一本小说里，在暑热天里的迷迭香的气味以及午后发狂似的蝉鸣里——年年伴我成长的、熟悉的夏日气味与声响，那个时间却突然触动了我，奏出了一种独特变调，让那个夏天发生的事情晕染上永恒不变的颜色。

又或许一切始于他来的第一周：我狂喜着，他仍然记得我是谁，没有忽视我，因此，我难得在去花园的路上与他擦肩而过时，不必佯装没注意到他。第一天早晨，我们一早就去慢跑，一路跑到 B 城再跑回来。第二天一早我们去游泳。接着，隔天，我们再次慢跑。我喜欢跟着还有很多货要送的牛奶货车跑，或跟着正准备好要开始做买卖的杂货商或面包师跑，或趁连个鬼影子也没有的时候沿着海岸跑，那时我家的房子看起来就像遥远的海市蜃楼。我喜欢我们俩并排跑，踩着同样的步伐，同时撞击地面，在岸边留下脚印；私下里，我多想再回到那儿，把脚轻踩在他留下脚印的地方。

每天交替的游泳、慢跑只不过是他读研究生时的"例行公事"。安息日那天他跑步吗？我开玩笑问道。他始终保持运动的习惯，生病也一样，必要时他会在床上运动。甚至前一晚刚刚认识的人上了床，一大早他仍然会去慢跑。他唯一一次没运动是因为做了手术。我问他为什么做手术，那个我发誓绝不再刺激他说出的答案，如同面露奸笑的弹簧玩偶般"啪"的一声弹向我。"再说吧。"

或许因为他喘不过气来，不想多说话，或许他只是想专心游泳或跑步，或许这可能是他激励我专心运动的方式——完全没有恶意。

然而在最意想不到的时刻，有些令人既寒心又反感的阻碍，悄悄出现在我们之间。他好像是故意的，让我松懈，再松懈，然后使劲抽掉任何像是友谊的东西。

钢铁般冷酷的眼神总是一再回来。有一天，在后花园游泳池畔，我在那张已经成了"我的专属"的桌子旁练吉他，他就躺在附近草地上，我立刻认出那种凝视。我专注在指板上的时候，他一直盯着我看，等我突然抬起头来，想看看他是否喜欢我演奏的曲子，那眼神出现了：锐利、冷酷，像亮晃晃的刀刃，在被害人瞥见时旋即收回，并给我一个平淡的微笑，仿佛说：现在没必要隐藏。

要与他保持距离。

他一定已经注意到我被吓到了，为了安抚我，他问了我关于吉他的问题。我警戒心太强，无法坦诚回答他。听到我慌乱的回答，他或许怀疑我还有更多没表现出来的差错。"不要解释了，再弹一遍就是了。""可是我觉得你讨厌这首曲子。""讨厌？你为什么那么想？"我们争论个不停。"你弹就是了，好吗？""同一首？""同一首。"

我起身走进起居室，开着大落地窗，好让他听见我在钢琴上弹的同一首曲子。他跟我走到半途，然后倚着木窗框听了一阵。

"你改过。这不是同一首。你做了什么改动？"

"我只是用李斯特的即兴风格来弹。"

"再弹一次就是了，拜托！"

我喜欢他假装恼怒的样子，所以我又重新开始弹这首曲子。

过了一会儿，他说："我不敢相信你又改了。"

"嗯，不多啦。这类似布索尼在改写李斯特的版本时的弹法。"

"你就不能照巴赫写的来弹吗？"

"可是巴赫从来没写过吉他的版本啊。他说不定甚至没为大键琴写过。事实上，我们甚至不确定这曲子究竟是不是巴赫写的。"

"当我没拜托过你。"

"好啦，好啦，不必这么激动啊，"轮到我假装勉强同意，"这是我改编的巴赫，与布索尼和李斯特无关[1]，是非常年轻的巴赫献给兄弟的作品。"

从第一次弹，我就很清楚这部作品的哪个乐句撩拨了他。每当我演奏到那一段，都把它当作一份小礼物送给他，因为那的确是献给他的，那象征着我生命中美妙的地方，不需要天赋就能理解，而且激励我往乐曲里加入一段长长的华彩乐章。只为了他。

我们在调情，而他必定比我早看出端倪。

当晚在日记里，我写道：我说我认为你讨厌那部作品，是夸张了点。我真正想说的是：我认为你讨厌我。我希望你说服我，事实正好相反，你也的确这么做了一下。但为什么我明天早上就会不再相信？

所以他也有这一面。看过他如何从冷若冰霜变得如阳光般和煦，我对自己这么说。

我或许也问过：我是否一样反复无常？

附记：我们都不是专为一种乐器而谱写的；我不是，你也不是。

---

[1] 布索尼和李斯特一般被视为改编巴赫的典范。

我很愿意给他烙上难缠、拒人千里的印记，然后与他再无瓜葛。但他的只字片语，又让我眼见自己从摆臭脸变成我什么都愿意为他弹，直到他喊停，直到午餐时间，直到我手指上的皮一层一层剥落，因为我喜欢为他效劳，愿意为他做任何事，只要他开口。我从第一天就喜欢上他，即使他以冰冷回应我重新献上的友谊，我也永远不会忘记我们之间的这次对话，以及不乏让暴风雪远去、重新找回夏天的简单方法。

我忘记在那个许诺里加的注是：冰霜和冷淡有的是办法，能立即撤销所有在晴朗日子签署的休战书。

接着是那个七月的星期日下午，屋子突然空了，只剩我们俩，一片火迅速在我的五脏六腑蔓延开来——"火"是当晚我试图写日记理清这件事时，第一个想到的，也是最简单的字眼。我在自己的房间里，以一种惊恐又期待的出神状态紧贴在床上，等待再等待。那不是激情的火，也不是毁灭的火，而是叫人瘫痪的东西，像子母弹的火那样吸光周围的氧气，让你气喘吁吁，因为内脏受到了撞击，而真空状态会撕碎鲜活的肺组织，让你口干舌燥。你希望谁也别讲话，因为你无法开口；你祈求谁都别让你动，因为你的心脏被阻塞、跳得飞快，还来不及让任何东西流过你狭窄的心室，就已经喷出玻璃碎片。那火是恐惧，是惊慌，再多挨一分钟，如果他不来敲我的门我就会死——但与其现在来到，我宁可他永远别来。我将落地窗打开一条小缝，只穿着泳裤躺在床上，全身犹如着火一般。这片火犹如祈求着：拜托、拜托，告诉我，我错了，告诉我一切都是我的想象，因为这对你来说也不可能是真的；如果对你来说也是真的，那么你就是世上最残忍的人。仿佛是应我的祈祷召唤而来，下午他终于真的没敲门就走进我的房间，问我为什么没跟其他人去海边。但是我满脑子都是（虽然我说不出口）：为了跟你在一起。为了跟你在一起，奥利弗。无论穿不穿泳裤。我想跟你一起，在我床上，在你床上——那张一年中其他月份里属于我的床。跟我做你想做的事。占有我。问我想不想要就好，看看你会得到什么答案，只是别让我拒绝。

也请告诉我那天晚上我并非做了梦。我听到门边的楼梯平台传来一阵嘈杂声，突然意识到有人走进我房里，坐在我的床尾，思量、思量、再三思量，总算往我这边移来，而后躺下——不是躺在我身边，而是压在趴着的我的身上。我多么喜欢这样子，不敢贸然而动，让他知道他吵醒了我，或让他改变主意掉头离开。我假装酣睡，想着：这不是，不可能是，也最好不是一场梦。紧闭双眼的我只想到"这就像回家"，就像外出多年与特洛伊人和莱斯特律戈涅斯人[1]作战后，回到只有同类的国度，那儿的人明白你，他们就是明白；像在尘埃落定后回到故里，你突然意识到十七年来，你只是一直在跟错的人纠缠。就是在这时，我决定一动也不动，以身体静定的姿态告诉他：如果你施压，我愿意屈服；我屈服于你，我是你的，全是你的；除非你突然离去。尽管一切都太真实，不像一场梦，但我深信从那天开始，我只期盼你对我做你在我睡梦中做过的事，一模一样的事。

第二天我们打双打。某次中场休息，我们正在喝马法尔达准备的柠檬汁，他空出手臂搂着我，轻轻以拇指和食指捏我的肩膀，做出好意搂着我帮我按摩的样子，整个过程非常亲密。但我太过于神魂颠倒，反而猛然挣脱了他的手，因为只要再多持续一秒，我恐怕就会瘫软，像只小小的木偶，一碰发条，原本就已坏掉的身体就会完全垮掉。他

---

[1] 莱斯特律戈涅斯人（Lestrygonian）为传说中住在西西里岛的巨人食人族。

吓了一跳，向我道歉，问是不是压到了我的"神经或什么的"——他不是故意要伤害我。如果他以为伤害了我或让我不舒服，他肯定会觉得丢脸至极。让他却步是我最不愿意做的事，不过我还是含糊地说了句"不痛啦"之类的话，想就此打住。但我也意识到，如果激起这种反应的不是痛，那还有什么理由解释我在朋友面前如此粗鲁地甩开他？我只好装出拼命忍痛却徒劳无功的扭曲表情。

我从来没想到他的碰触会令我如此慌乱，这完全就像处子第一次被心上人碰触时的感受：心上人撩拨了我们体内连自己也从未意识到的神经，产生了令人不安的快感，远远超出了我们的习惯。

他对我的反应似乎仍然感到惊讶，却做出完全相信我的样子，就像我假装隐藏肩膀的疼痛一般。他以此来帮我脱困，同时也假装丝毫没意识到我的微妙反应。后来我知道了他是多么善于理清这些自相矛盾的微妙反应，我相信当时的他必定起了疑心。"来，我换个方式。"他在试探我，继续给我的肩膀按摩。"放轻松。"他当着其他人的面说。"我放松了呀。""你僵硬得跟这个板凳一样。""摸摸看，"他对离我们最近的女孩马尔齐亚说，"全是硬块对吧？"我感觉到马尔齐亚伸出双手摸我的背。"这里。"他下令道，并且压着马尔齐亚摊平的手掌用力按我的背。"感觉到了吧？他应该再放松一点。"于是马尔齐亚也跟着说："你应该再放松一点。"

我当下的反应，就像面对其他事情一样，不知道如何暗示，不知道如何表达。我像个还没学会手语的聋哑人，结结巴巴、东拉西扯，以免吐露心声。我只能如此了。只要还能撑得住，继续隐藏不露，我多少都能若无其事地应付过去。否则，我们之间的沉默或许会使我暴露无遗，因为再怎么语无伦次也比沉默来得好。沉默让我露出马脚，但我在别人面前拼命压抑的模样，铁定泄露了更多。

我不由得对自己失望,想必我的表情也会看起来有点近乎不耐烦与无言的愤怒。我从没想过,他可能会误以为这些全是冲着他来的。

他一望着我,我就撇开目光,这或许也出于类似的理由:为了隐藏胆怯造成的紧张。我也从没想过,或许他认为我这样回避很失礼,才不时以敌意的眼神回应我。

我希望他没有从我的过度反应中察觉到什么,但那是另一回事。在躲开他的手臂之前,我知道我早已向他屈服,几乎像是贴了上去,仿佛要说:别停(就像那些大人,有人从他们身后经过时顺手揉了一下他们肩膀时常常会说的那样)。他是否注意到我不仅随时准备屈服于他,还想与他合为一体?

这也是我那晚在日记里所描述的感觉,我称之为"意乱情迷"。我为什么会意乱情迷?这种情感来得那么轻易吗?只要他碰我,我就双脚发软,意志全消?这是大家所说的"如奶油般融化"吗?

我为什么不愿意让他知道我有多容易融化?因为害怕后果?怕他笑我?怕他到处说?怕他拿我太年轻、不知道自己在做什么当借口,因而置之不理?或者如果他有那么点起了疑心,他或许会像所有起疑心的人那样,想要采取行动?我希望他行动吗?或者我宁可一辈子渴望,只要双方继续这种你来我往的猜谜游戏:不知道,知道,不知道?保持沉默就是了,什么都别说;如果你不答应,也别拒绝,就说"再说吧"——大家不都这么做吗?即便同意,也要来句模糊的"或许吧",表面看来像是拒绝,隐藏的真意却是:拜托,请再问我一次,再多问一次。

回忆那年夏天,我不敢相信在我费尽心思去想如何与"欲望之火"和"意乱情迷"共存之时,犹能注意到生活中美好的时刻。意大利的夏季。午后一两点的嘈杂蝉鸣。我的房间。他的房间。把全世界隔绝在外的阳台。微风追随花园里的水汽,沿着楼梯往上吹进我的房间。那年夏天我爱上钓鱼,因为他爱。爱上慢跑,因为他爱。爱上章鱼、赫拉克利特和《特里斯坦》[1]。那年夏天我听鸟唱歌,闻植物的气味,感觉雾气在阳光普照的温暖日子里从脚下升起,而我敏锐的感官总是不由自主地全涌向他。

我大可否认许多事——否认我渴望碰触他在太阳下富有光泽的膝盖和手腕,那种黏稠的光泽是我很少见到的;否认我爱他的白色网球裤上似乎总有洗不掉的土黄色,经过几周的耳鬓厮磨,已经化为他的肤色;否认他每日愈发金黄的发色,在早晨太阳完全升起之前已经闪耀着阳光的金色;否认大风吹起时,在游泳池畔,他那件宽松的蓝色衬衫在风中如波浪般鼓胀着飘动起来,那里面一定隐藏着只是想想就能令我震颤的体味和汗味。我可以否认这一切,相信这一切都不是真的。

他脖子上的金项链和带有金门柱圣卷[2]的大卫之星[3]告诉我,还有比我对他的渴望更具吸引力的东西,因为这条项链将我们联系在一起,提醒我尽管其他的一切都在合力证明我们是最不相似的存在,但至少这一点超越了一切差异。几乎是他到来的第一天,我就看到他脖子上那颗大卫之星。从那一刻起,我就知道是什么令我迷惘、让我渴求他的友谊,甚至希望找不出他惹人讨厌的毛病;那比我们渴望从彼此身上得到的任何东西还要广大,所以也凌驾于他的灵魂、我的身体或尘世本身之上。凝视他脖子上的大卫之星以及表明身份的护身符,就像在凝视我、他以及我们俩体内承继祖先的、永恒不朽的部分,祈求从

---

1 《特里斯坦》(*Tristan*):在此可能指瓦格纳(Richard Wagner, 1813—1883)的歌剧《特里斯坦与伊索尔德》(*Tristan und Isolde*)。

2 门柱圣卷(mezuzah):犹太人将刻有《旧约·申命记》6:4–9与11:13–21经文的小块羊皮纸卷起来放入容器,常挂在门框等处,以宣示自己的信仰。

3 大卫之星(Star of David):犹太教的象征,由两个等边三角形交错叠合组成的六角星形。

千年沉睡中重燃和被召回。

令我不解的是，他似乎不在乎也没发觉我也戴了一颗大卫之星。就像他或许不在乎，或者没注意到我的眼神总在他泳裤上游移，想分辨是什么使我们成为荒漠里的兄弟。

除了我的家人之外，踏足B城的犹太人或许只有他了。但与我们不同的是，他从一开始就展露给人看。我的家人不怎么彰显自己的犹太人身份，而是像世界各地的几乎所有人一样，放在衬衫里，不加隐藏却保持低调——借用母亲的话来说，我们是"谨慎的犹太人"。奥利弗敞着衬衫领口，宣告项链所代表的犹太信仰，以及直接骑上家里的自行车进城，都令我们震惊，同时也让我们知道，我们也可以那样，而且不会遇上麻烦。我几次试着学他那样出门，可是我太沉浸于自我的感觉里了，像一个光着身子在更衣室走动的人，原是想让自己更加自然，到头来却被自己的裸体勾起了性欲。由于压抑的羞耻感多过自大的心态，我试着在城里以静默的虚张声势炫耀犹太信仰。而他则不然。他并非从没想过在天主教国家，犹太人身份意味着什么，或犹太人的生活是怎样的。偶尔在漫长的下午，趁着一家老小和客人都晃晃悠悠到空卧房里休息几个小时的时候，我们会抛开工作，愉快地聊天，而我们讨论的正是这个话题。他在美国新英格兰的几个小镇住过相当长一段时间，很清楚身为犹太人与周遭格格不入的感受，但犹太信仰带给我的困扰从不发生在他身上，也并不会在他独处或面对世界时，给他带来那种永恒又形而上的不安。犹太信仰甚至并不包含那些有关相互救赎的兄弟关系的、玄妙而未言明的美好预言。或许出于这个理由，犹太人身份对他不构成困扰，他也不需要时不时就此烦忧一下，不像小孩子经常抠伤疤一样，盼望疤痕早些消失不见。身为犹太人对他而言不是问题。他很能接受自己，就像他接受自己的身体，接受自己写的书,接受自己古怪的反手拍动作,接受自己选择的书、音乐、电影和朋友。他不介意搞丢获奖得来的万宝龙钢笔。"我可以自己买支一模一样的。"他也不介意批评。他拿了几页引以为傲的文章给我父亲看。父亲告诉他,他对赫拉克利特的见解很精彩,但是立论还须加强,他必须接受哲学家思想中的悖论本质,而不是一味找理由去消解悖论。于是他接受立论还须加强的意见,也接受悖论,再重起炉灶——他不介意从头开始修改文章。他邀请我的小姨半夜单独[1]开我们的汽艇去 gita[2],也就是兜风。小姨拒绝了。没关系。几天后他再试一次,再度遭拒,他同样不以为意。小姨也无所谓,若是再多住一周,她或许就会答应半夜出海去兜风,甚至玩到天亮。

在他刚到的那几天,只有一次,我感觉到这个二十四岁青年,任性却非常能适应环境,生性闲散,水淹到背也能不急不忙,从容应对,生活中的琐事怎么样都行,但实际上对人对事,都有非常机敏、冷静和精明的判断。他的言行无一不经过预先考虑。他看穿了每一个人,但他之所以能看穿,正是因为他在别人身上最先看到的,恰恰是他在自己身上已经看到却不愿被人发现的东西。我的母亲有一天吃惊地发现,他是个扑克牌高手,每周约莫有两晚会溜进城去"玩几把"。原来这就是他抵达当日就坚持要去银行开户的原因,当时还令我们很是惊讶。因为我们的住客多半身无分文,从来没人拥有过本地银行的账户。

某天午餐时,父亲邀请了一位年少时对哲学稍有涉猎的记者,这位记者想证明虽然他从没写过关于赫拉克利特的文章,但还是能针对太阳底下的任何事与人进行辩论。这记者与奥利弗完全合不来。事后,

---

[1] 原文此处为法语 tête-à-tête,指"两人私下里"。
[2] 意大利语,意为"短途旅行"。

父亲说那记者"很机智，也很聪明"，奥利弗却打断问道："您真的这么想吗，教授？"奥利弗不了解我父亲，他虽然个性随和，却未必喜欢别人反驳他的意见，更讨厌别人称他"教授"，即使他对这两件事往往悉听尊便。"是，我是这么想的。"父亲对自己的见解颇为坚持，奥利弗却模仿那记者正经八百的样子说道："我恐怕难以苟同。我认为他妄自尊大、迟钝、笨拙又粗野，有点哗众取宠，那是因为他完全无法有理有据地讨论一件事。怪腔怪调这一点实在太过火了，教授。大家被他的幽默逗笑，不是因为他有趣，而是因为他无意间流露出了企图有趣的渴望。他只不过是用幽默来拉拢自己无法说服的对象而已。"

"你说话的时候看着他，他却总是撇开目光，没专心聆听，他只想趁忘记以前，赶紧说出你发言时他在心里演练过的话。"

除非他自己已经很熟悉同样的思维模式，不然怎能凭直觉去洞悉别人的想法呢？除非他自己以前也这么做过，不然怎能察觉到别人内心那么多隐秘的曲折呢？

令我讶异的不仅是他惊人的识人天赋，能够去探寻、发掘出其人格的精确轮廓；还有，他对事物的直觉能力与我简直难分伯仲。原来这才是我难以自已地被他吸引的原因，凌驾于欲望、友谊和共同的信仰之上。"去赶场看部电影如何？"一天晚上，大伙儿聚在一起时，他脱口而出，仿佛突然想到了好点子，来排解夜晚枯守屋子的无聊。奥利弗才来没多久，在城里也没熟人，我似乎是他的最佳观影同伴。但是奥利弗这随口一问，显得突兀，仿佛想让我们认为他几乎不在看电影上花钱，而且其实很乐意在家里修改文章。他提议时那种随兴的语调，也是在向我的父母示意：他不是真的想去看电影。但是，他轻松活泼的说话方式，也只是想在不让我起疑心的情况下，帮帮我，因为他之前听到，我父亲在餐桌上抱怨我看上去有点阴郁，病恹恹的。

我笑了，不是因为他的提议，而是因为他两边讨好的策略。他立刻看到我笑了，便回以微笑，近乎自嘲般地，他察觉到，如果透露出任何迹象，表现出他猜到了我已经看穿他的心思，他就得认错；既然我已表明自己早就看穿了他的意图，他还是拒绝承认，那更是错上加错。所以他微笑承认自己已经被识破，但也想以此证明，他够上道、肯认错，而且仍然乐意一起去看电影。这令我非常兴奋。

或许他的微笑可能是他以自己的方式，以牙还牙地反对我的解读，而且心照不宣地暗示着：如同我识破他企图若无其事提出邀约的表象，他也发现了我的趣味所在，也就是，那些我从两人难以察觉的相似性中得来的，机灵、狡黠又有点邪恶的乐趣。这一切或许都不是真的，只是我无中生有的想象，但我们俩都知道对方已经察觉到了什么。当晚，我们骑车去电影院，我乐得像是在云端上飞，而且丝毫不打算隐藏这样的心情。

既然他那么善于察言观色，又怎么可能不知道我为何突然躲开他的双手？怎么可能不注意到我已为他倾倒？怎么可能不明白我不希望他放开我？怎么可能不察觉到，他替我按摩时，我僵硬的身体是最后的避难所、最后的反抗和最后的伪装，而我无论如何也不会抗拒，只是装个样子，无论他做了什么或要我做什么，我都无法抗拒也从来不想抗拒？那个周日下午，除了我们俩之外没人在家，我坐在床上，他走进我房间，问我怎么没跟其他人去海边，如果我拒绝回答，只是在他的凝视下耸耸肩，他又怎么可能不明白，那只不过是为了隐藏我无力说话的事实？只要我发出声音，恐怕就会不顾一切向他告白，或者忍不住啜泣。从小到大，从来没人让我陷入这样的困境。我拿过敏当借口。他说他也是。我们或许有同样的毛病。我又耸耸肩。他一手抓起我的泰迪熊，把熊的脸转向自己，在玩偶耳边低语了几句，接着把泰迪熊的脸转向我，变换声调问道："怎么回事？你心情不好。"他一定注意到我只穿着泳裤——我的裤腰是否太低了？"想去游泳吗？"他问。"再说吧，或许吧。"我模仿他的措辞，也想在他发现我呼吸困难之前，尽量少说话。"我们现在去吧。"他伸手扶我站起来。我抓住他的手起身，却转身面对墙，避开他的视线。"非去不可吗？"这是我最想说的话。别去。留下来陪我。任你的抚摸四处游移；脱掉我的泳裤，占有我。我不会发出一丝声音，不会告诉任何人。我将至顶峰，你心里明白。如果你不愿意，我要立刻抓着你的手，滑进我的泳裤里……

他什么都没察觉到吗？

"我在楼下等你。"他说他要去换衣服，然后走出了我的房间。我看看裤裆，这才惊觉自己湿了。他看到了吗？他当然看到了。所以他才想要我们一起去海边。所以他才走出我的房间。我握起拳头敲自己的头。我怎么这么不小心，这么欠考虑，这么愚蠢？他当然看到了。

我应该学学他的反应：耸耸肩，不在乎他是否看见我湿了。但我不是那种人。我永远不可能觉得"就算他看见又怎样"。这下他知道了。

我从未想过，在我最亲近的世界里，竟然有这么一个人，如同其他夏季访客一样住在我家，陪我母亲玩牌，和我们共进早餐、晚餐，纯粹为了好玩而在周五背诵希伯来祷词，睡我们的床，用我们的毛巾，结识我们的朋友，雨天和我们一起坐在起居室里，盖着一条毛毯看电视（天气冷了，大家聚在一起听雨滴轻拍着窗户，感觉暖乎乎的）——这个人可能会喜欢上我所喜欢的，渴望我所渴望的，并且成为另一个我。我真的从没这么想过，因为除了在书上读到的、从流言里推测到的和无意间听到的荤段子之外,我一直有这样的错觉:我这个年纪的人不会想要同时扮演男人和女人的角色,或是同时跟男人和女人在一起。我也曾经对同龄的男孩怀有渴望,也跟女孩子睡过。但在他下了出租车、走进我家之前,从来没有那么一丁点迹象表明,像他这样年轻又完全自洽的人,竟然想要和我分享他的身体,而我同样渴望把自己给他。

然而,大约在他抵达两周后,每到夜晚,我满脑子只希望他离开自己的房间。不是从正门,而是穿过阳台的落地窗,到我的房间。我想听他推开落地窗的声音,听他布面草底凉鞋轻踏阳台的声音,然后是我这边从不上锁的落地窗被推开的声音。众人就寝后,他走进我的房间,钻进我的被窝,不由分说脱下我的衣服,让我前所未有地渴望着他。在听到我内心已经预演多日的话之后——当我说"请不要伤害我",我其实是想说"尽管伤害我吧"——轻轻地,温柔地,带着犹太人给予彼此的喜爱,他正要进入我的身体,轻轻地,温柔地。

白天我很少待在自己房间里。过去几年夏天的白日,我习惯占用后花园泳池边一张有阳伞的圆桌。前一位夏季住客帕维尔喜欢在房间里工作,偶尔才走到阳台看看海或抽支烟;再前面一位住客梅纳德也是在自己房间工作。奥利弗喜欢有个伴,起初他和我共享桌子,最后却渐渐喜欢在草地上铺一条大床单,躺在上面,两边放着他零散的手稿,还有那些他喜欢称为"小物件"的东西:柠檬水、防晒乳液、书、布面草底凉鞋、太阳眼镜、彩色笔和音乐;他戴着耳机听音乐,除非他先开口,否则听不到别人对他说话。有时候,我早上带着乐谱或一些别的书到楼下,他已经穿着红色或黄色的泳裤,汗涔涔地在太阳底下躺成大字形。我们慢跑或游泳回来后,早餐已经做好了。后来他习惯把"小物件"留在草地上,躺在铺了瓷砖的游泳池畔。他称那里为"天堂",也就是"这儿是天堂"的简称,因为午餐后他常说"现在我要上天堂",然后补上一句"去晒太阳了",当作拉丁学者的圈内笑话[1]。每次他躺在游泳池边同一个地方,我们便取笑他会花无数个钟头泡在防晒乳液里。"你今天早上在这里待了多久?"母亲问道。"整整两个小时。不过中午我打算早点回去,下午可以晒久一点。""触碰天堂的门阶"也意味着,他可以躺在游泳池畔,一条腿晃晃悠悠搭在池边,泡进水里,戴着耳机,脸上盖着草帽。

这是一个没有缺憾的人。我无法了解这种感觉。我羡慕他。

"奥利弗,你睡着了?"当游泳池上方的空气变得越来越闷热寂静时,我问他。

沉默。

接着传来他的声音,几乎像叹气,身体一动不动。"是的。"

"抱歉。"

他那泡在水里的脚——我原本可以亲吻他的每一根脚趾,吻他的脚踝和膝盖。他拿帽子遮住脸时,我盯着他泳裤看的频率有多高?他不可能知道我在看什么。

或者:

"奥利弗,你睡着了?"

长长的沉默。

"没有,在思考。"

"思考什么?"

他动动脚趾轻轻拨水。

---

1 因为此处的"晒太阳"用了 apricate 这个有拉丁字源的罕用词。

"思考海德格尔[1]对赫拉克利特某段文字的诠释。"

或者,我不练习吉他,他也不戴耳机的时候,依旧用草帽遮住脸的他会突然打破沉默。

"埃利奥。"

"什么事?"

"你在做什么?"

"读书。"

"你才没有呢。"

"那就是在思考。"

"思考什么?"

我好想告诉他。

"秘密。"我回答。

"所以你不告诉我?"

"是的,我不告诉你。"

"所以你不告诉我。"他又重复了一遍,若有所思的样子。

我多么喜欢他那样重复我刚刚说过的话。那让我觉得像是一个爱抚,或一种手势。第一次完全是偶然,第二次便是刻意为之,第三次更是如此。我也因此想起马法尔达每天早上怎么替我铺床:先把床单铺在毛毯上,然后把多出来的部分折起来盖在枕头上,最后再覆上床罩——塞在这层层叠叠里的,是某种既虔诚又宠溺的象征,就像刹那激情的默许。

那些午后的沉默总是轻松而不突兀。

"我不告诉你。"我说。

---

1 马丁·海德格尔(Martin Heidegger,1889—1976):德国哲学家。

"那我要回去睡觉了。"他说。

我心里犹如小鹿乱撞。他肯定知道。

再度完全沉默。过了一会儿……

"这儿是天堂。"

接下来至少一小时,他一句话都没说。

人生中我最爱的就是,他趴着圈点他每天早晨从 B 城的译者米拉尼太太那儿拿来的译稿,而我坐在桌边钻研自己改编的乐谱。

"你听听这个,"他有时候会拿下耳机,打破漫长闷热的夏日早晨那种难耐的沉默,"你听听这段蠢话。"然后大声朗读,不愿相信这是自己几个月前写下的句子。

"你觉得有道理吗?我觉得说不通。"

"或许你写的时候觉得有道理。"我说。

他思考了一会儿,仿佛在斟酌我的话。

"这是几个月来,我听过最仁慈的话。"他讲得非常诚恳,仿佛突然降临的天启感动了他,让他超乎预期地看重我的话。我觉得很不自在,撇开目光,然后总算喃喃说出我脑中出现的第一句话:"仁慈?"

"对,仁慈。"

我不知道仁慈跟这件事有何相干。或者,我可能对于这一切要往何处发展,看得不够明白,宁可让事情不知不觉过去。再度沉默。直到他下次开口。

我多么想要他打破我们之间的沉默,说点什么。什么都好;比如,问我对 X 的看法,或问我是否听过 Y。在我们家,从来没人针对任何事问我的意见——我以为就算他现在不清楚个中原因,过不了多久也会了解,并开始赞同大家的看法,认为我是这个家里的小婴儿。

然而他却在与我们同住的第三周,问我是否听说过珂雪[1]、贝利[2]和保罗·策兰[3]。

"听说过。"

"我比你大了将近十岁,但是几天前,我才听说这些人。我不明白。"

"有什么好不明白的?我爸是大学教授。我从小到大不看电视,明白了吗?"

"继续弹你的吉他啦!"他还作势要把毛巾揉成一团,往我脸上丢。

我甚至喜欢他数落我的方式。

有一天,我挪动桌上的笔记本时,不小心打翻了玻璃杯。玻璃杯掉在了草地上,没碎。人在一旁的奥利弗起身捡起玻璃杯,把杯子好好放在桌上,而且就放在我的笔记本边。

我不知道该说什么谢谢他。

我总算开口:"你不必这么做的。"

他等了一会儿,给我足够的时间去反应,他的回答或许不是偶然或不顾后果的。

"我想做。"

他想做。

"我想做",我想象着他重复这句话——亲切、殷勤、热情,就像他突然被那种气氛感染时,会表现出来的样子。

在我家花园里那张圆木桌度过的时光,永远烙印在那些早晨,我多希望时间可以暂停。圆桌上那把不够大的伞,任阳光洒落在纸页上;

---

[1] 阿塔纳斯·珂雪(Athanasius Kircher,1602—1680):德国耶稣会教士、学者,有时候被称为"最后的文艺复兴人"。

[2] 朱塞佩·乔阿齐诺·贝利(Giuseppe Gioachino Belli,1791—1863):意大利诗人。

[3] 保罗·策兰(Paul Celan,1920—1970):犹太裔德语诗人。

冰块落入柠檬水里，发出叮当声；不远处，浪花轻轻拍打巨型礁石的声音；邻居家传来的、无限循环的流行金曲串烧发出的低沉吱吱声……希望这个夏天永不结束，希望他永不离去，让音乐永远无限循环下去。我的要求很少，我发誓我将别无所求。

我想要什么？为什么即使我准备好了要毫不保留，坦承一切，我仍然不知道我想要什么？

或许我最不希望的，是让他来告诉我，我没有问题，我和其他同龄少年没什么不同。我能够将自尊轻易丢在他脚边，只要他愿意弯腰捡起，我将心满意足而别无所求。

我是格劳克斯，而他是狄俄墨得斯。以男人之间某种莫名难解的崇拜为名，我拿我的黄金盔甲换他的青铜盔甲。[1]公平交易。双方都不讨价还价，就像双方也都不提及要俭朴或奢侈。

"友谊"这个词在心里浮现。但众人定义的友谊，对我来说，是陌生的、停滞的，我完全不在乎。相反地，从他走下出租车直到我们在罗马告别，我想要的可能是，人类会向彼此渴求的、那种让生活可堪忍受的东西。他必须先主动，然后我才可能会行动。

不知在哪儿听过一个法则：A 完全迷恋 B 的时候，B 必定无可避免地也迷恋着 A。Amor ch'a null'amato amar perdona[2]——这是弗兰切斯

---

[1] 格劳克斯（Glaucus）与狄俄墨得斯（Diomedes）在特洛伊战争期间分属敌对的两方。双方家族曾经是世交，因此在战场上遭遇时不但没有交战，反而交换武器表示亲善。格劳克斯的盔甲是黄金制的，狄俄墨得斯的盔甲是青铜制的，因此后来有"格劳克斯的交易"（a Glaucus swap）这个词，表示"显然过于轻率的交易"。

[2] 意大利语，意为"爱，让每一个被爱的人无可豁免地也要去爱"。

卡[1]在《地狱篇》里说的话。等待并保持希望。我抱着希望,永远等待——虽然这或许正是我一直想要的。

早上我坐在圆桌那儿改编乐曲的时候,我原本就不想勉强接受他的友谊,也不想勉强接受任何东西。只是想抬起头确认他在那儿,和他的防晒乳液、草帽、红色泳裤、柠檬水在一起。为了抬起头来,看见你在那儿,奥利弗,因为我抬起头来却看不见你的那一日,很快就要到来。

快到中午的时候,友人或邻居常常顺路来访,在我家花园集合,然后一起走到下坡处的海滨。我家离海最近,只要打开栏杆旁的小门,沿着狭窄的阶梯走下峭壁就到礁石了。基娅拉,一个三年前比我还矮、去年夏天烦我烦个不停的女孩,如今已是位成熟女性,而且终于不再无论何时见到我都要打招呼了。有一次,她跟她妹妹还有其他人顺道过来时,捡起奥利弗扔在草地上的衬衫,丢到他身上说:"好了,我们要去海边,你也得一起来。"

奥利弗很乐意效劳。"等我把这些稿子收起来,否则,他父亲,"他手里拿着稿子,用下巴指指我,"会剥了我的皮。"

"说到皮,过来。"她说罢,以指甲轻轻地、慢慢地从奥利弗晒成六月末麦田般金黄色的肩膀上,拉起一条细细长长、剥落的皮。我多希望我也能这么做。

---

[1] 里米尼的弗兰切斯卡(Francesca da Rimini)为拉文纳贵族(Lord of Ravenna)基多之女,但丁的长诗《神曲·地狱篇》里有她的故事。弗兰切斯卡被迫嫁给里米尼贵族(Lord of Rimini)乔瓦尼·玛拉铁斯塔(Giovanni Malatesta,?—1304),却因为爱上小叔子保罗(Paolo)而遭到杀害。

"告诉他爸爸是我弄皱了他的稿子,然后看他怎么说。"

奥利弗把手稿留在他上楼时经过的大餐桌上。基娅拉大致翻过以后,从楼下大喊,她译得肯定比那名本地译者更好。基娅拉跟我一样是混血儿,母亲是意大利人,父亲是美国人,她在家里总是双语并用。

"你也很会打字吗?"奥利弗的声音从楼上传来,他正忙着找另一条泳裤,先在卧室找,然后是淋浴室;只听到,门砰的一声,抽屉轰的一声,还有踢鞋的声音。

"我很会打字!"基娅拉大喊,抬头望着空荡荡的楼梯井。

"跟你讲的一样厉害吗?"

"更好,而且我给你算得更便宜。"

"一天要翻译五页,每天早上取件。"

基娅拉尖声说道:"那我不做了,找别人吧。"

"嗯,米拉尼太太需要这笔钱。"奥利弗边说边走下楼,又是宽松蓝衬衫、布面草底凉鞋、红色泳裤和太阳眼镜,还有一本随身携带的红色洛布版[1]《卢克莱修》。"我对她还算满意。"他边说边往肩膀上抹乳液。

"我对她还算满意,"基娅拉咪咪笑着说,"我对你还算满意,你对我还算满意,她对他还算满意。"

"别耍宝了,我们去游泳啦。"基娅拉的妹妹说。

我花了一阵子才了解,根据他身上的泳裤判断,他有四种人格,

---

[1] 洛布版(Loeb edition):美国银行家詹姆斯·洛布(James Loeb, 1867—1933)从1912年起投资出版译自希腊语和拉丁语的古典文库,这些书结集起来,被称为洛布古典丛书(Loeb Classical Library)。

而且知道了什么有可能让我产生轻微的错觉。红色：大胆、老一套、非常成熟、近乎粗暴与易怒——最好离他远一点。黄色：活泼、轻松、风趣、不带刺——也别太轻易让步，可能会立刻变成红色。他很少穿的绿色：顺从、学习积极、发言积极、开朗——为什么他不能永远这样？蓝色：他从阳台走进我房间的那个下午，他为我按摩肩膀的那一天，或者他替我捡起玻璃杯放在我旁边的时候。

今天穿的是红色：急切、坚决又生气勃勃。

往外走的时候，他从水果盆里拿了一个苹果，对母亲兴高采烈地说了一声"再说吧，教授太太"。当时母亲正和两个好朋友坐在阴凉处，三个人都穿泳衣。奥利弗不是打开通往礁石那道狭窄阶梯的门走出去，而是从上面跳了过去。我们从没遇过这般随心所欲的夏季住客，但人人都因此爱上他，也逐渐爱上他那句"再说吧"。

"好，奥利弗，再说吧，好。"母亲试着模仿他的口头禅，甚至学着接受她的新头衔"教授太太"。那句话总显得有些唐突，不是"再见"或"请保重"，甚至不是"Ciao"[1]。"再说吧"是句冷飕飕的告别，给人一记重击，撞开所有欧洲甜腻的雅致。"再说吧"总是为原本温暖、亲密无间的时刻留下刺激的余味。"再说吧"不让事情好好结束或渐渐消失，而是戛然而止。

不过，"再说吧"也能够避免说再见并让道别变得更轻盈。"再说吧"不是为了道别，而是会马上回来。与上次母亲要奥利弗帮忙递面包、他忙着剔鱼刺时说的"等一下"如出一辙。"等一下。"母亲很讨厌他的"美式作风"，称他是 Il kaiboy[2]。起初是奚落，但很快变成了疼爱，

---

1 意大利语，意为"拜拜"。
2 意大利语，意为"牛仔"。

跟她为他取的另一个昵称 Lo star[1] 交换使用。他来的第一周,有次他刚洗完澡下楼吃晚餐,闪闪发亮的头发往后梳,母亲看到便说:"好像大明星呀。"大明星是 il muvi star[2] 的简称。父亲一向是我们之中最宽厚,却也是观察力最敏锐的,他早就看透这个"牛仔"。有人要他解释奥利弗那句粗鲁的"再说吧",他是这么说的:"E un timido,[3] 就这么回事。"

奥利弗害羞?这可是新鲜事。有没有可能他粗鲁的美式作风只是为了掩饰他不懂得(或担心自己搞不清)如何优雅告别?这让我想到,好几个早上他都不肯吃溏心蛋。但到了第四或第五天,马法尔达一定要他尝过自己煮的蛋才能走。他这才同意,真的有些难为情,不过他也懒得掩饰,他不知道怎么剥开溏心蛋。"Lasci fare a me[4],欧里法先生[5]。"从那天早上起,在他与我们同住的这段时间,马法尔达总为欧里法准备两颗蛋,先帮他敲开那两颗蛋的蛋壳后,才为其他人上菜。

你想再吃一个吗?有些人喜欢吃两颗以上,马法尔达问他。不,两颗就够了,他回答,接着转向我父母补充道:"我了解我自己。如果我吃三颗,我就会想要第四颗,或更多。"我从来没听过他那个年纪的人说"我了解我自己"。这使我不安。

但马法尔达老早就被他收服了,就在他抵达的第三天早晨,马法尔达问他早上要不要果汁而他说要的时候。他可能以为是柳橙汁或葡萄柚汁,结果拿到的却是一大杯快满出来的浓稠的杏子汁。他从没喝过杏子汁。马法尔达手拿托盘抵着围裙,站在他对面想看他一饮而尽

---

[1] 意大利语,意为"大明星"。
[2] 意大利语,意为"电影明星"。
[3] 意大利语,意为"他害羞"。
[4] 意大利语,意为"让我来吧"。
[5] 原文此处为意大利语 Signor Ulliva,即"奥利弗先生"之意。

后的反应。起初他没说什么。接着,或许没多想,他呃了呃嘴。马法尔达乐坏了。母亲不敢相信,一个在世界知名大学教书的人竟在喝完杏子汁之后呃嘴。从那天起,每天早上总有一杯杏子汁在等着他。

他很惊讶我家果园里竟然就长了一棵杏树。黄昏之前,家里没事可做的时候,马法尔达常要他带着篮子爬梯子,摘她所谓"几乎羞红了脸"的果子。他会用意大利语开玩笑,挑出一颗来问:"这颗羞红了脸吗?"马法尔达会说:"还没。这颗还太年轻。年轻的不害臊,年纪大的才害臊。"

我永远无法忘记这一幕:从我那张桌子,看他穿红色泳裤爬小梯子,慢条斯理地挑出最成熟的杏子。他提着柳条篮,穿布面草底凉鞋、宽松衬衫、涂着防晒乳液,在回厨房的路上丢过一颗很大的给我,说"喏,给你的"。这跟他从球网对面把网球丢给我,说"该你发球"时没两样。当然,他不知道我几分钟前在想些什么,杏子那圆润、中间一道凹弧的形状,让我想起他爬上树干伸手摘杏子时,那紧实圆润的臀部与果子的颜色形状互相呼应。触摸那颗杏子就像触摸他,他永远不会知道,就像卖报纸给我们,任我们整夜遐想的人也一无所知一样。他脸上特定的表情变化,或裸露的肩膀上被日晒的褐色肌肤,在独处时给予我无穷乐趣。

"喏,给你的"和"再说吧""拿去""接着"一样,都有点随性和不拘礼节,而且在提醒我:比起他的热情奔放、随性所至,我的欲望有多么曲折又遮遮掩掩。他绝对想不到他把杏子交到我手心里,其实是让我抚着他的臀;咬果子的同时,我也同样在咬着他。

其实他比我们更懂杏子,包括杏子的嫁接方法、词源、起源以及在地中海地区的命运。那天吃早餐的时候,父亲解释这种水果的名称源于阿拉伯文,因为"杏子"的意大利文是 albicocca,法文是

abricot，德文是 aprikose，跟"代数"（algebra）、"炼金术"（alchemy）和"酒精"（alcohol）这几个词一样，皆源于阿拉伯文，并在前面加上阿拉伯文的冠词 al-。albicocca 的词源是 al-birquq。一向无法见好就收而总忍不住要来段最新消息以锦上添花的父亲，又补充说，真正令人惊讶的是，目前在以色列和许多阿拉伯国家，这种水果的名称竟是毫无相似之处的 mishmish。

母亲看起来一脸困惑，而包括两位稍年长的表亲在内，我们都忍不住要鼓掌。

然而，奥利弗表示绝对无法同意父亲关于词源的见解。"啊？"父亲很惊讶。

"这个词其实不是阿拉伯文。"

"怎么说？"

父亲显然在模仿苏格拉底式的反讽，先从天真无邪的"真的吗"开始，接着把对谈者引入混乱的陷阱中。

"说来话长，所以请耐心听我说，教授。"奥利弗突然严肃起来，"许多拉丁文源于希腊文。但是就'杏子'来说，则是相反的状况，是希腊文向拉丁文借用的。拉丁文是 praecoquum，源于 pre-coquere，也就是 pre-cook，早熟的意思，跟 precocious 算是同义词。拜占庭人借用 praecox，后来演变成 prekokkia 或 berikokki，这必定是阿拉伯人最后承接了 al-birquq 一词的由来。"

母亲无法抗拒奥利弗的魅力，伸手揉揉他的头发说："Che muvi star!"[1]

"他说得没错，无可否认。"父亲压低嗓子说，就像在模仿畏畏

---

[1] 意大利语，意为"真是个电影明星"。

缩缩的伽利略只敢对自己喃喃自语,说出事实的样子。

"这要多亏文献学概论这堂课。"奥利弗说。

但我脑子里只有"杏器"的早熟、早熟的"杏器"。

有一天,我看到奥利弗和园丁安喀斯在用同一个梯子,想尽可能把他的嫁接法全学起来。利用这种嫁接法,我们家的杏子比同区多数杏子更大、更鲜美多汁。奥利弗发现,只要愿意去问,园丁就会很乐意花上几个小时分享自己知道的一切,所以,他对嫁接法更入迷了。

结果,奥利弗对食物、奶酪和酒的了解,比我们所有人知道的加起来还多,连马法尔达也大为惊叹,偶尔还询问他的意见:你觉得该用洋葱还是鼠尾草来炒意大利面?柠檬味不会太重吗?我搞砸了,是吧?我应该多加一颗蛋的——它塌掉了!我应该用新的搅拌器,还是继续用旧的研钵和研杵?母亲说话会忍不住挑刺:"牛仔"都一个样啊;他们那么了解食物,是因为连刀叉也拿不好;不讲礼仪的美食家贵族,在厨房里喂他吃就好了。

"乐意效劳。"马法尔达通常会这么回答。的确,有天早上,欧里法先生去找译者,很晚才回来吃午餐,于是他就到厨房里,和马法尔达、马法尔达的先生(我们家的司机)曼弗雷迪还有安喀斯一起吃意大利面、喝红酒。他们都想教他唱那不勒斯歌谣。那不只是他们南部人青春时期的颂歌,而且是款待王族时的最佳献礼。

他赢得了每一个人的心。

———

我看得出,基娅拉对奥利弗也同样痴迷。她妹妹也是。数年来,每天下午早早就来,之后才去海边晚泳的那群网球迷也逗留得比平常晚,希望跟他打一小场球。

换作其他夏季住客,我一定会对此很不满。看到每个人都这么喜欢他,我却感到一种奇异、微小的慰藉,十分惬意。喜欢一个大家都喜欢的人,怎么可能有错?人人倾心于他,包括我那些来过周末或逗留更久的远近亲戚。我爱挑人毛病是出了名的,因此,我会把对他的感情隐藏起来,藏在我通常会对家里地位高于我的人表现出的冷淡、敌意或刻意刁难之后,反而从中获某种满足感。因为每个人都喜欢他,所以我也必须说我喜欢他。就像是要公开宣称一个人拥有无法抗拒的魅力,以便隐藏自己想要拥抱他的渴望那样。拒绝大家普遍认可的,只会让他们察觉到,我实则隐瞒了需要抗拒他的真实想法。喔,我很喜欢他啊——他到访的前十天,有一次,父亲问我对他有何看法,我是这么说的。用语刻意折中,因为我知道,谈到他时使用点障眼法,就没人会起疑心。在我这辈子认识的人当中,他是最好的一个,某个下午他和安喀斯开小船出海,到了晚上还没回来,晚上我们忙着找他父母在美国的电话号码,以备通报噩耗时派得上用场,我是这么说的。

那天我甚至要自己卸下防备,像其他人一样表现自己的悲痛。但我也不让任何人猜到我心里有远远更为隐秘和沉痛的哀伤,直到我几乎感到可耻地意识到,那部分的我其实并不那么在乎他的死活,一想到他浮肿的、紧闭双眼的遗体终于被冲回岸边,我甚至有近乎兴奋的感觉。

但我骗不了自己。我相信世界上没有人比我更想要他的肉体,也没人像我一样愿意为他奉献那么多。没人仔细观察过他身上的每根骨头,他的脚踝、膝盖、手腕、手指和脚趾;没人渴求过抚摸他的寸寸肌肤;没人夜夜在床上想他,早晨看他躺在泳池畔那片"天堂",对他微笑,看笑容浮现在他唇边,心思浮荡。

或许其他人对他也暗怀心思,并以各自的方式隐藏或表达。然而,与他人不同,是我最先看着他从海边走进花园,或者,从松林小径向我家骑车而来,瘦削的侧影在午后三四点的薄雾中隐现;是我最先听出他的脚步声:有一晚他看电影迟到,一声不吭地站着寻找其他人的身影,直到我转身,他一定非常高兴,我在人群中找到了他。我认得出他,凭借的是他爬楼梯到阳台或走到我的卧室房门外时的脚步声变化。我知道,他在我的落地窗外止步,仿佛挣扎着要不要敲门,考虑再三后又走开。我知道,他骑的自行车有点打滑,像恶作剧一样,在坑坑洼洼的碎石道上停不下来,显然已经一点摩擦力也没有了,直到他最后从车上跳了下来,像在示意"你瞧瞧",自行车这才迅疾地停下来。

我始终尽力把他留在我的视线范围之内。我不会让他溜走,除非他不跟我在一起的时候。他不跟我在一起的时候,我倒是不太在意他在做什么,只要他跟别人在一起时,别变了个样子就好。他离开时,不要变成其他模样,不要变成我从未见过的人。除了他跟我们、跟我在一起时,我所知道的那个人生之外,别让他有其他的人生。

别让我失去他。

我知道我抓不住他,没什么能给他的,也没什么能吸引他的。

我什么都不是。

只是一个孩子。

他只在自己方便的时候,才施舍一点注意力给我。有一次我决定读读"他的写作对象"赫拉克利特,他帮我理解其中一个段落时,不仅"温柔""大方",而且是更高层次的"耐心"和"宽容"。过了一会儿,他问我喜不喜欢这本书。这个问题与其说是出于好奇,不如说是为了找机会随便聊聊。一切都是漫不经心。

他觉得漫不经心也无所谓。

——你为什么没跟其他人去海边?

——回去弹你的吉他啦。

——再说吧!

——喏,给你的!

——只是在找话说。

——随便聊聊。

——没什么。

奥利弗收到了许多其他家庭的邀约。对夏季住客来说,这也算是某种传统。父亲一直希望他们别拘束,多多与人"聊聊"自己的书和研究主题;他也认为学者应该懂得如何跟行外人说话,所以老是请律师、医生和商人来家里用餐。他总是说,在意大利,人人都读过但丁、荷马和维吉尔[1],无论跟谁说话,只要先扯点但丁或荷马就对了。维吉尔是一定要的,莱奥帕尔迪[2]也可以顺便提一下,然后尽管用所知的一切让人折服,哪怕是策兰、芹菜或萨拉米肠,谁在乎?这也让夏季住客的意大利语得以精进。会说意大利语是住在这里的必备条件。让他们在 B 城各处吃晚餐还有另一个好处:减轻我们一周每晚都跟他们同桌用餐的负担。

但奥利弗接到的邀约多得令人眼花缭乱。基娅拉和她妹妹一星期

---

[1] 维吉尔(Virgil,公元前 70—公元前 19):古罗马诗人。

[2] 贾科莫·莱奥帕尔迪(Giacomo Leopardi,1798—1837):十九世纪意大利诗人、学者、哲学家。

至少要他过去两天。一名来自布鲁塞尔的漫画家在夏天租了一栋别墅，他希望奥利弗参加他的周日晚宴，聚会只邀请一些住在近郊的作家和学者。还有与我家隔三栋别墅的莫雷斯基家、来自N城的马拉斯皮纳家，偶尔还有在小广场的酒吧或"跃动舞厅"认识的朋友。这还不包括他晚上打的扑克牌或桥牌，那种热闹喧腾就不为我们所知了。

他的生活就像他的论文一样，尽管怎么看都让人觉得混乱，实则总是一丝不苟地界限分明。有时候他不吃晚餐，只跟马法尔达说声"Esco[1]"就出门了。

我很快就知道他的Esco只是另一个版本的"再说吧"。简单扼要、没得商量的告别，不在离开前脱口，而是踏出门外才说。背对着被丢下的人说。我为只能接受但实则想要申诉、反驳的人感到难过。

不确定他是否一同晚餐，是一种折磨，却是可忍受的。不敢问他来不来，才是真正的酷刑。有时候我几乎放弃了，觉得他当晚不会跟我们一起吃晚餐时，却听见他的声音或看见他坐在他的位子上，像有毒的花那样盛开，我的心会猛然一跳。看着他，认为他今晚会一起吃晚餐，却听到他蛮横的Esco，则让我知道愿望落空的感受，就像一只活泼的蝴蝶被剪掉翅膀一般。

我希望他离开我们家，好让这一切有个了断。

我也希望他死掉，这么一来，如果我无法不想他，无法不担心下次不知何时才见到他，至少他的死足以了结这一切。我甚至想亲手杀了他，好让他知道，他的存在让我有多困扰。他随遇而安，从容不迫，不厌其烦地表现出"我不在意这、不在意那"的态度。其他人都要先拉开门闩才走，他却直接跨过通往海边的栅门。这一切多么令人难以

---

[1] 意大利语，意为"我出门咯"。

承受！更别说他的泳裤、他的"天堂"、他放肆的"再说吧"，以及对杏子汁的咂嘴之爱。如果我不杀他，那我要让他终身残疾，这样他会坐在轮椅上与我们待在一起，永远不回美国。如果他坐轮椅，我将随时知道他的行踪，也很容易找到他。我对他会有优越感；既然他瘸了，我便是他的主人。

接着我意识到，我也能自杀，重重伤害自己，让他知道我为什么这么做。如果我划伤我的脸，我希望他看着我，想不通为什么有人这样伤害自己，直到多年以后回头（没错，再说吧），他终于拼凑出事情的全貌，然后懊恼地撞墙。

有时候，必须铲除的绊脚石是基娅拉。我知道她在盘算什么。对奥利弗来说，与我同龄的基娅拉的身体可不只是"准备好了"。比我准备得更充分吗？我怀疑。她想要奥利弗，这点还算清楚，而我真正想要的只是与奥利弗共度一夜，一夜就好，甚至一个小时也行——只要借此确认，之后我是否还想再与他共度良宵。我没意识到的是，试探欲望的诡计，只不过是想，在不承认自己的欲望的情况下，得到自己想要的。我不敢去想奥利弗多有经验。如果到这儿来才几个星期，就能如此轻易交上朋友，怎能不揣度他在故乡过着什么样的生活？只要想象他在任教的哥伦比亚大学的都市校园里有多无拘无束就行了。

和基娅拉的事那样轻易地发生，超乎预想。他和基娅拉在一起时，喜欢驾着我们的双体滑行艇到远处兜风；他划船，基娅拉则悠闲地躺在上面晒太阳，等到远离岸边停下来，便脱下胸罩。

我看着，怕基娅拉抢走奥利弗，也怕奥利弗抢走基娅拉。想到他们俩在一起，我并不惊慌失措，反而情欲高涨，尽管我不知道激起情欲的是阳光下基娅拉的裸体，还是旁边奥利弗的裸体，抑或是他们两个的。我在俯瞰悬崖的花园凭栏伫立，睁大眼睛仔细看，总算看到他俩并排躺在阳光下,或许正在亲热。有时候基娅拉把大腿搭在他腿上,几分钟后,他也把大腿搭在基娅拉腿上。他们都没把衣服脱了,我因此感到欣慰。后来有一晚,我看到他们一起跳舞,那动作让我觉得他们之间已经远不止于爱抚。

事实上,我喜欢看他们一起跳舞。或许看他和别人这样跳舞,让我明白他已有所属,就没有理由再抱希望。这是好事,可以帮助我复原。或许这么想已经是复原的前兆。我曾试图偷食禁果,现在却得到从轻发落。

但是第二天早上,看他出现在花园里那个老地方,我的心又猛然一震,我知道,祝福他们、渴望复原,与我对他仍然持续存在的渴望无关。

看我走进房间,他的心会猛然一震吗?

我怀疑。

那天早上,他像我不理他那样,对我视而不见:他是故意的,好让我吐露真情,保护他自己,以显示我的无足轻重?或者他没感觉,最敏锐的人偶尔也错过最明显的暗示,只因为他们不在意,欲望没被挑起或没兴趣?

他和基娅拉跳舞时,我看见基娅拉把大腿悄悄滑进他的两腿之间。我也看到他们在沙滩上翻滚打闹。几时开始的?开始的时候,我怎么不在?为什么没人告诉我?为什么我无法回想起他们关系发生转变的那些时刻?其实我周围都是信号。为什么我就是看不见?

我满脑子都在想,他们在一起会做些什么。我想要竭尽所能破坏他们独处的每个机会。我想要挑拨他们的关系。但我也想看他们亲热,我想参与,让他们觉得亏欠我,把我当作他们必不可少的同谋,他们的掮客;一个在国际象棋里,对王和后都极其重要的卒,现在已经掌控棋盘。

我开始说他们的好话，假装对他们之间的事毫不知情。奥利弗觉得我扭捏作态，基娅拉说她的事情她自己处理。

"你想替我们牵线？"基娅拉的声音里爆出嘲弄。

"这跟你到底有什么关系？"奥利弗问。

我描述着两年前看过的基娅拉的裸体。我想挑逗他。他欲望的对象是谁不重要，只要他被挑逗就好。我也跟基娅拉描述他，想看她的欲望被挑起时，是否跟我一样，好让我根据她的反应来描摹我自己的，看看谁才是真爱。

"你想让我喜欢她？"

"有什么不好？"

"没什么不好。只是我想自己来，如果你不介意的话。"

我花了一段时间才了解我真正想要的是什么，不仅要让他在我面前被撩拨，或让他需要我，而且要引诱他在背后谈论基娅拉。我要把基娅拉变成男人之间闲聊的对象。承认我们被同一个女人吸引，实则是为我和他建立起了纽带，我们的感情通过她而升温。

或许我只是想让他知道我喜欢女生。

"听着，你人很好，我心领了。可是别这么做。"

他的指责让我知道他不打算和我继续玩下去。让我知道自己该怎么做。

不，他是高贵的人。不像我，阴险、可鄙又狡诈。我因此感到更加痛苦和羞愧，这感觉凌驾于如基娅拉一般渴望他而产生的羞耻之上。我对他既尊敬又害怕，并且因为他让我讨厌自己而憎恨他。

看过他们一起跳舞之后的第二天早上，我没提议要跟他去慢跑。他也没有邀请我。最后还是我提起的，因为双方的沉默实在令人难以忍受。但他说他已经跑过了。"最近你都很晚起床。"

真聪明，我想。

的确，过去几天的早上，我习惯了他等我，以致我越来越大胆，不太担心起床时间。这给了我一个教训。

第二天早上，虽然我想跟他一起游泳，但及时下楼会像是在对他的随口批评进行自我悔改，所以我留在自己房间里。只是想证明自己没错。我听到他轻轻穿过阳台，几乎是蹑手蹑脚。他在回避我。

我过了很久才下楼，那时他已经出门去米拉尼太太那儿送校对稿，顺便取回最新的译稿。

我们的交谈中止了。

即使早上在同一个地方，最多也只是没意义、充场面的对话。连闲谈也称不上。

这种状况并不让他觉得苦恼。他可能根本没多想。

有人想接近你，因此受尽折磨，你却毫不知情，甚至不肯多想一下，两周过去，你们之间连一句话也没说，怎么会这样？他知道吗？我应该让他知道吗？

他与基娅拉的罗曼史从海边开始。接着，他也不打网球了，开始在傍晚跟基娅拉和她的朋友一起骑车，沿海岸向西，到比较远的山城去兜风。有一天，因为要一起骑车兜风的人太多了，奥利弗问我，既然我不骑，那是否可以把自行车借给马里奥。

我因此倒退回六岁的状态。

我耸耸肩，意思是：请便，我一点也不在乎。不过他们一离开，我立刻冲上楼，把脸埋在枕头里啜泣。

晚上，我们有时候会在"跃动舞厅"相遇。奥利弗何时会出现，从来就没有任何征兆，他常常突然蹦出来，又突然消失，有时候是一个人，有时候跟其他人一起。基娅拉到我家来的时候（她从小就常常来我家），总坐在花园里目不转睛地往外看，主要是在等他出现。时间一分一秒地过去，我们之间却无话可说，最后她终于问我："C'è Oliver?"[1] 我只能回答"他去找译者了"；或者"他跟我爸爸在书房"；或者"他或许在海边吧"。"嗯，那我走了。告诉他我来过。"

他们没可能了，我想。

马法尔达带着同情的质疑，摇着头说："她年纪还小，而他是个大学教授。她就不能找个年龄相当的人吗？"

"没人问你的意见！"基娅拉无意间听到马法尔达的话，但不愿意被一个厨娘批评，所以厉声说道。

"不准那样对我说话，否则我会给你两巴掌，"我们的那不勒斯厨娘把手举在半空中说，"还不满十七岁就袒胸露乳跟人亲热，以为我什么都没看见吗？"

我能想象，马法尔达每天早上检查奥利弗的床单，或者跟基娅拉家的用人闲言碎语的样子。没有任何秘密躲得过女管家（也就是"包打听"）的火眼金睛。

我看着基娅拉。我知道她很痛苦。

大家都怀疑他们之间有什么。有些下午，奥利弗会说，自己要去车库旁的车棚，骑辆自行车到城里去。一个半小时后就回来。去找译者，他这么解释道。

"译者……"父亲在慢慢品味一杯餐后白兰地时，把声音拖得很长。

"译者个鬼。"马法尔达意味深长地说。

有时候我们会在城里撞见对方。

我坐在大伙儿晚上看完电影或上舞厅前爱去的咖啡店里，看见基

---

[1] 意大利语，意为"奥利弗呢"。

娅拉和奥利弗边说话边从路边的小巷走出来。奥利弗在吃冰激凌,她则两手紧紧挎着他的另一只胳膊。他们什么时候变得这么亲密?他们似乎在聊一些很严肃的事情。

"你来这里做什么?"他一看到我就说。他用玩笑来隐藏自己并试图掩饰我们已经完全不交谈的事实。低劣的伎俩,我想。

"闲逛。"

"你的就寝时间不是过了吗?"

"我爸爸不相信就寝时间那一套。"我回避这个话题。

基娅拉仍深陷在思绪里,而且在回避我的目光。

奥利弗是否已经告诉她我为她说了好话?她似乎不太舒服。她是否介意我闯入了他们的小世界?我记得那天早上她对马法尔达发脾气时的语气。一抹冷笑挂在她脸上;她原本打算讲几句伤人的话。

"他们家从不规定就寝时间,没有规矩,没有监督,什么都没有。所以他才变成这样的乖宝宝。你不懂吗?没什么好叛逆的啊。"

"真的吗?"

"大概是吧,"我回答,尽量轻描淡写,免得他们继续发挥,"每个人都有自己的叛逆方式。"

"是吗?"

"举个例子来听听。"基娅拉插了一句。

"你不会明白的。"

"他读策兰呢。"奥利弗插进来说,试图改变话题,或许也是想帮我解围,而且不露痕迹地表明,他其实并没有忘记我们先前的对话。他这是在为我深夜在外逗留的事说话呢,还是这不过又是在取笑我呢?这时,他的眼中闪过冷酷又难以捉摸的神情。

"E chi è?"[1]基娅拉没听说过策兰。

我向他投去同谋的眼神,他明白我的意思,但是回看我时,却没有一丝想嘲笑基娅拉的意思。他究竟站在哪一边?

"一位诗人。"他们开始向着小广场中心漫步时,他低声说道,然后丢给我一句漫不经心的再说吧!

我看着他们在隔壁一家咖啡馆里找空位。

几个朋友问我奥利弗是不是在追她。

不知道,我回答。

那他们做了吗?

我也不知道。

我很乐意变成他。

谁不想?

但现在我仿佛置身天堂。因为他没忘记我们有关策兰的对话,这让我前所未有地狂喜了好几天。一切都洋溢着幸福的喜悦。只要一句话、一个眼神,我就仿佛置身天堂。幸福或许一点都不难。而幸福也只能向内探寻,不可他求。

我记得《圣经》里的那个场景。雅各[2]向拉结[3]要水;听到拉结给他的预言之后,雅各双手高举向天,亲吻井旁的土地。我是犹太人,策兰是犹太人,奥利弗是犹太人——我们生活在一个半犹太区,一个偶尔残酷冲撞、多半还算太平的世界。在那里,醉鬼会在陌生人面前立刻收敛自己;在那里,我们不会误解他人,也不会被他人错估;在那里,

---

1 意大利语,意为"是谁"。
2 雅各(Jacob),又称以色列,为希伯来人的祖先,亚伯拉罕之孙、以撒之子。
3 拉结(Rachel),雅各之妻。

一个人就是能了解另一个人,而且能了解得那么彻底,以至一旦剥夺了这种亲密,就成了希伯来文所谓的galut,即"离散"或"流亡"。他就是我的故乡,那么,他能够带我回家吗?你是我最后的归宿,奥利弗。除了能与你和睦共处,我别无所求。奥利弗,你让我喜欢自己,跟你在一起时的那个自己。如果这世界有任何真实可言,真实就存在于你我相聚的时候。如果有一天我鼓起勇气把我的真心话告诉你,请提醒我,感恩节那天,要在罗马的每个圣坛上点一根蜡烛。

我从来没想过,如果他随口一句话就能让我如此幸福,那么,他再说一句,我就会神魂颠倒。如果我不想痛苦,那么,我就应该学会留心这小小的喜悦。

但是,就在那一晚,我借着令人飘飘然的得意劲儿跟马尔齐亚闲聊。我们跳舞跳到午夜之后,我沿着海岸送她回家。我们在半路停下来。我说我很想游一会儿泳,以为她要阻止我,她却说她也很喜欢在夜里游泳。我们立刻脱掉衣服。"你跟我在一起,不是因为你生基娅拉的气吧?"

"我干吗生基娅拉的气?"

"因为奥利弗呀。"

我摇摇头,装出一脸困惑的样子,表示我搞不懂她怎么会有这种想法。

她用长袖运动衫擦干身子时,她要我转过身去,别盯着她看。我假装偷瞄,但因为太听话而不得不照她的话做。轮到我穿衣服的时候,我不敢要她别看,不过她撇开了目光,我倒是很高兴。等我们穿上衣服以后,我牵起她的手,吻了她的手心,然后吻她的指缝,再吻她的嘴。她很久才回吻,可是接着她就不想停了。

第二天傍晚,我们打算在海边同一个地点见面。我会比她早到,我说。

"别告诉任何人。"她说。

我在嘴巴上做出拉上拉链的动作。

"我们差一点就做了。"隔天吃早餐的时候,我告诉父亲和奥利弗。

"那为什么没做?"

"不知道。"

"宁可试过,失败了……"奥利弗用那句换汤不换药的老话,半开玩笑、半安慰我说。"我只需要鼓起勇气,伸手碰她,她会答应的。"我说,一方面回避他们俩进一步的批评,一方面也表示,自嘲的话我自己来就好,多谢。我是在炫耀。

"回头再试。"奥利弗说。这是自我感觉良好的人做的事。不过我也感觉到他有某种企图,而且不肯老实说。或许在他愚蠢但好意的回头再试背后,有些微微不安也说不定。他在批评我。或在寻我开心。或看透了我。

"回头不试,更待何时?"他终于说了出来,令我感到心痛。只有看透我的人才这么说。

父亲喜欢这个说法。"回头不试,更待何时?"呼应了希勒尔拉比[1]著名的训令:"此时不做,更待何时?"

奥利弗立刻收回他略微带刺的言论,说出更温和的版本:"换作我绝对再试一次,而且会再接再厉。"不过回头再试是他拉来遮掩回

---

[1] 希勒尔拉比(Rabbi Hillel):活跃于公元前一世纪后半叶至一世纪初的犹太教圣人、《圣经》注释家。

头不试,更待何时的布幔。

我重复他这句话,仿佛那是先知的咒语,反映出他如何度日,以及我将如何度日。借着重复这句出自他口的咒语,或许我将在一条通往尘世真理的秘径上跌跌撞撞,那是我迄今无法理解的真理,却与我、生命、他人以及我和他人的关系都有关。

回头再试是我每晚发誓要采取行动拉近奥利弗与我的距离时,对自己说的最后几个字。回头再试的意思是:我现在没有勇气。还没准备好。上哪儿去找回头再试的意志与勇气,我不知道。但打定主意要采取行动而非坐以待毙,让我觉得自己已经做了什么,好像我还没投资,更别说赚钱,却已经开始觉得自己在盈利了。

但我也知道,我是在用回头再试为人生筑起一道防线,几个月,几个春夏秋冬,一年又一年,整整一生就这样过去,除了铭刻在每一天的"回头再试"之外,什么都没有发生。对于奥利弗这样的人来说,回头再试是有用的。回头不试,更待何时则是我的示播列[1]。

回头不试,更待何时?如果他看穿我,用那八个尖利的字揭穿我一个又一个秘密,怎么办?

我必须让他知道,我对他毫无兴趣。

令我彻底陷入消沉的是,几天后的早上,我在花园跟他说话时,不仅发现他对我为基娅拉说的奉承话置若罔闻,而且发现自己完全搞错了。

---

[1] 示播列(shibboleth):出自《旧约·士师记》12:5,基列人战胜以法莲人,以法莲人在约旦河渡口试图逃走,基列人令以法莲人说"示播列",以法莲人因咬字不准而说"西播列",基列人便将其抓住并杀掉。后来便以"示播列"喻指暗语。——编注

"你说搞错了,是什么意思?"

"我没兴趣。"

我不知道他的意思是没兴趣讨论,还是对基娅拉没兴趣。

"大家都有兴趣。"

"嗯,或许吧。可是我没有。"

仍然不明朗。

他的声音立刻开始有些冷淡、不耐烦和吹毛求疵。

"可是我看见你们在一起。"

"不关你的事。总之,我不跟你或她玩这种游戏。"

他抽了口烟,以他平常那种冷冰冰且带有威胁的眼神,扭头盯着我看,仿佛能以关节内窥镜般的精准,切开并凿穿你的内脏。

"我很抱歉。"我耸耸肩说,然后继续看我的书。我再度踩过自己的边界,除了归咎于太欠考虑之外,没有其他优雅的退场方式。

"或许你应该试试。"他突然插话。

我从来没听过他用这种机巧的语气说话。通常,我是那个在得体与否的边缘跟跟跄跄的人。

"她不会想要和我有任何瓜葛的。"

"你希望她想要吗?"

这是要扯到哪里去?为什么我觉得陷阱只有几步之遥?

"不希望吧。"我小心翼翼回答,没意识到我的畏缩让我的"不希望"听起来几乎像问句。

"你确定?"

我是否在不经意间让他深信我一直对基娅拉有意思?

我抬头看他,仿佛要正面迎战。

"你知道什么?"

"我知道你喜欢她。"

我厉声反驳："你才不知道我喜欢什么。完全不知道。"

我努力让我的话听起来既傲慢又神秘，就像在谈及像他那样的人永远也无法明白的人类经验。但是我的话听起来却只有暴躁和歇斯底里。

就连没那么精明的人类灵魂观察者，也能在我的执意否认中，看出我只是拿基娅拉当幌子。

然而，比较精明的观察者，却能以之为引子，导向完全不同的真相：推开那扇门，但后果请自负——相信我，你不会想听的。或许你应该及时掉头离开。

但我也知道，只要他对真相稍微露出怀疑，我就会尽一切力量让他再度陷入茫然。然而，如果他毫不起疑，我慌乱的言辞可能同样使他孤立无解。到头来，比起他继续追究，搞得我作茧自缚，倒不如让他以为我对基娅拉有意思，这样我还更开心一些。无言——我可能会承认我从没为自己设想过一切会如何，也并不知道自己内心深处有什么要去坦白。无言——我可能会更愿意跟随身体的渴望，而不是去讲提前几小时准备好的俏皮话。我可能会脸红了又红，因为我曾经脸红、胡言乱语，终至崩溃——那时我将处于何种境地？他又会说些什么？

与其再多花一天勉强做出连自己都难以置信的决定——回头再试，我想，倒不如现在就崩溃。

不对，他最好永远不知道。我能忍受。我能一直、一直忍受下去。我甚至不惊讶自己能如此轻易接受这一点。

有时候，忽然之间，我们之间会迸发出温柔时刻，那些我渴望向他诉说的话几乎就要脱口而出。那是我所谓的绿色泳裤时刻——即使我的颜色理论完全被推翻,我已经没信心再在"蓝色"日子里期待友善,或在"红色"日子里小心翼翼。

音乐是我们很容易聊起的话题,尤其是我坐在钢琴前,或他希望我用某种风格弹点什么的时候。他喜欢我在一首曲子里融合两位、三位甚至四位作曲家的风格,再按照自己的方法去改编。有一天,基娅拉哼起一首流行歌。那天风大,没人去海边,甚至也没人在户外逗留,我即兴弹起一首勃拉姆斯改编自莫扎特的变奏曲,我们的朋友突然都聚在起居室钢琴的四周。"你是怎么做到的?"有一天早上他躺在"天堂"时问我。

"有时候,理解艺术家唯一的方法,就是设身处地,走入他们的内心,其他的一切就会自然而然,水到渠成。"

我们又谈起书。除了父亲之外,我很少跟任何人谈论书。

或者我们谈音乐,谈苏格拉底以前的哲学家,谈美国的大学。

或者还有维米尼。

某个早上,她第一次打扰到我们时,我正在改编勃拉姆斯的改编自亨德尔的变奏曲的最后几段。

她的声音驱散了上午十点前后浓郁的暑气。

"你在做什么?"

"工作。"我回答。

趴在泳池边的奥利弗抬头看了看,汗水从他的肩胛骨间顺势而下。

"我也是。"她转身问奥利弗同一个问题时,他说。

"你们在聊天,不是在工作。"

"一个道理啊。"

"我希望我能工作。可是没人肯给我工作。"

从来没见过维米尼的奥利弗抬头看我,一副完全无助的样子,完全不清楚我们在说什么。

"奥利弗,这是维米尼,我们如假包换的隔壁邻居。"

她伸出手来,奥利弗跟她握了握手。

"维米尼的生日和我同一天,不过她才十岁。维米尼也是天才。对不对,你是天才吧,维米尼?"

"他们是这么说没错。但在我看来我可能不是。"

"为什么?"奥利弗问,语气尽量不显得太小心翼翼。

"如果老天将我造就为天才,品位未免太差。"

奥利弗看起来比任何时候都惊讶:"你说什么?"

"他不知道吧?"她当着奥利弗的面问我。我摇摇头。

"他们说我可能活不久。"

"你为什么这么说?"他看起来震惊极了,"你怎么知道?"

"大家都知道。因为我有白血病。"

"可是你这么美,看起来这么健康,而且这么聪明。"他反驳道。

"如我刚才所说,这不过是个冷笑话。"

奥利弗正跪在草地上,手里的书差点掉地上。

"或许你哪天来读书给我听,"她说,"我人真的很好——你看起来也很好。那么,再见喽。"

她翻过墙。"对不起,让你见着鬼了,嗯……"

你几乎能看出她想要收回自己错用的比喻。

如果说那天音乐尚未将我们的距离拉近,哪怕只是几个小时,维米尼的意外现身却做到了。

我们整个下午都在谈她。我不必找话说。几乎都是他在说话、问问题。他被迷住了。就那么一次例外,我谈的不是自己。

他们很快成为朋友。早上维米尼总是在他晨跑或晨泳回来后起床,然后他们一起走到大门,小心翼翼下楼梯,往巨石走去,坐在那里聊天聊到早餐时间。我从来没见过这么美或更深刻的友谊。我从来不觉得嫉妒,也没有人(当然包括我)敢介入或偷听他们的对话。我永远忘不了,每次他们打开通往海滨的门以后,维米尼向他伸出手的模样。除非有较年长的人陪伴,她很少冒险走那么远。

回想那年夏天,我永远无法理出事情发生的顺序。记忆中只有几个关键场景,除此之外,我还记得那些"重复"的时刻。早餐前后的晨间惯例:奥利弗躺在草地上或泳池边,我坐在我的桌子旁。接着是游泳或慢跑。然后他骑辆自行车到城里去见译者。在另一座花园阴凉处的大桌子上或在室内吃午餐,总有一两位客人在"正餐苦役"时报到。午后时光,阳光充足,万籁俱寂,绚烂又奢侈。

那年夏天,我还记得一些琐碎场景:父亲总好奇我如何利用时间以及为什么我老是落单;母亲鼓励我,如果对旧友没兴趣,就去交新朋友,不管如何就是别老在家里晃来晃去——书、书、书,老是书,还有吉他。他们俩都求我多去打网球,晚上多去跳舞,去认识人,自己去体会为什么其他人在我们的人生中是如此不可或缺,而不是你只能与之维持一定距离,慢慢走近。他们告诉我:必要时可以做些疯狂的事。他们永远都在窥探着,想去发掘那些透露我心碎内情但又神秘难解的蛛丝马迹,想以自己笨拙、扰人又深情的方式,即刻给我治疗,仿佛我是迷途的士兵,误闯了他们的花园,伤口若不立即止血就会死去。"你随时可以找我商量,我也经历过你的年纪,"父亲以前常说,"相信我,你觉得只有你能感受你经过的事,但是相信我,我全经历过,也因此吃过苦头,而且不仅一次——有些我从来没能克服,有些我仍像你现在一样无知,但人心的每个曲折、每处暂留和每个地方,我几乎都明白。"

还有一些其他场景:饭后的寂静——有些人小睡,有些人工作,有些人阅读,整个世界沉浸在安静的半音里。屋外世界的声音温柔地透进来,在这段美妙的时光里,我确信我已经在神游他方了。午后的网球。淋浴与鸡尾酒。等候晚餐。宾客再度光临。晚餐。他二度造访译者。散步进城,深夜回来,有时候一个人,有时候有朋友做伴。

还有些例外:暴风雨的下午,我们坐在起居室里,听音乐和冰雹重重拍打每扇窗户的声音。灯光熄灭,乐声停止,我们拥有的只是彼此的脸。一位阿姨喊喊喳喳讲述她在密苏里州圣路易斯市度过的可怕岁月,而且把"圣路易斯"念成了"三卢伊丝"。母亲正在追踪伯爵茶香味的源头,背景声则是曼弗雷迪和马法尔达从楼下厨房一路传上来的——夫妻俩压低声音拌嘴的嘈杂声。雨中,园丁披斗篷、戴风帽,消瘦的身影正与大自然搏斗,即使下雨也要去除草。父亲在起居室的窗口挥挥手臂示意:回来,安喀斯,回来。

"那个人让我有点受不了。"阿姨会这么说。

"那讨厌鬼可是有副菩萨心肠呢。"父亲则会这么说。

这些时光都因为恐惧而紧绷,仿佛恐惧是深沉的幽灵,或迷路受困于这座小城的珍禽,煤烟色的翅膀以永远洗不掉的阴影为活着的一切缀上斑点。我不知道我害怕什么,也不知道我为什么这么烦忧,更不知道这般轻易造成恐慌的事,为何有时感觉像最黑暗时的希望,会带来不真实的喜悦,套着绞索的喜悦。与他不期而遇,我的心怦然一跳,让我恐惧又兴奋。我怕他出现又怕他不出现,怕他看我又更怕他不看我。痛苦终于使我疲惫。灼热的午后,我简直精疲力竭,在起居室的沙发上睡着了。虽然做着梦,却清楚知道谁在房里,谁蹑手蹑脚进来又出去,谁站在那里,谁盯着我看了多久,谁尽可能在不发出沙沙声以免吵醒我的状况下,找当天的报纸,后来只得放弃,改找当晚的电影放映表。

恐惧从未离开。我醒来时它就在。早上听到他淋浴的声音,知道他会下楼跟我们吃早餐,眼见它化为喜悦;然而,他不喝咖啡,而是迅速走出屋外,立刻在花园里工作时,又只能眼见它变得闷闷不乐。到了中午,等待他给我只字片语的痛苦超乎我的承受。我知道再过约莫一小时,我只能独自躺在沙发上了。感到如此倒霉,如此不起眼,如此痴迷,如此不成熟,这一切令我憎恨自己。你就说句话吧,你就碰碰我吧,奥利弗。看我久一点,看泪水从我眼中涌出。夜里来敲我的门,看我是否为你打开了一条小缝。走进来。我的床永远为你空着。

我最恐惧的是整个下午或晚上都见不到他的踪影,不知道他上哪儿去了。有时候我看到他横穿过小广场,或跟我从来没在那里见过的人说话。可是那不算。近打烊时间,大伙儿总会聚集到小广场上,他很少多看我一眼,只会点个头。他点头的对象与其说是我,不如说是我的父亲,而我正好是他儿子。

我的父母,尤其是父亲,对他再满意不过。奥利弗显然比其他许多夏季住客要能干。他帮父亲整理文稿,处理许多外国寄来的信件,而他自己的书显然也有进展。他的私生活和他在私人时间做什么,是他的事。"如果年轻人只能慢跑,那谁来快跑?"这是父亲自创的笨拙格言。在我们家,奥利弗永远不会错。

因为我父母从来不关心他在不在家,我觉得我最好别表现出自己对此有多么焦虑。我只在父亲或母亲想知道他的下落时,才会提到他的缺席。我装出跟他们一样惊讶的样子。"噢,对啊,他出去好久了。不,不知道。"我也得注意别显得太惊讶,太过虚假会让他们警觉到什么正啃噬着我。他们总能一眼识破谎言，可到现在还没发现我真正的情感，真令我吃惊。他们总说我"太容易依恋"，然而直到今年夏天，我才总算了解他们所谓"太容易依恋"的意思。显然，我过去也是这样，在我或许还太年幼、难以自我觉察的时候，他们就已经注意到了。这一点在他们的生活里泛起警觉的涟漪。他们为我担忧。他们的担忧是对的，我只希望，他们永远不要知道事态发展已经远超过他们寻常的担忧。我知道他们丝毫不怀疑，这一点令我困扰，即使我也不希望事情往反方向发展。我因此知道，如果我不再这样袒露自己，并且能够如此隐瞒我的生活，那么我终能避开他们或他。但我会付出什么代价？我真的希望这样避开每个人？

没人能倾诉。我能对谁说？马法尔达？她会难以承受。我阿姨？她可能会告诉每一个人。马尔齐亚？基娅拉？我的朋友？他们会立刻弃我而去。等表亲来的时候对他们说？免谈。父亲的见解最开明——可是谈这种事？还有谁？写信给我的老师？看医生？说我需要心理医生？告诉奥利弗？

告诉奥利弗。我没有人能倾诉，奥利弗，所以我恐怕能倾听的那个人必须是你……

有一天下午，我得知屋里空无一人，于是我上楼去他房间。我知道他也不在房间。我打开他的壁橱——没有住客的时候，这里是我的房间，我假装想找我落在底层抽屉的东西。我原本打算快速翻找他的文件，但一打开壁橱，我就看见那个。挂在挂钩上的，是今天早上他没穿去游泳的红色泳裤。挂在壁橱里，而不是晾在阳台上让太阳晒干。我这辈子从没偷看过他人的私物。我拿起他的泳裤，拿到面前，脸埋进布料间摩挲，仿佛想要蜷缩在里面，让自己迷失在衣料的皱褶间。原来这就是他身上没涂防晒乳液时的味道啊。这就是他的味道，这就是他的味道，我一再告诉自己，在泳裤上寻找比他的气味更私密的东西，吻遍泳裤的每一寸，甚至想找到一根毛发，或任何东西。但愿我能把它偷走，永远放在身边，永远不让马法尔达洗，冬天在他离开这儿的那几个月依赖着它，嗅着它，让奥利弗得以重生，像他此刻赤裸裸地与我在一起一样。一阵冲动之下，我脱掉我的泳裤，穿上他的。我知道我想要什么，而且我是抱着让人铤而走险的陶醉和狂喜渴望着，我要冒险，冒一个人在烂醉时也绝对不愿意冒的险。我想穿着他的泳裤达到高潮，留下证据让他发现。这时一个更疯狂的念头盘踞着我的心。我掀开他的被褥，脱下他的泳裤，一丝不挂地躺在他的被单里搂着他的泳裤。让他发现我吧——我会面对他，总有办法的。我记得这张床的感觉。我的床。但他的气味围绕着我，健全又慈悲，就像在赎罪日[1]那天，一个碰巧站在我旁边的陌生老人，把他的祈祷披巾盖在我的头上时，我突然闻到的奇异气味，那气味与那个永远在流散的民族融合，只有当一个存在与另一个存在一同被包裹在一块祈祷披巾里时，这个民族会再度聚合起来。我拿起他的枕头盖在自己脸上，粗野地吻它，双腿夹着它，告诉它我没有勇气对世上其他人说的事。我告诉它我想要什么。只要片刻我就会和盘托出。

秘密跑出我的身体。就算他看到又怎样？就算他逮到我又怎样？怎样？怎样？会怎样？

---

[1] 赎罪日（Yom Kippur）：赎罪日为犹太新年（又称岁首节 Rosh Hashanah）后的第十天。犹太新年的活动，始于犹太新年，延续十天，到赎罪日进入高潮。犹太人在这十天中忏悔自己的罪过，请求神给自己多一年的时间省察。赎罪日当天要禁食二十五小时，并虔诚祷告，通常在犹太教堂度过。

从他房间走回我房间的路上，我想知道自己够不够疯狂到能再次尝试做相同的事。

那天晚上我发觉自己密切关注着屋里的每个人。强烈的羞耻感来得比我想象的还快。我随时都能毫不犹豫地偷偷溜回楼上。

有一天晚上我在父亲的书房里读书，读到一位英俊年轻骑士疯狂爱上公主的故事。公主也爱他，但似乎并未意识到骑士也爱着她，所以尽管两人交情匪浅，或者正因为他们之间隔着一道友谊的防线，他发现自己因为公主直率得难以亲近，而变得非常卑微和寡言少语，完全无法向公主诉说自己的爱意。有一天他直截了当地问公主："说出来好，还是死好？"

我绝对连问这种问题的勇气也没有。

但我对他的枕头所诉说的让我发现，至少有那么一刻，真相曾经上演，开诚布公，我已经享受过说出来的快感。即便我喃喃自语着那些我不敢对着镜中的自己说的话，而他碰巧经过，我也不在乎，不介意。让他知道吧，让他看到吧，如果他想要的话，也让他判决吧。只要不公之于世就好。即使现在你就是我的世界，即使你眼里矗立着一个厌恶又鄙夷的世界。奥利弗，一旦你知道之后，我宁可死也不愿面对你钢铁般冷酷的眼神。

第二章　莫奈的崖径

约莫七月底，事情最终发展到不得不面对的地步。显然在基娅拉之后，他还有一连串的艳遇、热恋、打情骂俏、一夜情、风流韵事，天晓得是什么。对我来说，一切只归结于一件事：他的那玩意儿游遍了B城，每个女孩都碰过。那画面让我觉得好笑。我从来都懒得去想他那时的样子，宽阔、黝黑、有光泽的肩膀上下晃动，就像那天下午我曾用双腿夹着他的枕头时想象过的那样。

有时候他恰好在"天堂"看稿子，只要看看他的肩膀，我就想知道昨晚他去了哪里。他每次翻身，肩胛骨的动作都是那么轻松自如，如此不经意地闪烁着阳光。对于昨晚那个躺在他下面、轻轻咬他的女人来说，他尝起来有海的味道吗？还是有防晒乳液的味道？或者是有我钻进他的被单时，被单散发出的气味？

我多希望拥有他那样的肩膀。如果我有那样的肩膀，或许就不会这样渴望他的？

Muvi star，我想要像他一样吗？我想成为他吗？或者我只是想拥有他？在欲望纠缠的捆束中，"成为"和"拥有"是完全错误的动词吗？"想触碰某个人的身体"和"成为我们想触碰的对象"，是一体的，也是相同的，就像一条河的两岸，河水从我们流向他们，回到我们，再到他们，永远在流动，在那里，心就像欲望的暗门、时间的隧道以及抽屉的夹层，具有欺骗性的逻辑。根据这个逻辑，真实的人生与未曾真实活过的人生，我们是谁与我们想要什么之间的最短距离，就是埃舍尔[1]以顽童般的残酷设计的扭曲楼梯。奥利弗，你和我几时被这些东西分隔了？为什么我知道，而你却毫不知情？每晚我想象着自己躺在你身边时，渴望的是你的身体吗？还是我渴望进入你的身体，占为己有，仿佛你的身体就是我的？就像我穿上你的泳裤又脱掉，始终心怀渴望；就像那天下午，我前所未有地渴望能感受到你进入我的身体，仿佛我整个躯体都是你的泳衣、你的故乡。我中有你，你中有我……

那一天。我们在花园里，我谈起刚读完的短篇小说。

"那个不知道是说出来还是去死的骑士？你跟我说过了。"

显然我忘了。

"嗯。"

"那么，他说了吗？"

"公主对他说，最好是说出来。不过她有些防备，感觉似乎有陷阱。"

"所以他说了吗？"

"没有，他避开了。"

"想象得到。"

当时刚吃过早餐。那天我们都不想工作。

---

[1] M.C.埃舍尔（M.C. Escher，1898—1972）：荷兰版画艺术家。

"听着,我得进城去拿东西。"

"东西",铁定是译者最新的稿子。

"你希望我离开的话,我就走。"

他默默坐了一会儿。

"不,我们一起进城。"

"现在?"我的意思可能是,真的?

"怎么,你有更想做的事?"

"没有。"

"那我们走吧。"他把文稿放进磨损的绿背包里,背在肩膀上。

自从上次骑车去B城之后,他再也没有邀我一起去过任何地方。

我放下钢笔,合上乐谱,把半杯柠檬水压在上面,准备出发。

去车棚的途中,我们经过车库。

一如平常,马法尔达的丈夫曼弗雷迪和安喀斯正在争论。这次曼弗雷迪是在指责安喀斯给番茄浇太多水,简直大错特错,因为那些番茄长得太快了。"这样种出来的番茄会发白。"他抱怨道。

"听着,我负责种番茄,你负责开车,咱们相安无事。"

曼弗雷迪坚持说:"你不懂。在我们那个年代,番茄到了某个阶段就得移植,从一处移到另一处,再到另一处,而且附近要种罗勒。当然啦,你们当过兵的什么都懂。"

"没错。"安喀斯不太想理他。

"我当然没错。怪不得军队没有把你留下来。"

"没错,军队没把我留下来。"

两人都向我们打招呼。园丁把奥利弗的自行车交给他:"昨晚我检查过轮胎,费了一番工夫。我也替轮胎打过气了。"

曼弗雷迪被激怒了。

"从现在起,我修我的轮胎,你种你的番茄。"怄气的司机说。

安喀斯露出苦笑。奥利弗也报以微笑。

一到通往入城干道的丝柏小径,我就问奥利弗:"他不会让你有点受不了吗?"

"谁?"

"安喀斯。"

"不会啊,为什么这么说?前几天我回家时跌倒了,擦伤颇严重,安喀斯坚持为我涂了某种偏方[1]。他还替我修了自行车。"

他一手抓着自行车把手,一手掀起衬衫,露出左腰上大片的擦伤和瘀青。

"我还是觉得有点受不了。"我重复阿姨说过的话。

"只是一个无所适从的人,真的。"

本该由我碰触、抚摸和爱怜他的擦伤。

途中,我注意到奥利弗一点也不着急。他不像平常那样匆忙,没有加快速度,没有用平时那种精力充沛的热情爬坡。他似乎也不急着回去写稿,或去找海边的朋友会合,或像往常一样甩掉我。或许他没什么更想做的事。这是我的"天堂"时刻。年轻如我,也知道这不会持久,我至少应该享受当下,而不是一再地用古怪的方式去试图巩固我们的友谊,或将之提升到另一个层次,结果搞砸一切。没有什么所谓的友谊,那没意义,只是一时的恩宠。Zwischen Immer und Nie.[2] Zwischen Immer und Nie. 策兰说的。

当我们抵达能够俯瞰大海的小广场时,奥利弗停下来买最近才开

---

[1] 原文此处为 witch's brew,即"巫婆的煎药",指一些奇奇怪怪的配方。
[2] 德语,意为"在永恒与虚无之间"。

始抽的高卢牌香烟。我从没试过高卢牌,问他我可否抽抽看。他从盒子里抽出一根火柴,弯起手指,贴近我的脸,替我点烟。"不错吧?""很不错。"这个牌子的烟会让我想起他,想起这一天。我意识到,还有不到一个月他就会消失得无影无踪。

这或许是我第一次容许自己倒数他在 B 城剩余的时日。

"看这里。"我们在早上十点左右的阳光下,优哉游哉地骑车来到小广场,俯瞰山丘的起伏。

远方是大海壮丽的景象,难得能看到一条条浪花划过海湾,仿佛巨型海豚在破浪。一辆小型公交车在费力爬坡,三名穿制服的骑车人落在后头,显然在抱怨小型公交车排出的废气。"据说曾经有人溺死在这附近,你一定知道是谁吧?"他说。

"雪莱。"

"那你知道他太太玛丽和朋友发现他的遗体后,做了什么吗?"

"Cor cordium,[1] 众心之心。"我回答,并且谈到,在岸边火化时,雪莱的朋友在火焰吞噬肿胀的尸身前,突然抓起雪莱的心脏。他为什么考我?

"有什么是你不知道的?"

我看着他。知道自己的机会来了。要么把握,要么失去,但无论如何,我知道我永远无法忘掉那种嘲讽;或许我可以洋洋得意地接受他的恭维,但是余生都会带着悔意。这或许是我这辈子第一次在毫无准备的状况下对一个成年人说这些。我太紧张,以致无法做任何准备。

"我什么都不知道,奥利弗。不知道,什么都不知道。"

"你比这儿的任何人知道的都多。"

---

[1] 玛丽在雪莱的墓碑上刻的拉丁文,一般英文译为 "heart of hearts"。

为什么他要用了无生气又傻里傻气的鼓励回应我极其沮丧的语调？

"但愿你知道，我对真正重要的事有多么无知。"

我现在是在蹚水了，想方设法既不溺水，也不游至岸边，只是留在水中，因为真相就在这里——尽管我无法说明，甚至也无法给予暗示，但我发誓真相就在我们身边，就像我们聊起刚刚游泳时弄丢的项链那样：我知道项链就在水里。但愿他知道，但愿他知道我给他的每次机会，都是为了将二和二加在一起，得出大于无限的数字。

如果他明白，他必定早已起疑；如果他起疑，他就会独自站在小路的对面，用他含有敌意，玻璃般犀利、冰冷的眼神盯着我，仿佛无所不知。

他必定偶然发现了什么——天晓得是什么。或许他在试着不表现得太过震惊。

"什么是重要的事？"

他是在装傻吗？

"你明明知道。到了这个节骨眼，就数你最该知道。"

沉默。

"你为什么要告诉我这一切？"

"因为我认为你该知道。"

"因为你认为我该知道。"他若有所思地复述我的话，试着理解这几个字的完整意义，理出头绪，借着重复这句话来拖延时间。我知道，这块铁正烧得灼热。

"因为我希望你知道，"我脱口而出，"因为除了你之外，我没有人可说。"

就这样，我说出来了。

我说得够清楚吗？

我正要岔开话题，讲讲海或明天的天气什么的，聊聊父亲承诺过每年此时都要驾船去 E 城，也不知道是不是个好主意。

但是多亏他，他不肯放过我。

"你知道你说了什么吗？"

这时，我望向大海，用含糊疲惫的语气——仿佛那是我最后的掩饰、隐藏和逃避——说："知道，我知道自己在说什么，你一点也没误会。我只是不太擅长说话。不过你大可不再跟我说话。"

"等等。我没有误解你的话吗？"

"没、没有。"既然秘密已经脱口，我大可摆出从容不迫、略为恼怒的姿态，就像已向警方投降的重罪犯，向一个个警察，一而再、再而三地坦承自己是如何抢劫店家的。

"在这里等我，我得上楼去拿些文件。别走开。"

我带着信任的微笑看着他。

"你很清楚我不会走开。"

如果这不算再次表白，那什么才算？我想。

我边等边推着我们的自行车走向战争纪念碑，这座纪念碑是为一战期间死于皮亚韦河战役的 B 城年轻人建立的。意大利每座小城都有类似的纪念碑。两辆小型公交车停在附近，让乘客下车——一群有点年纪的妇人，从邻村进城来购物。小广场周围有几个老人，多是男性，身穿单调、陈旧的暗灰色西装，坐在摇摇晃晃、有草编椅背的小椅子里或公园长凳上。我想知道这里有多少人还记得葬身于皮亚韦河的年轻人，年过八十的人才可能见过这些战士，少说也要年近百岁才可能比当时上战场的年轻人年长。到了期颐之年，你无疑早就学会了如何克服失落和悲伤——还是一直会被这些情感困扰，至死方休？到了期颐之年，兄弟姐妹忘了，儿子忘了，爱人忘了——没人记得任何事——甚至连最悲痛欲绝的人也忘了要记住你。父母早已亡故。还有谁会记得？

一个念头快速在我心里闪过：我的后代会知道我今天在这座小广场上说的话吗？会有什么人知道吗？还是那些话将消失得无影无踪——我也希望如此吗？他们会知道，小广场上的这一天，是多么接近他们命运的边缘吗？这个念头让我觉得好笑，让我有必要保持距离来面对这一天剩余的时光。

三四十年后，我将回到这里，回想我永志不忘的这段对话，就像有一天我可能很想忘掉那样。我将与我的妻儿来到这儿，让他们看这片风景，指着海湾、咖啡馆、"跃动舞厅"和"大饭店"，站在这里，恳请雕像、有草编椅背的椅子和摇摇晃晃的木桌提醒我，曾有个名叫奥利弗的人。

他回来后脱口而出的第一句话是："那个白痴米拉尼把页码搞错了，得整个重打。我今天下午没法工作了，害我进度落后一整天。"

轮到他找借口转移话题。如果他想，我也能轻易放过他。聊海，聊皮亚韦河，聊赫拉克利特的断简残篇，比如，"我寻找过我自己""看不见的和谐比看得见的和谐更好""自然喜欢躲藏起来"。若不聊这些，也能继续讨论父亲计划的E城之行，或是随时会来表演的室内乐团。

途中我们经过一家店，母亲总来这儿订花。小时候，我喜欢看临街的超大橱窗，橱窗上总有水帘覆盖，水总是那么轻柔地流淌着，让这家店铺有一种被施了魔法的神秘氛围，让我想起许多电影里，画面模糊预示着闪回就要开始。

"但愿我没说。"我总算说出口了。

我知道这句话一出口，就打破了我们之间微小的魔力。

"我就假装你没说过。"他接着说。

嗯,我倒是没料到,一个如此泰然自若的男人会这么说。我在家里从来没听过这种话。

"这是不是意味着,我们是那种常聊天的好友——但其实不尽然呢?"

他思索片刻。

"听着,我们不能谈这种事。真的不行。"

他背起背包,我们往山下走。

十五分钟前,我痛苦至极,每个神经末梢、每种情绪都像在马法尔达的研钵里,被击打、捣碎、研磨,全部化成粉末,直到难以分辨恐惧、愤怒或仅存的一点点稀稀落落的欲望。但当时尚且有所期待。等到我们把牌全摊在桌上,秘密、羞耻已然消失,这几个星期以来,让一切存活的那一丁点未说出口的希望,也随之而去。

只剩下风景和天气能鼓舞我的精神。就像在空荡荡的乡村路上一起骑车兜风所达到的效果,此时这条路完全属于我们,阳光开始向沿路田地发起猛烈攻击。我叫他跟我走,我要带他去一个游客和外地人从未见过的地方。

"如果你有时间的话。"我补充说道,这次不想表现得太咄咄逼人。

"我有时间。"他说这话的声音里有一种不表态的轻快,仿佛觉得我讲话过于圆滑,有些滑稽。但这或许是为了补偿不讨论眼前问题所做的小小让步。

我们偏离大路往悬崖边去。

"这里是莫奈作画的地方。"我借着一段开场白来引起他的兴趣。

发育不良的小棕榈树和奇形怪状的橄榄树散布在小树林里。穿过树林,在通往悬崖边缘的陡坡上,有座部分荫蔽在高大海松中的小圆丘。

我把自行车靠在树旁,他也照做。我指着通往崖径的上坡路给他看。"你看!"我兴高采烈地说,仿佛是在展现比我为自己说的任何话都更动人的东西。

安静无声的小海湾就在我们正下方。毫无文明的迹象,没有人家,没有防波堤,也没有渔船。向更远处看,总能看到圣贾科莫的钟塔,如果睁大眼睛,还能看到 N 城的轮廓,再远一点是类似我家和邻居家别墅(也就是维米尼的住处)的建筑,还有莫雷斯基家——他们家两个女儿可能单独或一起跟奥利弗上过床。天晓得,在这节骨眼上谁在乎?

"这是我的地盘。完全属于我。我到这儿来读书。我在这里读的书多到说不清。"

"你喜欢孤独吗?"他问。

"不喜欢。没人喜欢孤独。但是我已经学会如何与孤独相处。"

"你一直这么有智慧吗?"他打算采取先放低身段,然后说教的策略吗?像其他人一样,说我必须多出门,多交朋友,还有,交了朋友以后,对待他们不要那么自私?这是他打算扮演心理医师兼家庭友人的铺垫吗?还是我又误解他了?

"根本称不上什么智慧。我说过,我什么都不知道。我会读书,知道如何去理解句子,但这不意味着,我知道如何谈论对我来说最重要的事。"

"你现在做的就是呀……从某种程度上来说。"

"对,从某种程度上来说。这就是我一直以来的表达方式:从某种程度上来说。"

为了不看他,我向远处凝视着海面。我在草地上坐下来,注意到他踮着脚蹲在距离我几码外的地方,仿佛随时会跳起来,回到我们停自行车的地方。

我完全没想过，自己带他到这儿来，不仅是为了向他展示我的小世界，也是为了请求我的小世界接受他，好让我的夏日午后独处小天地也能认识他，评判他，看他适不适合这里，再接纳他，好让我能再回到这里来追忆。我到这儿来，是为了逃离已知世界，虚构另一个属于我的世界。我是在向他介绍我的出发地。而我要做的就是，跟他列举我在这里读过的作品，他就会知道我曾游历过的地方。

"我喜欢你谈论事情的方式。但你为什么老是贬低自己？"

我耸耸肩。他批评我太苛求自己？

"我不知道。所以你不会吧，我猜。"

"你就这么害怕别人的想法吗？"

我摇摇头。但我不知道怎么回答。或者答案太过明显，我不必回答。就是这样的时刻，让我觉得如此脆弱，如此赤裸裸。质疑我，让我紧张，要是我不反驳，恐怕他就要看穿我。不，我无言以对。但我也动弹不得。我想让他自己骑车回去。我会及时到家吃午饭的。

他盯着我，等我开口。

这是我第一次怂恿自己回望他。通常我会瞥他一眼，然后望向一边——因为除非他邀请我，否则我不愿在他迷人澄澈的眼波里浮游——而我永远等得不够久，永远来不及弄清楚那里究竟是否欢迎我。望向一边，因为我太害怕回望任何人；望向一边，因为我不想透露自己的秘密；望向一边，因为我无法承认他对我有多重要；望向一边，因为他钢铁般冰冷的凝视总提醒我他的姿态有多高，而我又是多么卑微。此刻，在当下的静默中，我回望他，不是为了挑战他或表示我不再害羞，而是为了投降，为了告诉他：这就是我，这就是你，这就是我想要的；此刻我们之间只有真实，而真实所在之处就没有阻碍，没有躲闪的目光。如果这样都没有结果，就永远别说你或我不知道会发生什么事。我已经不存一丝希望。我以看透一切的凝视回望他,既挑战又逃避的姿态仿佛在说:"有种就吻我啊!"

"你把事情搞得很棘手。"

他指的是我们的凝视吗?

我没退却。他也没有。是的,他指的是我们的凝视。

"为什么我把事情搞得很棘手?"

我的心跳得太快,以致语无伦次,脸变得再红也不觉得害臊。那就任由他知道吧,任由他。

"因为这件事可能大错特错。"

"可能?"我问。

那么,有一线希望?

他坐在草地上,躺下,手臂枕在头下,盯着天空看。

"对,可能。我不会假装没想过这件事。"

"我会是最后一个知道的。"

"对,是的。得啦,你以为发生什么事了?"

"发生什么事了?"我以提问的方式笨拙地说。"没事。"我又多想了一下。"没事。"我再一次重复——仿佛我开始隐约领会到的事是如此杂乱无章,只要借着重复"没事"这句话,就能被轻易推至一旁——从而填满令人难堪的沉默裂隙。"没事。"

"我懂了。你搞错了,我的朋友,"他终于开口,声音里带着责怪的傲慢,"如果你因此觉得好过一些,我必须有所保留。你也到该学乖的时候了。"

"我顶多只能假装不在乎。"

"这种事,我们不是早就都清楚吗?"他马上厉声说道。

我崩溃了。这段时间,我一直以为我在花园、阳台、海边摆出不

71

理他也没什么大不了的姿态,是在冷落他,可是他早就看透我,把我的举动当成闹别扭、欲擒故纵的老把戏。

他的坦诚似乎打开了我们之间所有的排水管道,却也恰恰淹没了我刚萌芽的希望。此后我们将何去何从?还有什么好说的?等到下次我们假装不讲话,却不能确定彼此之间的冰霜是真是假,又会发生什么事呢?

我们又聊了一会儿,然后话题枯竭了。既然两人手中的牌全摊在桌上了,现在感觉就像闲聊一样。

"这就是莫奈作画的地方?"

"家里有一本书,里面有这一带的精彩图片。回家我再拿给你看。"

"好,你一定要拿给我看看。"

他屈尊俯就的样子。我恨死了。

我们各自撑着手肘,盯着风景看。

"你是世间少有的幸运儿。"他说。

"你只看到了一部分。"

我让他仔细思考我的话。接着,或许是为了填补令人难堪的沉默,我脱口说:"不过,其实你看错了。"

"什么?你的家人吗?"

"也包括他们在内。"

"整个夏天住在这里,一个人读书,每顿饭都要应付令尊给你张罗来的'正餐苦役'?"他又在寻我开心。

我冷笑。不是,也不是那个。

他停顿了一会儿。

"你是指我们。"

我没回答。

"那，我们试试看。"我还没回过神，他就已经偷偷靠近我。太近了，我想，除了在梦里，或他拱手替我点烟之外，我还从没这么靠近他。如果他把耳朵再贴近一些，就能听到我的心跳。我在小说里读到过，可是直到现在才真的相信。他注视着我的脸，仿佛喜欢我的脸，想要加以研究，依恋不舍，接着他伸出手指触摸我的下唇，从左到右，再从右到左，一次又一次来回游移，我躺着，看他露出微笑，那微笑令我害怕当下会发生什么让人无法回头的事。或者这是他提问的方式，而我现在有机会拒绝或讲些什么来拖延时间，这样一来，我或许还能自我辩解，既然都到了这个节骨眼——只是我没时间了，他已经把他的嘴唇贴到了我的嘴唇上，给了我一个温暖、和解和"我只能做到这里"的吻，直到他发现我的吻有多饥渴。但愿我知道如何像他一样节制自己的吻。但热情容许我们将更多东西隐藏起来，那一刻在莫奈的崖径上，我想把关于我的一切隐藏在这个吻里，我也渴望自己迷失在这个吻里，就像一个人希望脚下的大地裂开，然后将自己完全吞没。

"好一点了吗？"事后他问。

我没回答，只是扬起脸再一次吻他，动作近乎野蛮，不是因为充满激情，甚至不是因为他的吻仍缺乏我所追求的那种热情，而是因为我不确定我们的吻是否能让我的自我确信更多一些。我甚至不确定我是否像先前期待那般乐在其中。我要再试一次，即使那个行动本身已把答案揭晓，我都需要再试一次。我的心正朝着最世俗的事飘去。这么强烈的否定？弗洛伊德的三脚猫门徒肯定会这么评论。我用一个更猛烈的吻压制我的疑问。我不要激情。我不要快感。或许我连证据也不想要。我不要词语、闲聊、吹嘘、边骑车边聊、讨论书，通通不要。只要太阳、草地、偶尔吹来的海风，只要从他的胸部、颈部、腋窝散发出来的体味。请占有我，让我蜕去旧有的自己，彻底改变，直到如同奥维德[1]诗作里的角色一般,与你的情欲合而为一。这才是我想要的。给我一条蒙眼布,握着我的手,别要求我思考——你愿意为我这么做吗?

我不知道这一切将往何处发展,但我逐渐臣服于他,一寸一寸,他必定也知道,因为我感觉到他仍在我们之间维持一段距离。即使我们的脸碰在一起,我们的身体却未曾贴合。我知道现在做任何事、任何动作都可能扰乱此刻的融洽。因此,意识到我们的吻可能不会再续,我试着让我的唇离开他的,却发现我有多么不想结束这个吻,我希望他的舌头在我嘴里,我的也在他嘴里——因为经过这些日子所有的不愉快以及间歇的冷战,我们变成了纠缠在彼此嘴里的潮湿舌头。只是舌头而已,其他毫无意义。最后,就在我抬起膝盖靠近他,面对着他的时候,我知道我已经打破魔咒了。

"我觉得我们该走了。"

"不要。"

"我们不能这么做——我了解我自己。到目前为止,我们还算规矩。我们守住本分,还没做出任何令人羞愧的事。让我们保持这样。我想要守住本分。"

"不要。我不在乎。管他们呢?"

我豁出一切伸出手(我知道如果他不心软,我就永远无法摆脱这个动作给我带来的羞愧),放在他的裤裆上。他没动。早知道我应该直接滑进他的短裤里。他必定看出我的企图,因此以一种极为克制,几乎是非常温柔却也相当冰冷的姿势,把手覆在我的手上片刻,接着,手指相扣,抬起我的手。

---

[1] 奥维德(Ovid,公元前43—公元17):古罗马诗人。

我们之间出现一阵难堪的沉默。

"我冒犯你了吗?"

"不要再这样了。"

这话听起来有点像我几星期前第一次听到的"再说吧"——尖锐、直率,一点都不快乐,语调毫无变化,没有一点我们刚刚都有的喜悦或热情。他伸出手拉我站起来。

他突然咧了一下嘴。

我记起他身体侧边的擦伤。

"我得注意绝对不要让伤口感染。"他说。

"我们回程时顺路去一下药房。"

他没回答。不过这大概是我们当时能说出的最清醒的话。这句话让扰人的真实世界像一阵大风灌进我们的生活——安喀斯、修好的自行车、关于番茄的争吵,匆忙中压在一杯柠檬水下的乐谱,这一切显得多么久远啊。

的确,我们骑车离开我的小天地时,曾经看见两辆旅行车往南要到 N 城。现在应该已近中午了。

"我们再也不会有深入的交谈了。"骑车滑下无止境的斜坡时我说,风吹拂着我们的头发。

"别这么说。"

"我就是知道。我们只会瞎扯。瞎扯。瞎扯。仅此而已。好笑的是,我说不定能忍受。"

"你刚刚押韵了。"他说。

我好爱他对我突然改变态度的方式。

两个小时后,在午餐桌上,我发现自己完全无法忍受那些瞎扯。

上甜点前,马法尔达正在收拾盘子,大家都把注意力集中在有关

75

雅各布尼·达·托迪[1]的话题上，这时我感觉到一只温暖的光脚丫漫不经心地擦过我的脚。

我记得这个感觉。在崖径上我就该抓住机会，感受一下他脚上的皮肤是否和我想象的一样光滑。现在是我仅有的机会。

或许是我的脚迷了路，碰到了他的。他的脚撤退，不是马上，却也够快了，仿佛刻意留一段恰当的间隔时间，好避免给人惊慌退缩的印象。我也多等了几秒，没有多想，只是让自己的脚开始搜寻另一只脚。才刚开始找，我的脚趾就突然碰到了他的脚；他的脚几乎动也不动，像一艘海盗船，尽管你以为它已经飞驰到数里外，实际上却隐藏在距离仅五十码的浓雾中，一等机会出现就会俯冲回来。我的脚还来不及采取任何行动，毫无警告，也没给我时间接近他的脚或再度到安全距离之外休息一下，他就突然温柔轻缓地伸出脚压在我的脚上，开始爱抚、摩挲个不停。光滑圆润的脚后跟压着我的脚背，偶尔重重压下来，旋即放轻，以脚趾一阵爱抚，从头到尾都在暗示这是为了好玩和游戏。因为他在以这种方式来冷落坐在我们对面正在进行"正餐苦役"的那些人，也在告诉我这与其他人无关，完全只属于我们，这是我们的事，但我不该做过多的诠释。他鬼鬼祟祟又执拗的爱抚让我背脊发凉，感到一阵晕眩。不，我不会哭，这不是恐慌发作，这不是"意乱情迷"，我也不打算穿着短裤达到高潮，虽然我非常、非常喜欢那样，尤其在他将脚心叠在我的脚上时。我盯着面前的点心盘，看见点缀着覆盆子汁的巧克力蛋糕上，似乎有人倒了比平常更多的红色汁液，而且越来越多，那酱汁似乎来自我头顶上方的天花板，直到我意识到那是从我的鼻子里涌出来的。我倒吸一口气，立刻捏起餐巾往鼻子上捂，尽可

---

[1] 雅各布尼·达·托迪（Jacopone da Todi, 1230—1306）：意大利宗教诗人。

能把头往后仰。"Ghiaccio[1],马法尔达,拜托,per favore,presto[2]!"我轻声说,表现出一切都尽在掌握中的样子。我向客人道歉:"今天早上我爬山了。这是常有的事。"

大家在餐厅忙进忙出,发出急促的脚步声。我闭上眼睛。克制,我不断对自己说,克制。别让你的身体泄露一切。

———

"是我的错吗?"午餐后他来到我房间里。

我没回答。"我就是一混球,对不对?"

他微笑,没说什么。

"坐一会儿。"

他坐在床上离我较远的一角,有如探视一个打猎时意外受伤被送医的朋友。

"你没事吧?"

"我想我没事,很快就会好。"我在太多小说里看过太多角色讲这种话。这种话让负心人得以免责,给每个人保留颜面,让无处躲藏的人重获尊严与勇气。

"我就不打扰你睡觉了。"他的语气像个周到的护士。

他边走出去边说:"我会待在附近。乖。"那语气仿佛在说"我会为你留一盏灯"。

---

[1] 意大利语,意为"冰块"。
[2] 意大利语,意为"快点"。

我试着小睡片刻,但小广场的事件、皮亚韦河战争纪念碑、怀着恐惧与羞愧骑车上山等,混杂着天晓得是什么的情绪,压迫着我,像是来自多年前的夏天,还是小男孩的我在一战前骑车到小广场,等到终于返乡,却成了九十岁的瘸腿士兵,只能被困在这间甚至不属于我自己的卧房里,因为我的房间已经让给一个年轻人,而他是我的眼中之光。

我的眼中之光。我的眼中之光、世界之光,那就是你,我的生命之光。我不懂"我的眼中之光"是什么意思,有点纳闷我到底在哪儿翻出了这种鬼话,但此刻就是这种胡说八道让我流泪。我希望我的眼泪淹没他的枕头,浸透他的泳裤,我也想要他用舌尖轻舔我的泪水,为我驱散悲伤。

我不明白他为什么这样触碰我的脚。调情?还是善意的盟友姿态?他亲密地搂抱按摩,就像已不再同床的情人之间漫不经心地推推搡搡——他们已经决定继续做朋友,偶尔一起看部电影。那是否意味着"我没忘,即使不会有结果,这仍是我们之间永远的秘密"?

我想逃离这栋房子。我希望下一个秋天已经到来时,我逃得越远越好。离开这座城,离开这里可笑的"跃动舞厅",离开这些傻乎乎的年轻人——头脑正常的人绝不想结交的那种。离我的父母、我的堂表亲,老是跟我竞争的侄子、外甥,还有那些带着晦涩学术计划的可怕的夏季住客,他们到头来总是会霸占房子里我这一侧的每一间浴室。

如果我再见到他会发生什么事?再一次流鼻血?哭泣?穿着短裤达到高潮?如果我看到他跟别人在一起,像他平常晚上那样在"跃动舞厅"附近溜达呢?如果那个人不是女人,而是个男人呢?

我应该学着回避他,切断每个联系,一个接一个,像神经外科医生将一个神经元和另一个分开那样,不再许下那些自我折磨的心愿。

不再去后花园,不再窥视,不再于晚间进城。每天戒掉一点点,像一个上瘾的人,戒掉一天,一小时,一分钟,情欲泛滥的一秒又一秒。这办法可行。我也知道这样没有未来。假如他今晚真的到我卧房来。更好的是,我喝了几杯,走进他的卧房,当面老老实实告诉他:奥利弗,我要你占有我;因为总得有人做,那还不如就是你吧。更正:我希望是你。我会努力避免成为你生命中最糟糕的床伴。请跟我做,像对待任何一个你再也不想见到的人那样。我知道这听起来一点也不浪漫,但我被困住了手脚,我需要快刀斩乱麻。你就放马过来吧。

我们会亲热。然后我会回到我的卧房清理干净。之后,我会偶尔把脚放在他脚上,看他做何感想。

这是我的计划。我要用这个办法让他离开我的世界。我会等大家都上床之后。留意他的灯。我会从阳台走进他的房间。

敲门去敲门去。不对,不要敲门。我确信他会裸睡。如果他不是一个人呢?进去之前我要先在外面的阳台听一听。如果他跟别人在一起,我来不及仓促离开,我会说:"哎哟,走错房间了。"对,就是这句,"哎哟,走错房间了。"用一点轻浮来挽回颜面。如果他一个人呢?我会走进去。穿着睡衣。不对,只穿睡裤。是我,我会说。你怎么来了?我睡不着。要不要我拿点东西给你喝?我需要的不是喝的;我喝够了,才有勇气从我房间走到你房间。我是来找你的。我懂了。别把事情搞复杂,别说话,别找理由应付我,别表现出你随时要呼救的样子。我比你年轻得多,如果你按响家里的警报器,或威胁着要向我妈告状,那你只会让自己难堪。我要立刻脱掉我的睡裤,钻到他床上。如果他不碰我,就由我来碰他;如果他没反应,我会让我的嘴大胆地前进到从没去过的地方。这些话本身的幽默感就让我觉得好笑。这是星与星之间的迸发与交织。我的大卫之星,他的大卫之星,我们颈项合而为一,两个自古以来便分离的犹太人再度结合。如果这些都没用,我会向他发起攻击,他会反击我,我们扭打成一团;等他制住我,而我像女人一样伸出腿缠住他,我一定要勾起他的欲望,甚至弄疼他骑车跌倒时擦伤的胯部。如果这些全都没用,那么我会使出最后的无礼招数,以这种无礼告诉他,丢人的只有他,不包括我;告诉他我达到高潮时,心里怀抱着真实与人类的善意,我要把痕迹留在他被单上,好提醒他,他是如何拒绝了一个年轻人对友情的恳求。如果你拒绝,那么首先应该怪罪你的双脚。

如果他不喜欢我呢?人们说,所有的猫在黑暗中……[1]——如果他对我没有一丝一毫的喜欢呢?那他就得努力。如果他真的很苦恼,感觉被冒犯了呢?——"出去!你个变态,内心扭曲的混蛋!"那个吻足以证明他可以被那样逼迫。更别说他的那只脚了?"爱,让每一个被爱的人无可豁免地也要去爱。"

他的脚。最让我被撩拨的,不在他吻我的时候,而是他以拇指按揉我的肩膀那次。

不对,还有一次。在我假装睡觉时,他进入我的卧房,压在我身上。再度更正:装睡的我轻轻呻吟,足以对他吐露"别走,你尽管继续",只要别说"我早知道你在装睡"就好。

那天下午稍晚,我醒过来,非常想吃酸奶。酸奶是我童年的记忆。我在厨房看见马法尔达一脸无精打采,把数小时前洗好的瓷器收起来。

---

[1] 原文是指"所有的猫在黑暗中都是灰的"(All cats are grey in the dark),意为"在黑暗中,所有的差异都变得不明显"。

她一定也小睡过，而且刚醒。我看见水果盆里有颗大桃子，便拿起来削皮。

"Faccio io."[1] 马法尔达想从我手上抢走刀子。

"不要，不要，让我来。"我回答，尽量不去冒犯她。

我想把桃子切成薄片，再切碎，越切越碎。直到变成原子大小。一种心理治疗。接着我拿起一根香蕉，慢慢剥皮，把它切得不能再薄，再切成丁。接着是一颗杏子。一个梨。几粒椰枣。之后从冰箱里拿出一大罐酸奶，把酸奶和切碎的水果倒进搅拌机里。最后，为了配色，再加上几颗从花园摘来的新鲜草莓。我爱听搅拌机嗡嗡嗡的声音。

这不是她常做的甜品。不过她打算让我在她的厨房里为所欲为，不加干涉，仿佛在迁就一个已经备受伤害的人。那婆娘知道。她肯定看到了那只脚。她的眼睛追随着我的每一步，仿佛随时准备在我拿刀割断静脉前，扑上来抓住我的刀。

调好混合酸奶，我把它倒进大玻璃杯里，把吸管像扔飞镖一样插进去，然后走向露台。途中，我走进起居室，拿出翻印莫奈作品的大画册，搁在梯子旁的小凳子上。我不会拿书给他看。只会把书留在那里。他会懂的。

露台上，我看到母亲和从S城远道而来打桥牌的两位阿姨在喝茶。第四位牌友随时会到。

我听到后头的车库传来她们的司机正在跟曼弗雷迪讨论足球选手的声音。

我拿着酸奶走到露台尽头，取出躺椅，面对长长的栏杆，想要享受最后半小时的充足阳光。我喜欢坐下来，看白昼慢慢消逝，光线逐

---

[1] 意大利语，意为"让我来"。

渐散开,黄昏就要降临。这是傍晚前的游泳时间,但也适合读书。

我喜欢宁静的感觉。或许古人是对的:偶尔流点血,不要紧。如果继续保有这种感觉,等一下我可能想弹一两首前奏曲和赋格。或许来一首勃拉姆斯的幻想曲。我又吞下更多的酸奶,伸长双腿放在身旁的椅子上。

过了好一会儿我才发觉自己的惺惺作态。

我希望他回来,撞见我这么轻松的样子。他对我晚上的计划一无所知。

"奥利弗在吗?"我问母亲。

"他不是出去了吗?"

我什么都没说。原来,"我会待在附近"也不过如此。

过了一会儿,马法尔达过来收空玻璃杯。Vuoi un altro di questi?[1] 仿佛"这个"是一种奇怪的酒,她对这种酒的异国的、非意大利的名字(如果有的话)完全没兴趣。

"不了,我可能要出去。"

"这个时间你要上哪儿去?"她问,暗示晚餐快好了,"何况你中午的时候又不舒服。Mi Preoccupo.[2]"

"我没问题。"

"我劝你不要出去。"

"别担心。"

"太太!"她大喊,想得到母亲的支持。

母亲也觉得出去不好。

---

[1] 意大利语,意为"还要喝这个吗"。

[2] 意大利语,意为"我会担心"。

"那我去游泳。"

做什么都比倒数时间挨到晚上要好。

走下石阶,前往海边的路上,我遇见一群朋友。他们在沙滩上打排球。想玩吗?不了,谢谢你们,我病了。我离开他们,漫步到大礁石那里,盯着大礁石看了一会儿,然后朝海的方向望去,水面上似乎有道波纹状的阳光向我荡漾开来,仿佛莫奈的画。我踏进温暖的水里。我并不悲惨。我想跟一个人在一起,但只身一人并不令我困扰。

维米尼(一定是其他人带她来的)说她听说我身体不舒服。"我们生病的人啊……"她开始说。

"你知道奥利弗在哪里吗?"我问。

"不知道。我觉得他是和安喀斯钓鱼去了。"

"和安喀斯?他疯啦!他上次差点死掉。"

没回答。她望向一边,避开夕阳。

"你喜欢他,对不对?"

"对。"我说。

"他也喜欢你——胜过你喜欢他,我觉得。"

这是她的感觉?

不对,是奥利弗的。

他什么时候告诉她的?

不久之前。

与我们开始几乎互不讲话的时间一致。那一周,连母亲也把我拉到一旁,劝我对我们家的"牛仔"礼貌一些——在屋里屋外遇到,连个表面的问候也没有,不好。

"我想他是对的。"维米尼说。

我耸耸肩,但我从未经历过这么强烈的矛盾。好痛苦,类似愤怒的情绪在我体内快要漫溢出来。我设法让心静下来,想想我们眼前的落日,像个即将接受测谎的人,借由想象宁静与平和的场景来掩饰自己的焦虑。我也强迫自己想其他事情,因为我不想碰触或耗尽关于今晚的任何念头。他也许会拒绝,甚至决定要离开我家,如果到时候情形窘迫,就解释一下自己为什么要那样。我只允许自己想这么多。

一个恐怖的想法攫住我。如果,此刻,他对他在城里结交的朋友或那些嚷嚷着要请他吃饭的人,透露或暗示了我们骑车进城时发生的事,该怎么办?换作我,我能对这个秘密守口如瓶吗?不能。

然而,他已经向我证明,我想要的东西随时都能给予或收回,这让人想不通何苦需要如此歇斯底里的自我折磨和羞辱,看清这一点,并不会比,譬如说买一包烟,递一支大麻烟,或者深夜在小广场后街被女孩拦下,谈好价钱然后上楼玩个几分钟,更复杂。

游完泳仍然不见他的踪影,只好问有没有人看见他回来。没有,他没回来。他的自行车还在中午前我们一起停放的地方,而且安喀斯几个钟头前就回来了。我上楼回到我的房间,从我这边的阳台走过去,想从他房间的落地窗进他房里。窗户上了锁,透过玻璃,我只看到他午餐时穿的短裤。

我努力回想。那天下午他到我房间来,保证说会待在附近时,穿的是泳裤。我从阳台往外看,希望看到那艘船,说不定他决定再度驾船出海。可是船停在我们的船坞里。

我下楼时,父亲正在跟一位法国记者喝鸡尾酒。"你何不演奏一曲?"他问。"Non mi va."[1] 我答道。"E perché non ti va?"[2] 他问,仿

---

[1] 意大利语,意为"我没心情"。
[2] 意大利语,意为"为什么没心情"。

佛跟我唱反调。"Perché non mi va!"[1] 我顶回去。

今天早上终于跨过主要障碍后,我似乎能够公开表达此刻内心微不足道的念头了。

或许我也应该喝杯酒,父亲说。

马法尔达通知开饭了。

"现在吃晚餐不会太早?"我问。

"已经超过八点了耶。"

母亲正在送一个乘车过来但现在必须先行离开的朋友出门。

我很庆幸,那个法国人尽管焦躁不安地坐在扶手椅上,等着让人领到餐室去,却依然一动不动地坐着。他双手握着一个空杯,迫使刚刚问过他对即将到来的歌剧季有何想法的父亲,在他回答完之前得继续坐着。

晚餐推迟了五到十分钟。如果奥利弗晚餐迟到,就不会跟我们一起吃;不过如果他迟到,就表示他在别处用餐。今晚我希望他只跟我们一起吃。

"Noi ci mettiamo a tavola."[2] 母亲说,并要我坐在她旁边。奥利弗的椅子空着。母亲抱怨他至少应该通知我们一声。

父亲说可能又是那艘船的问题。那艘船应该废弃掉。

可是船在楼下,我说。

"那一定是找那个译者去了。是谁跟我说他今晚得跟译者见面?"母亲问。

千万不能表现出焦虑或在意的样子。冷静。我不想再流鼻血了。

---

1 意大利语,意为"就是没心情啊"。
2 意大利语,意为"我们入座吧"。

我们谈话前后推着自行车在小广场上走的时刻，恍若天堂，如今属于另一个时空，仿佛发生在另一段人生的另一个我身上。那段人生虽然跟我自己的人生没有太大不同，却遥远得足以让我们分开的短短几秒好似几光年。如果我脚踩地面，假装他的脚就在桌脚后面，那他的脚会不会就像开启了隐身功能的宇宙飞船，或是像被生者召唤回来的鬼魂，突然从太空的涟漪中显现，说道"我知道你在召唤我，来吧，你会找到我的"。

不久，母亲的朋友在最后一刻决定留下来吃晚餐，并被安排在我午餐坐的位子上。留给奥利弗的餐具立刻被收了起来。

收拾的动作很快，没有一丝后悔或内疚，有如卸掉一个坏掉的灯泡，挖出曾是宠物如今却被宰杀的羊的内脏，或是抽掉逝者床铺上的床单和毯子。拿去，接好，把这些东西丢到看不见的地方。我眼睁睁地看着他的银质餐具、他的餐垫、他的餐巾，他的存在，全部消失。此情此景不折不扣地预示了不到一个月后将要发生的事。我没去看马法尔达。她讨厌晚餐开始的前一刻还要收拾餐桌。她对奥利弗、对母亲、对我们的世界摇了摇头。我猜她也对我摇了摇头。我不必看她就知道她的目光在我的脸上扫来扫去，随时准备抓住我的眼神，和我眼神交流，所以我一直盯着自己爱吃的冰激凌点心[1]，始终不抬头。她知道我爱这种点心，才放在桌上给我。尽管她带着斥责的表情偷偷观察我的每个眼神，却也很清楚我知道她为我感到遗憾。

晚些时候，我弹钢琴时，仿佛听到"速可达"摩托车停在门前的声音，我的心跳得飞快。有人载他回来。也可能是我搞错了。我竖起耳朵听

---

[1] 原文此处为意大利语 semifreddo，字面意思是"半冷"，指冰激凌蛋糕、半冰冻的牛奶蛋糕或某些水果派等糕点。

他的脚步声,他那双布面草底凉鞋轻轻踩着砾石,走上通往我们阳台的阶梯。可是没人进屋里来。

很晚、很晚之后,我在床上,分辨出停在松树小径外大路旁的车子传来的阵阵乐声。门打开。门砰然关上。车子开走。音乐逐渐消失。只剩冲浪和一个深陷在思绪里或只是微醺的人,踏着闲散的脚步轻轻扫过砾石的声音。

如果他在回房途中走进我的卧房,对我说"我想在回房前来探个头,看看你情况如何,你还好吧",结果会如何?

没有回答。

发火啦?

没有回答。

你发火了吗?

没有,完全没有。只是你说过你会待在附近。

所以你还是发火啦。

那你为什么不待在附近?

他像一个成年人面对另一个成年人那样看着我。原因你心知肚明。

因为你不喜欢我。

不是。

因为你从来没有喜欢过我。

不是,是因为我会伤害到你。

沉默。

相信我,相信我就是了。

我掀起床单一角。

他摇摇头。

一会儿就好?

再度摇头。我了解我自己,他说。

先前我听他用过一模一样的字眼。意思是:我非常想要,可是我一旦开始或许就会一发不可收拾,所以我宁可不要开始。对某个人说,因为太了解自己而不能碰他,这是何等的冷静啊。

那么,既然你什么都不跟我做,那能不能至少为我读一篇故事?

这么一来,我愿意将就。我希望他为我读一篇故事,契诃夫、果戈理或凯瑟琳·曼斯菲尔德的故事。奥利弗,脱下你的衣服,到我的床上来,让我感受你的肌肤,你的气味,让你的发丝贴着我的身体,你的脚贴着我的脚,即使什么都不做,也让我们依偎在一起。当夜色在天空中散开,你和我读一些故事,他们到头来总是落单,他们痛恨孤零零的生活,因为无法忍受与自己独处……

叛徒。在等着听他的房门嘎吱打开又嘎吱关上时,我这么想。叛徒。我们多么容易遗忘。我会待在附近。是啊。骗子。

我压根儿没想过我也是个叛徒。今晚海边某处,有个女孩在她家附近等我,就像她每晚此时都会等我一样,而我,跟奥利弗一样,完全把她抛诸脑后。

我听到他踏上楼梯平台的声音。我刻意留着一条门缝,希望从门厅流入的灯光恰好照见我的身体。我面向墙壁躺着。由他决定。他经过我房间,没有停步。没有丝毫犹豫。什么都没有。

我听到他关上门。

不到几分钟后,他打开门。我的心狂跳。我冒着汗,感觉到枕头湿了。我又听到一阵脚步声,接着浴室门咔嗒关上。如果他淋浴,就表示他做过爱。我听到他踏入浴缸,然后是淋浴的冲水声。叛徒。叛徒。

我等着他淋浴出来。可是他似乎永远洗不完。

等我终于转过身偷看走廊一眼,我发现我的房间整个都暗了。门是关上的——有人在我房里？我闻得出他用的"香邂格蕾"牌洗发水的气味，他离我好近，我知道只要抬起手臂就能碰到他的脸。他在我房里，站在黑暗中，一动不动，仿佛犹豫着该叫醒我还是摸黑找我的床。喔，主啊，请赐福今夜，请赐福今夜。我一句话没说，只是睁大眼睛想辨认他的浴袍的轮廓（他穿过之后我都会穿好几次）。此刻，浴袍的长腰带就垂挂在离我很近的地方，轻轻摩擦我的脸颊，他站在那儿，随时就要褪下浴袍，任其掉落在地上。他是光着脚来的？他帮我锁上了门？他和我有一样的感受吗？我刚刚感觉到他的腰带仿佛在轻抚我的脸，他是故意那样让我的脸痒酥酥的吗？别停，别停，千万别停。在没有提醒的状况下，门渐渐打开。为什么现在开门？我很好奇。

那只是一阵风。一阵风把门关上了。又一阵风把门吹开。淘气地搔弄着我的脸的"带子"其实是蚊帐，我一呼吸就会摩擦我的脸。我听到外头的浴室有流水声，从他开始洗澡，仿佛已经过了好几个小时。不，那不是淋浴的声音，是马桶的冲水声。那个马桶时不时故障，水箱快溢出的时候流空，接着又重新注满，然后再流空，一遍又一遍，彻夜不停。我走到阳台上，看着大海柔和的淡蓝色轮廓，我知道，天已经破晓。

一小时后我再度醒来。

早餐时，照惯例，我假装根本没注意到他。反而是母亲一看到他，第一个高声叫道："Ma guardi un po'quant'è pallido!"[1] 虽然言辞如此直率，但她对奥利弗说话时，仍维持正式的谈吐。父亲抬头看了一眼，继续读报，"我向上帝祷告，希望你昨晚大赚了一笔，否则我就得设法跟令尊交代了"。奥利弗用茶匙扁平的那一侧轻击蛋壳，尝试敲开溏心

---

[1] 意大利语，意为"瞧，你看起来多憔悴啊"。

蛋的顶端。他还是没学会。"我战无不胜,教授。"他对着鸡蛋说话,神情跟我父亲对着报纸说话时如出一辙。"令尊赞成吗?""我自食其力。我从大学预科就开始自食其力。家父无从反对。"我羡慕他。"你昨晚喝了很多吗?"

"那个啊……还有些别的事情。"他忙着往面包上涂黄油。

"我大概也不太想知道吧。"父亲说。

"家父也一样。而且老实说,我自己也不想记得。"

这是说给我听的?听着,我们之间绝对不会有什么,你越早想清楚,对我们越好。

或者这一切都是恶魔般的故作姿态?

有些人谈起自身的邪恶时,总像在谈论一些因为无法断绝关系所以只得学着忍耐的远亲,我多么佩服那种人啊。"那个啊……还有些别的事情""我自己也不想记得"就像"我了解我自己"一样,暗示了一个只有他人(而非我)才可以靠近的人类经验王国。我多么希望有一天我也能说出同样的话来——光天化日之下,我可不想记得自己在夜里做过的事。我怀疑还有别的什么事能让人在完事后得冲个澡。你冲澡是为了让自己恢复体力,否则身体会撑不住?还是你冲澡是为了忘却,是要洗去昨夜所有污秽与堕落的痕迹吗?啊,在昭告自己的邪恶时,对那些恶行摇摇头,喝一杯马法尔达用患指关节炎的手现榨的鲜美杏子汁,就可以冲走一切,再咂巴嘴!

"战利品存起来了?"

"不但存起来还做了投资呢,教授。"

"但愿我在你这个年纪就有你这种头脑。那样我会少做一些错事。"

"您?错事,教授?老实说,我甚至无法想象您会犯错呢。"

"那是因为你把我看成一个人物,而不是活生生的普通人。或者更糟：认为我是个老派人物。可是，就是说，我也会犯错。每个人都会经历一段误入 traviamento[1] 的时期，比方说，当我们转变人生方向或选择另一条路的时候。但丁就是这样。有些人知错能改，有些人假装反省，有些人一去不复返，有些人甚至还没开始就退缩，还有一些人因为害怕任何改变，最后才发现自己度过了错误的一生。"

母亲长叹了一口气，她以此来提示在场的朋友，这席话很容易变成这位杰出人物自己的即兴演说。

奥利弗又敲开了一颗蛋。

他的眼袋很重，看起来真的很憔悴。

"有时候误入歧途的结果却是走上了一条正确的路，教授。或一条不逊于其他路的路。"

这时已经抽起烟来的父亲若有所思地点点头——那是他表示自己并非这方面的专家，而且很乐意听从专家的意见。"我在你这个年纪的时候，什么都不懂。但是现在大家什么都懂，大家都在不停地说、说、说。"

"或许奥利弗需要的是睡、睡、睡。"

"教授太太，今晚，我保证，不玩扑克牌、不喝酒。我会穿上干净的衣服，看稿，晚饭后和大家一起看电视，玩'塔牌'[2]，像小意大利[3]的老人家那样。"

他脸上带着不大自然的笑补充说："不过我得先去见见米拉尼。但是今晚，我保证，我会是整个里维埃拉地区最乖的男孩。"

---

[1] 意大利语，意为"歧途"。
[2] 塔牌：即凯纳斯特纸牌戏（Canasta），一种用两副纸牌玩的牌戏，由二至六人参加。
[3] 小意大利：指美国大城市的意大利移民区。

确实如此。短暂逃离到 B 城之后,他整天都是"绿色的"奥利弗,一个不比维米尼年长的孩子,有她的真诚,却没有她的尖刻。他还挑选了很多花让本地花店送来。"你疯了!"母亲说。午餐后,他说他要小睡一下——那是他与我们同住期间,第一次也是最后一次说要小睡。事实上他也真的睡着了,因为他五点左右醒来以后,看起来面带红晕,仿佛年轻了十岁:脸颊红润,眼睛发亮,憔悴消失得无影无踪。看起来简直跟我同样年纪。那晚家里没有客人,一如约定,我们都坐下来一起看电视上播的爱情剧。最有意思的部分是,包括闲逛过来的维米尼和"座位"在起居室门边的马法尔达,大家对每个场景都一一发表评论,预测故事的结局,不时因为故事、演员或角色的愚蠢而生气或嘲笑一番。"怎么,换作是你,你怎么做?""我会离开他,就这样。""马法尔达,那你呢?""嗯,依我看,从他第一次求爱时,她就应该接受,而不是一直拿不定主意。""我正是这个意思!她活该。""她真的活该。"

其间只有一通美国来的电话打断了我们。奥利弗讲电话一向简短到几近无礼。我们听到他吐出那句无可避免的再说吧,然后挂断电话,我们还没回过神来,他就已经回到座位,问他错过了什么剧情。挂掉电话以后,他总是不置一词,我们也从来不问。大家都同时主动为他补充剧情,包括我的父亲,不过他的版本还是没马法尔达的准确。大家吵吵闹闹,结果我们漏看的剧情比奥利弗因为那通简短电话错过的还要多。笑声不绝。就在我们专注盯着高潮迭起的剧情时,安喀斯走进起居室,摊开湿透的旧 T 恤,亮出今晚的战利品:一条大海鲈,明天的午餐和晚餐怎么吃它立马就定了,那么大一条鱼,见者有份。父亲决定给每个人都倒点格拉巴酒,连维米尼也喝了几口。

当晚我们都早早上床。筋疲力尽是那天的主调。我一定睡得很熟,因为我醒来时,早餐已经被收走了。

我看见他趴在草地上,左边摆着字典,胸部正下方有一本黄色的便签本。我希望他面容憔悴,或者心情和他昨天一整天一样。不过他已经开始努力工作。我不好意思打破沉默。我很想故伎重演,假装没注意他,但现在似乎很难这么做,尤其是两天前,他告诉过我他已经看透我的小伎俩。

一旦再度回到互不交谈的状态,知道彼此在做戏,我们之间的关系会有任何改变吗?

或许不会。我们之间的鸿沟甚至可能会更深,因为我们都很难相信彼此会蠢到去假装先前坦承的那件事不是真的。但我抑制不住。

"前天晚上我等了你好久。"听起来就像我的母亲在责备无故晚归的父亲。我从来不知道我也会用这么暴躁的语气说话。

"你为什么不进城?"他回答。

"不知道。"

"我们玩得很开心。你来的话应该也会很开心。不过你至少休息了吧?"

"算是吧。睡不着,不过还好。"

他又重新盯着刚刚看的那一页,还默读每个音节,或许想表示他很专注。

"你今天上午要进城吗?"

我知道我在打扰他,我真讨厌自己。

"再说吧,或许吧。"

我应该听懂他的暗示,我也的确听懂了。但我也拒绝相信一个人能变得这么快。

"我倒是要进城。"

"原来如此。"

"我订的书总算来了。上午我要去书店拿。"

"什么书?"

"《阿尔芒丝》[1]。"

"我可以帮你去拿。"

我看着他。感觉像个孩子用尽一切委婉恳求和暗示的办法,却无法让父母想起曾经答应带他去玩具店一样。不需要拐弯抹角。

"我只是希望我们能一起去。"

"你是说像那天一样吗?"他补充了一句,仿佛想帮我说出我说不出口的话,却因为假装忘记事情发生的确切日期,而没能让事情变得简单。

"我认为我们不会再做那种事了,"我想输得高贵而有尊严,"没错,像那样。"我也懂怎么说得含糊。

像我这样极其害羞的男孩,能够有勇气说这些话,原因只有一个:我连续两三个晚上做的一个梦。他在我的梦里恳求我:"如果你胆敢停下来,还不如先杀了我。"我以为我记得梦中的情境,但因为实在太难为情,所以即便是面对自己,我也不愿意坦承。我为它披上斗篷,只能偷偷摸摸、匆匆忙忙地朝里面瞥上几眼。

"那一天属于不同的时间翘曲。我们要学着让它留在那天……"

奥利弗听进去了。

"这种智慧的见解,是你最迷人的特质,"他抬起头,目光离开便签本,直勾勾地盯着我的脸看,让我觉得非常不自在,"你那么喜

---

[1] 《阿尔芒丝》(*Armance*):司汤达于1827年出版的第一部小说,书中以对贵族社会的讽刺观察为背景,描述一对表兄妹的爱情故事。

欢我吗，埃利奥？"

"我喜欢你吗？"我想用难以置信的语气，似乎要质问他竟然会怀疑这件事。但接着我想到了更好的回答，打算用意思应该是"一点都没错"，但是意味深长又闪烁其词的"或许吧"，来缓和一下自己的语气。然而就在此时，我竟脱口而出："我喜欢你吗？奥利弗，你竟然还要问？我崇拜你。"就这样，我说出来了。我希望这句话让他吃惊，像一记耳光打在脸上，好有机会紧接着给他最慵懒的爱抚。既然我们谈的是崇拜，那喜欢算什么？但我也希望我用的动词，能发出打动人心的制胜一击，不是给暗恋我们的人，而是让他们的好友，把我们拉到一边，说："听着，我觉得你该知道，某某崇拜你。"在这种情形下，"崇拜"似乎比任何人敢去表达的都透露得更多，却也是我能想到的最安全也最晦涩的词语。我相信，我能够抒发内心的真实感受，同时准备好后路，好在我冲过头时立即撤退。

"我跟你去 B 城，可是……不说话。"他说。

"不说话，什么都不说，一个字也不说。"

"我们半小时后去骑车如何？"

哦，奥利弗，在去厨房找点东西吃的路上，我对自己说，我愿意为你做任何事。我会跟你一起骑车上山，我会跟你骑车进城，比赛看谁先到。到了崖径，我不会指着海叫你看。你去找译者的时候，我会在小广场的酒吧等你。我会触摸在皮亚韦河殉难的无名士兵纪念碑，一言不发。我会带你去书店，把自行车停在店外，一起进去再一起离开，而且我保证，我保证，我保证，我完全不会提起雪莱或莫奈，我也绝对不会卑微地告诉你，两天前的夜里，你让我的灵魂迅速老去。

我要享受这段旅程本身，我不断告诉自己。我们是两个骑车漫游的年轻人，我们会进城，然后回来，我们会去游泳、打网球，吃吃喝喝，深夜在小广场撞见彼此,而正是在这座小广场上,两天前的上午,我们说了很多但其实又什么也没说。他会和一个女孩在一起,我也会和一个女孩在一起,我们甚至会觉得快乐。如果我没把事情搞砸,我们可以天天骑车进城再一起回来,即使他只愿意给这么多,我也接受——甚至更少我也愿意忍受,只要能和这些无聊琐碎的点点滴滴一起生活下去。

那天上午我们骑车进城,没多久他就处理完翻译的事。我们在咖啡店仓促喝了一杯咖啡之后,书店仍然没开。我们继续在小广场徘徊,我盯着战争纪念碑看,他则远眺波光粼粼的海湾。雪莱的鬼魂尾随我们一步一步穿过城区,召唤声比哈姆雷特父亲的声音更响亮,而我们俩不置一词。没多想,他问起怎么可能有人淹死在这样的海里。我立刻笑了,意会到他想要收回这话。旋即双双露出狼狈为奸的笑,就像那个谈话间狂热的吻,两人不假思索地,穿过灼热的红色沙漠,寻找彼此的嘴唇,我们有意将那片沙漠置于彼此之间,是为了不向对方的赤身裸体再探索。

"我以为我们不会提起……"我发话。

"不说话,我知道。"

回到书店,我们把自行车停在外面,走了进去。

这感觉很特别。仿佛在带人参观你的私人小教堂,你常去的秘密天地,就像崖径那儿,我们到那里独处,却梦见他人。在你走进我的生活之前,我便已经梦见了你。

我喜欢他在书店里的一举一动。他带着好奇却不完全专注,兴趣满满却保持冷静,在"看我找到了什么"和"当然,怎么可能有书店不卖这种书"之间剧烈摇摆。

书店老板进了两个版本的《阿尔芒丝》,一本是平装版,另一本是昂贵的精装版。我一阵冲动,说我两本都要,并且要记在父亲的账上。接着我请老板帮忙找支笔,然后翻开精装版,写下:"Zwischen Immer und Nie.[1] 为你沉默。八十年代中期于意大利某处。"

多年以后,如果他仍留着这本书,我希望他感到痛苦。甚至,我希望有一天某人浏览他的藏书时,翻开这本小小的《阿尔芒丝》,问道"告诉我,八十年代中期,在意大利某处沉默的是谁",我要他那时突然涌起一阵感受,类似悲伤,比悔恨猛烈,甚至像是在怜悯我,因为那天上午在书店里,我或许已经接受了他的怜悯。如果怜悯是他唯一能给的,如果怜悯能让他伸出手臂搂着我。在怜悯与悔恨的涌动下,回旋着一股酝酿多年又暧昧不明的情欲暗流。我要他记得那个早晨我在莫奈的崖径吻他,不是第一次,而是第二次,我的唾液流入他嘴里,因为我是多么渴望得到他。

他说这是他一整年收到的最好的礼物云云。我耸耸肩,表示不把敷衍的感谢当一回事。或许我只是希望他再说一次。

"那么我很高兴。我只是想为今天上午的事向你道谢。"在他想到要插嘴之前,我又补了一句:"我知道。不说话。绝不。"

下山途中,经过"我的天地",这次换我故意望向一边,仿佛我早已把那件事抛诸脑后。我相信如果当时我看他,我们会交换同样有感染力的微笑,那种提起雪莱之死时立刻从脸上抹掉的微笑。我们的距离可能因此拉近,只要提醒我们此刻需要保持多远的距离。或许故意望向一边并且清楚我们是为了避免"说话"才望向一边的时候,我们才可能找到相视而笑的理由,因为我确信他知道,我了解他明白我在避免提到莫奈的崖径,也确信这种无不透露着分离的回避,反而成

---

[1] 见第63页注释2。

了我们完美同步的亲密时刻,谁都不希望会消散。这景象也出现在了画册里,我原本可能这么说,却忍住没说。不说话。

但是,如果接下来的上午我们再一起骑车时,他主动发问,那么我会吐露一切。

我会告诉他,虽然我们每天骑车,到我们最喜欢的小广场,在那儿我打定主意决不乱说话,然而,每天夜里,当我知道他已经就寝,我仍会打开落地窗,走到阳台,希望他听到我房间落地窗玻璃震动的声音,然后是老旧的铰链藏不住秘密的嘎吱声。我会在那儿等他,只穿睡裤。如果他问我在那里做什么,我打算说晚上太热,香茅油的味道让人难以忍受,因为我睡不着,所以我宁可熬夜,不睡觉、不读书,只是凝望。如果他问我为什么睡不着,我只会说"你不会想知道的",或者用一种拐弯抹角的方式,说我曾经答应过不到他那边的阳台去,不仅是怕冒犯他,也因为我不想试探我们之间无形的引线——你在说什么引线?——那个引线就是如果有一夜我做了太浓烈的梦,或比平常多喝了几杯,我恐怕会轻易越界,推开你的玻璃门,然后说,奥利弗,是我,我睡不着,让我跟你在一起。就是那个引线啊!

那引线整夜若隐若现。猫头鹰的啼鸣,奥利弗房间百叶窗迎风嘎吱作响的声音,从邻近山城遥远的通宵迪斯科舞厅传来的音乐,猫咪深夜混战的声音,我卧房的木质门楣发出的嘎吱声……一丁点声响都可能会吵醒我。但是我从小就熟悉这些声音,就像睡着的小鹿挥动尾巴拂去讨厌的虫子那样,我知道怎么摆脱那些声响,旋即再度入睡。但有时候,当我尽全力还原我此刻随时准备重返的梦境,而且只要我再努力一点,几乎就能重写时,仅仅是些微不足道之物,像恐惧感或羞耻感，就会悄悄溜出我的睡眠，在我周围上下盘旋，看着我睡觉，俯身贴近我的耳朵，最后低语，"我没打算吵醒你，我真的没有，回去睡吧，埃利奥，继续睡"。

我睡不着。不是一个，而是两个扰人的念头，直立不动，监视着我，如一对幽灵从睡眠的迷雾中显形：欲望与羞耻。我一方面渴望用力推开自己房间的落地窗，不假思索、一丝不挂地冲进他房间；另一方面，却又一次一次怯于冒一丁点险去让一切成真。青春的遗产、我生命中的两个吉祥物——饥饿与恐惧——监视着我，对我说："很多人都冒过险，也得到了回报，你为什么做不到？"我不回答。"很多人都受到过挫折，你又何必呢？"我不回答。接着出现那句话，依旧在嘲笑我：埃利奥，回头不试，更待何时？

那天晚上，答案真的再度来访，尽管它出现在一个本身就是梦中梦的梦里。某个意象唤醒我，它告诉我的，比我想知道的还多，就像尽管我对自己坦承，我想从奥利弗那儿得到什么，我又有多么想要，却仍有一些角落是我回避的。在这个梦里，我总算知道我的身体从第一天起就铁定知道的事。我们在他房里，而且，与我所有的幻想相反，躺在床上的人不是我，而是奥利弗；我在他上面，看着他突然脸红，一脸默然接受的表情，所以虽然是在睡梦中，但我的感情却全被暴露了出来，并且知道了我目前为止无法明白也猜不到的事：不把我不顾一切渴望给予的东西给他，或许是我这辈子犯下的最严重的罪行。我拼命想给他一些什么。相比之下，"接受"似乎是那么稀松、轻易又机械。接着我听到那句话，那句我早预见会听到的。"如果你胆敢停下来，还不如先杀了我。"他喘着气，意识到几天前的晚上，他已在另一个梦里对我说过相同的话。虽然已经说过一次，但他无论何时到我梦中，都能够随心所欲地说这句话，尽管我们似乎都不清楚那是从我体内冲出来的声音,还是我有关这几个字的记忆在他体内的迸发。他的脸似乎既经受得起我的热情,又借此煽动着我的热情,让我看到仁慈与激情混合的形象,那是我过去未曾在任何人脸上见过的,也绝对想象不到的。正是他的这种形象,有如我生命中的一盏夜灯,在我几乎放弃的日子里为我守夜,在我宁愿对他的欲望枯死时,重新点燃我对他的渴望,在我害怕冷落可能会驱散我所有骄傲的表象时,为我勇气的余烬添加柴火。他脸上的表情好似士兵带上战场的爱人的抓拍照,不仅为了让他们记得人生中的美好和幸福正在等待着他们,也为了提醒他们,如果躺在运尸袋里返乡,生活绝对不会原谅他们。

这几个字让我渴望并去尝试一些从前我绝对想不到自己有能力做到的事。

暂且不论他多想跟我撇清关系,也不去管那些与他为友而且每晚都跟他睡的人,真实世界中的他,跟那个梦境里赤身裸体躺在我身下并且对我袒露一切的人,没有任何不同。这才是真实的他,其余不过是假象和误会。

不,他还有另一面,当他穿上红色泳裤的那一面。

我想看到他完全不穿泳裤的样子——但我却不让自己有这样的盼望。

小广场事件的翌日早晨,尽管他显然连话都懒得跟我说,但是我依旧能鼓起勇气坚持和他一起进城,只是因为我看着他,看他默念自己在黄色便签本上写下的字,想起了他(在梦中)也那样说着恳求的话"如果你胆敢停下来,还不如先杀了我"。我之所以在书店送书给他,后来又执意请他吃冰激凌,是因为这样才能和他一起推着自行车走过 B 城狭窄阴凉的小巷,才能拉长和他在一起的时间,更是为了感谢他(在梦中)对我说"如果你胆敢停下来,还不如先杀了我"。甚至是我跟他开玩笑而且保证不跟他说话时,也是因为我在悄悄地像哄婴儿入睡那样捧着那句话"如果你胆敢停下来,还不如先杀了我"——远比他的任何告白都要珍贵。那天早上,我在我的日记里写下这句话,却略过不写那是我梦见的。我希望多年以后重读日记,相信他真的曾对我这般恳求,哪怕片刻也好。我想保存的是他声音里汹涌的喘息,那声音后来又萦绕我多日,并告诉我,如果我这一生每夜都能让他这样出现在梦里,我愿意将我的一生赌在梦上,把现实的一切都放弃。

我们加速下山时,路过了我的秘密天地,路过了橄榄树丛,路过了满脸惊讶地看着我们的向日葵——当我们滑行过海松林时,路过了两列几代前就没了轮子的旧火车厢——车厢上却仍然高挂着萨伏依王室[1]的标志,路过了一群因为我们的自行车差点擦伤他的女儿而大喊"杀人啦"的吉卜赛小贩——我面向他大喊:"如果想让我停下来,那就先杀了我!"

我这么说是为了像他那样说话,为了在把那句话安放回秘密隐藏处之前多品味一下,就像牧羊人趁天气暖和到山上放牧,却在天气转凉时把羊赶回羊圈里一样。借着喊出跟他相似的话,我让那句话变得鲜活又有生命力,它仿佛拥有了自己的生命,而且更长久、更响亮,没人能掌控,有如回声,从B城悬崖那儿弹开,然后跃入雪莱遭遇船难的那处遥远浅滩。我把他的东西还给他,把他的话还给他,默默希望他再向我重复那句话,恍如在我梦中一般,因为现在轮到他来说了。

午餐时,我们一句话也没说。午餐后他坐在花园的树荫下,一如他喝咖啡前宣告的那样,要做两天的活儿。不,他今晚不进城。或许

---

[1] 萨伏依王室(House of Savoy):十一世纪初起源于萨伏依地区的意大利贵族,从一个小地方逐渐扩张成为意大利王国的统治者,其统治权结束于二战之后的1946年,为欧洲存在最久的王室。

明天吧。也不打扑克牌。接着他就上楼了。

几天前,他把脚叠在我脚上。现在甚至懒得看我一眼。

近晚餐时,他下楼找东西喝。"我会怀念这里的一切,教授太太。"他说。傍晚刚冲过澡的他,湿润的头发闪闪发光,我们的"大明星"看起来笑容满面。母亲也笑了,夹杂着意大利语对他说:"随时欢迎大明星来啊。"接着他像平常一样陪维米尼去散步,帮她找她的宠物变色龙。我一直不太理解他们喜欢彼此什么,却感觉他们的关系比他和我之间更自然而不造作。半小时后,他们回来了。维米尼因为爬了无花果树,所以她妈妈要她吃晚饭前先洗澡。

晚餐时他也一句话都没说。晚餐后他消失到楼上去了。

我敢保证,十点钟左右,他肯定会偷偷溜进城。我看见他那头的阳台光影浮动,而且向我门边的楼梯平台投射出一道微弱的橘色光线。时不时还能听到他活动的声音。

我决定打电话问朋友要不要一起进城。朋友的母亲说他已经离开,没错,可能也是去同一个地方。我又打给另一个,他也已经走了。父亲问:"为什么不打电话给马尔齐亚?你在躲着她?"不是躲,可是她似乎很纠结。"你自己就不纠结呀?"他补了一句。我打电话给马尔齐亚,她说她今晚哪儿都不去,声音里有一股阴郁的冷淡。我打电话是为了道歉。"听说你病了?"没什么大碍,我回答。我可以骑自行车去接她,然后一起骑车去B城。她说她会跟我去。

我出门时,父母在看电视。我听见自己踏在砾石上的脚步声。我不在乎噪音。噪音与我为伴。他也会听见的,我想。

马尔齐亚在她家花园等我。她坐在一把老旧的铁质椅子上,两腿向前伸,脚后跟着地。她的自行车靠在另一把椅子上,把手挨着地面。她穿了一件长袖运动衫。我等了你好久,她说。我们离开她家抄了近路，那条路比较陡，不过一下子就能到城区。小广场的夜晚熙熙攘攘，声色漫溢至周边的小巷。每当广场的休息区客满，有一间餐厅就会搬出小木桌放在人行道上。当我们进入小广场，那里的喧闹与骚动，让我的身体充溢着惯有的焦虑与自卑。马尔齐亚可能会碰到自己的朋友，他们一定会开我们玩笑。跟她待在一起，对我来说甚至是某种挑战。我不想被挑战。

我们没有加入坐在咖啡店里的那群朋友，而是排队买了两个冰激凌带走。她还要我替她买烟。

我们拿着蛋筒冰激凌漫无目的地穿过拥挤的小广场，然后在小巷间穿梭。我喜欢鹅卵石在黑暗中闪闪发光的样子，喜欢和她推着自行车闲散地漫步小城，听敞开的窗户里传来电视里沉闷的说话声。书店还开着，我问她是否介意我进去看看。不，她不介意，她愿意跟我一起进去。我们把自行车靠墙停放。拨开哗啦作响的珠帘，店内烟雾缭绕，有一股霉味，烟灰缸里的烟灰都满出来了。老板说很快就打烊，可是店里仍播放着舒伯特的四重奏，一对二十五六岁的情侣，应该是游客，正在迅速浏览着英文书区域，或许是想找一本有地方色彩的小说吧。夜晚的书店，与阒无一人、阳光耀眼又弥漫着新鲜咖啡香的早晨，是多么不同啊。我拿起桌上的诗集读起其中一首诗，马尔齐亚站在我身后看。我正要翻页，她说她还没读完。我喜欢这种感觉。看到我们旁边的情侣正准备买一本意大利小说的翻译本，我打断他们的交谈，建议他们别买。"这本真的真的好很多。虽然背景设定在西西里岛而不是这里，却可能是本世纪最棒的意大利小说。"那女孩问道："我们看过电影。不过，这本跟卡尔维诺一样好吗？"我耸耸肩。马尔齐亚的兴趣仍在那一首诗上，她又读了一次。"相比起来，卡尔维诺显得冗长又夸饰，根本不算什么。不过我只是个小孩子，又懂什么呢？"

另外两个年轻人正在跟老板讨论文学,他们身穿时髦的夏季休闲西装,没打领带,三个人都在抽烟。收银台旁边的桌子上凌乱地摆放着红酒杯,多是空的,酒杯旁有一大瓶波特酒。我注意到那两位游客拿着空杯子,显然新书发布会上有人请他们喝酒。老板朝我们这边看,眼神里满是因为打搅而生的歉意,他问我们要不要也来点波特酒。我看了看马尔齐亚,对老板耸耸肩,意思是:她似乎不想喝。老板不说话,指了指瓶子,摇摇头假装不同意,示意:今晚把这么棒的波特酒扔掉,实在太可惜,何不帮他在打烊前把酒喝完呢?最后我接受了,马尔齐亚也是。出于礼貌,我问他今晚是哪本书的发布会?有个我先前没注意到的人说出书名:*Se l'amore*.[1] "这本书好吗?"我问。"根本是垃圾。相信我,因为是我写的。"他回答。

我羡慕他。我羡慕他的读书会、发布会,还有从周边地区到这座小城、到小广场附近这家小书店来向他道贺的朋友和书迷。他们留下超过五十个空杯子。我羡慕他有自我贬抑的特权。

"你愿意为我在书上题字吗?"

"Con piacere!"[2] 作者回答,在老板递过签字笔之前,他就已经拿出自己的百利金钢笔。"我不确定这本书是不是适合你,不过……"他拉长的语气混合着十足的谦逊与少许做作的自吹自擂,仿佛在说:你要我签名,我的确很开心,但是我无法扮演一个著名诗人的角色,因为你我都知道我不是。

我决定也为马尔齐亚买一本,并请作家为她题字。他题了字后,还在他的名字旁加上没完没了的涂鸦。"我认为这本书也不适合你,

---

1 意大利语,意为"如果爱"。
2 意大利语,意为"很乐意"。

小姐,不过……"

接着,我再次请老板把两本书都记在父亲的账上。

我们站在收银台旁边,看老板花了很长时间把两本书分别以黄色的光面纸包起来,系上丝带,然后在丝带上贴一张书店的银色标签贴纸。我悄悄接近马尔齐亚,或许只是因为她站得离我很近,我不由得往她耳后吻了一下。

她似乎因我的举动而微微发颤,但仍然站在原处。我又吻了她一次。接着,我以为自己做错事了,低声问她:"我让你不舒服吗?"她也低声回答我:"当然没有。"

离开书店,她再也忍不住。"你为什么给我买这本书?"

我原以为她要问我为什么吻她。

"Perché mi andava."[1]

"嗯,可是你为什么买给我?为什么买书给我?"

"我不明白你为什么问。"

"随便哪个笨蛋都知道我为什么问。可是你却不懂!这还真是不令人意外!"

"我还是没听懂。"

"你没救了。"

我盯着她看,完全被她声音里突然的生气和恼火吓到了。

"如果你不告诉我,我会胡思乱想。我会很难过。"

"你真是蠢。给我一支烟。"

我不是没猜过她的心思,可是我不敢相信她把我看得这么透彻。或许是害怕为自己的行为负责,才使我不想相信她所暗示的事。我是

---

[1] 意大利语,意为"因为我想啊"。

故意不老实吗？我能在问心无愧的状况下，继续曲解她的话吗？

接着，我洞察到：或许我为了引她说真话，故意忽视她的每一个暗示——害羞与无能的人称之为策略。

就在这时候，我灵光一闪，惊觉：难道奥利弗也是这样？借由故意忽视我来引诱我？

他说他早已看透我忽视他的企图，不正暗示了这件事？

我和马尔齐亚离开书店，点了两支烟。一分钟后，我们听到响亮的金属发出的嘎啦嘎啦声。书店老板正在往下拉铁门。"你真的这么喜欢看书？"我们心不在焉地摸黑漫步向小广场时，她问道。

我看着她，仿佛她问的是我喜不喜欢音乐、面包、含盐黄油，或夏季成熟的桃子。"别误会。我也喜欢看书。但我不会告诉任何人。"总算有人说真话了，我想。我问她为什么不告诉任何人。"我不知道……"这倒不如说是她在回答之前，为自己争取更多时间思索或回避问题。"喜欢看书的人善于隐藏自我。隐藏自我的人未必喜欢自己。"

"你隐藏自己？"

"有时候。你不会吗？"

"我会吗？我想会吧。"接着，压抑着冲动，我还是不小心问了一个平常绝不敢问的问题："你也对我有所隐藏吗？"

"没有，对你不会。或许，有，有一点。"

"比如？"

"你明明知道。"

"你为什么这么说？"

"为什么？因为我知道你可能会伤害我，而我不想受到伤害，"然后她思索了片刻，"不是说你故意要伤害任何人，而是因为你老是改变心意，老是悄悄溜走，没人知道上哪儿去找你。你让我害怕。"

我们走得很慢,以至于没注意到推着自行车的脚步也停了。我倾身在她唇上轻轻吻了一下。她把车靠在一家打烊的店铺门上,倚着墙说:"再吻我一次?"我把自行车停在小巷中间,走向她,双手捧起她的脸,贴着她吻了起来,我把手伸进了她的衣服,她把手伸进了我的头发。我爱她的单纯,她的直率。这表现在那晚她对我说的每个字里——不羁、坦诚、有人情味;也表现在此时她回应我的方式,毫不拘束,也不过分,仿佛她的嘴唇和身体之间的联系是流动的、瞬间的。吻不是进一步接触的前奏,而是接触的一部分。我们之间只隔着衣物,当她的一只手悄悄滑进我们之间,探到我的身体时,我并不吃惊。那就是她的坦诚、不羁和无拘无束,而且让此刻的我更加硬挺。

她抚摸着我,我看着她,凝视她的眼睛,告诉她我一直好想吻她,想说一些话,证明今晚打电话给她、去接她的人,已经不是过去那个冰冷沉闷的男生。可是她打断我,说:"Baciami ancora。"[1]

我又吻了她一次,但我的心已经飞奔到崖径去了。我该这么提议吗?就算抄近路直接穿越橄榄树林,也要骑上五分钟。我知道在那附近会遇到其他情侣。不然就到海边去。我在海边做过,大家都做过。或许提议到我房间?家里没人会知道,也不会介意。

一个画面掠过我心头:她和我每天吃过早餐后坐在花园里,她穿着她的比基尼,老是催我下楼跟她一起游泳。

"Ma tu mi vuoi veramente bene?"[2] 她问。这句话是凭空而来的?还是这张受伤需要安慰的脸,从书店出来以后就尾随着我们的每一步?

我无法了解大胆和哀愁、"再吻我一次"和"你真的在乎我吗"

---

[1] 意大利语,意为"再吻我一次"。
[2] 意大利语,意为"你真的在乎我吗?"。

如何能够这样彻底地结合在一起。我也很难捉摸为什么一个表面上如此柔弱、迟疑又渴望吐露那么多自我不确定的人，能以同一种姿态，不害臊、不顾后果地伸出手，紧紧贴着我。

就在我更狂热地吻她，两人的手在彼此身上游走的时候，我脑子里构思的竟是我决心晚上塞进奥利弗门缝的纸条内容："不能再沉默了，必须跟你谈谈。"

等我准备好要把纸条塞进他门缝，天已破晓。马尔齐亚和我在海边人迹罕至的地方亲热。大家都亲密地称那儿是"水族馆"，因为夜晚留下来的安全套难免积聚在那里，在礁石间漂移，有如洄游的鲑鱼受困于水中罗网。我们打算晚一点再见一次面。

我步行回家。我喜欢她的气味留在我身上、留在我手上。我不会刻意洗掉。我要把那气味留在身上，一直到晚上两人见面为止。我仍然沉湎于对奥利弗冷淡到近乎厌恶的情感波动之中，这种情感是前所未有又有利于我的，令我高兴，也让我知道我是多么反复无常。或许他感觉到我只是想跟他睡觉，然后就此结束，所以出于本能要跟我撇清关系。想想几天前的夜里，我如此强烈地渴望款待他的身体，以至于都要从床上跳起来，到他房里去找他。现在这个念头却不可能激起我的欲望。或许对奥利弗的渴望只是酷暑期的冲动，而我已经摆脱。相反，我只要闻闻手上马尔齐亚的气味就好，我爱每个女人都有的纯正女人味。

我知道这种感觉不会持久，就像刚吸过毒的瘾君子总能轻易发誓戒毒一样。

不到一小时后，奥利弗又飞快重回我心里。我想跟他一起坐在床上，伸出我的手掌,对他说,来,你闻闻看,接着看他双手轻轻捧着我的手闻,最后我把中指放在他唇上,然后突然塞进他嘴里。

我从学校的笔记本上撕了一张纸。

请不要躲着我。

接着我又重写一张:请不要躲着我,那令我生不如死。

我又改写成:你的沉默一点一滴侵蚀着我。

太夸张了。更像是他会说的话。

想到你恨我,我无法忍受。

太悲哀。不行,不要写得这么催泪,但老掉牙的寻死觅活要继续。

知道你恨我,我宁可死。

到了最后一刻,我还是回到原来的版本。

不能再沉默了,必须跟你谈谈。

我折起带横线的纸条,抱着恺撒横渡卢比孔河时的听天由命,塞到他门缝里。无法回头了。恺撒说过,"Iacta alea est"。[1] 想到"掷"这个动词的拉丁文 iacere 与另一个让人脸红的动词有相同的词根,我不禁笑了。我旋即意识到,我想给他的不仅是马尔齐亚留在我手指上的气味,还有我自己留下的味道。

十五分钟后,两种相抗衡的情绪折磨着我:我后悔送出那个纸条,也后悔纸条里不带一丝讥讽。

早餐时,他总算在慢跑后现身。他头也没抬,只是问我昨晚是否玩得开心。"Insomma[2],马马虎虎。"我回答,想尽可能说得含糊,也借此暗示我在尽量简化原本会太冗长的汇报。"那一定很累吧。"

---

1 拉丁文,意为"骰子已经掷出去了"。
2 意大利文,意为"简单地说"。

父亲这般反讽。"你也去打扑克牌了吧?""我没打扑克牌。"父亲和奥利弗交换了意味深长的一瞥,接着开始讨论当天的工作。我因此失去他。又是备受折磨的一天。

我回楼上拿书的时候,看见那张折起来的带横线的纸条躺在我桌上。他一定是从阳台落地窗走进我房间的,把纸条放在我看得见的地方。如果我现在看,我这天就毁了。但如果我晚一点再看,这一整天也变得没有意义,无法思考其他任何事情。十之八九,他什么都没写就丢回来,表示"我在地上捡到这个,可能是你的吧,再说吧",或者更直接:不予回应。

"成熟点,我们午夜见。"——他在我的留言下方加上这句。

原来早餐前他就送来了。我这才明白。

但几分钟后,我才回过神,而且心里立刻充满了强烈的渴望与忐忑。他提出了邀约,而这就是我要的吗?这是真的吗?不管我想不想要,今天我要怎么熬到午夜?现在才早上十点,还有十四个小时——上次让我等这么久的,是我的成绩单。还有两年前某个星期六,一个女孩答应跟我一起去看电影,却让我等了好久,我不确定她是不是忘记了。耗上半天眼睁睁看着我的整个人生悬而不决。我多么痛恨等待,痛恨为别人一时的兴致所左右。

我该回复他的留言吗?

可是回复毫无意义啊!

他留言的语气是否故作轻松?还是想表现得像是慢跑后几分钟、早餐前几秒之间才突然想到,然后草草写下的句子?我没能逃过他对我歌剧般感伤主义的轻轻一击,伴随其后的是那句自信的、类似"我们简单点"的"我们午夜见"。这些是好预兆吗?哪一个会取得最后胜利?讥讽的重击,还是自信满满的"我们今晚聚聚,看看有何结果"?

我们将要见面谈谈——只是谈谈吗？要和我见面，而且是在小说和戏剧中通常会设定的时间点，到底是一种命令还是一种顺从？午夜时我们要在哪里碰面？他会在白天找机会告诉我吗？还是察觉到我那晚苦恼了一整夜，而分隔我们各据一端的阳台的引线完全是假的，他是否设想过我们中的一个人终会跨越那条无言的马其诺防线[1]，就像那是世界上最容易的事情？

这对我们仪式一般的晨间骑行有何影响？"午夜"会取代晨间骑行吗？还是我们会像先前一样，仿佛什么也没改变，只是现在我们有"午夜"可去期待？如果我现在碰到他，我该露出一丝意味深长的微笑，还是像先前一样，给他一个美国人惯有的冷漠、呆滞又谨慎的凝视？

然而，下一次偶然碰到他，我只想对他表达感谢。我在表达感谢的同时，能否不令人觉得困扰或有负担？还是说，只要是"感谢"，无论多么克制，总带有丝丝多余的甜腻，让地中海式热情难免显得多愁善感又矫揉造作？不能适可而止，不能低调，一定要大肆声张，昭告天下，慷慨陈词。

什么都不说，他会认为你后悔写那张纸条。

无论说什么都显得不合适。

那么，该做什么？

等待。

我从一开始就知道。只有等待。我会整个早上都工作。游泳。下午或许打几场网球。去找马尔齐亚。午夜前回来。不行，十一点三十分好了。洗澡？不洗澡？啊，从一个身体到另一个身体。

---

1 马其诺防线：二战前，法国为防止德军入侵而建造的防御工事，造价昂贵，坚固无比，但因为德军采取迂回偷袭的战术而失去作用。——编注

这不也是他可能做的事吗？从一个到另一个。

接着，一阵强烈的恐慌攫住我：午夜的谈话将会消除我们之间的芥蒂吗？好比，打起精神、放轻松、成熟点！

话说回来，那何必等到午夜？谁会挑午夜来说这些？

或者午夜将会成为午夜吗？

午夜该穿什么好？

这一天如我所惧怕的那样流逝。早餐后，奥利弗立刻背着我偷偷溜走，直到中午才回来。他坐在我旁边的老位子上。好几次我都试着聊些轻松的话题，却发现虽然我们都试着表明自己不会再假装沉默，但这将又是一个"我们不要说话"的日子。

午餐后，我去小睡。我听见他随后也上了楼，然后关上了门。

稍后我打电话给马尔齐亚，约在网球场碰面。很幸运，那里没人，很安静，我们在彼此都很喜爱的烈日下打了几个小时的网球。时不时地，我们会坐在树荫下的旧长凳上听蟋蟀的叫声。马法尔达为我们拿来补充能量的饮料，却接着提醒我们她年纪大了，不适合再这样奔波，下次我们想要什么都得自己回去拿。"可是我们从来没向你要东西啊！"我抗议道。"那你就不要喝。"在打败对手之后，她拖着脚步走了。

喜欢看人打球的维米尼那天没来。她一定跟奥利弗去了他们最喜欢的地方。

我爱八月的天气。季夏那几周，城里比平常安静，居民都出门去度假了，偶有来访的旅客也会在傍晚七点前离开。我最爱午后：迷迭香的气味和蒸腾的暑气，鸟儿与知了，棕榈叶的摇晃，还有猛烈阳光下如轻盈的亚麻披肩般落下的寂静。当我步行到海边再回到楼上洗澡的时候，这一切愈发为我所爱。我喜欢从网球场仰望我家，看空荡荡的阳台沐浴在阳光里，知道从任何一座阳台都能看见无尽的海。这是我的阳台，我的世界。从我现在坐的地方，环顾四周，我可以说：这是我们的网球场，那是我们的花园、我们的果园、我们的车棚，那是我们的房子，下面是我们的船坞——我所在乎的每个人和每样事物都在这里。我的家人，我的乐器，我的书，还有马法尔达、马尔齐亚和奥利弗。

那天下午，我和马尔齐亚并肩而坐，我把手放在她的大腿和膝盖上时，突然想到奥利弗说的，我是世间少有的幸运儿。谁知道这一切会持续多久，就像一再猜测白天或夜晚将如何演变是没有意义的。只让人如坐针毡。一切随时可能戛然而止。

但坐在这里，我知道我正在体验着安抚人心的极致幸福。拥有这种幸福的人，因为过于迷信，而不愿声称自己可能得到所梦想的一切，却也因为太过感恩，而不可能不明白幸福能够被轻易夺走。

打完网球，就在出发去海边前，我带她上楼从阳台进入我的卧房。下午那里不会有人经过。我拉上百叶窗，但让落地窗开着，如此，被削弱的午后阳光在床铺、墙壁和马尔齐亚身上描绘出一道道条纹。我们在万籁俱寂中亲热，两人都没闭眼。

我希望我们的动作再激烈些，不小心撞到墙，或她忍不住叫喊，好让奥利弗察觉到他隔壁正在发生什么。我想象着他在午睡时因为听见我床垫弹簧发出的声响而感到沮丧。

我和马尔齐亚走向小海湾的途中，我再次为自己不介意他是否发现了下午的事而感到愉快，如果他今晚始终没出现，我也不在乎了。我甚至不在乎他或他的肩膀，甚或他手臂白皙的部分。他的脚底，他的手心，他身体下侧——全都不在乎。我宁可跟马尔齐亚一起过夜也不愿熬夜等他,在午夜钟声敲响时,听他慷慨激昂地讲一些。早上我塞纸条给他的时候,我在想什么?

但我也知道,如果他今晚出现,那么即将发生的事,无论是什么,即使一开始不合我的意,我也会让自己去经历,直到最后。因为与其在他离开后的夏日或之后的一生不断与自己的身体争辩,不如一次性搞清楚。

我会冷血地作出决定。如果他问起,我会告诉他。我不确定我想做这件事,但我需要去了解,而跟你做又胜过跟别人。我想了解你的身体,我想了解你的感受,我想了解你,并且通过你来了解我自己。

马尔齐亚在晚餐前一刻离开,说要去看电影。约了朋友一起去,她说,问我为什么不一起去?我听到他们的名字时做了个鬼脸。我想待在家里练琴,我说。我以为你是每天早上练。今天早上我起晚了,记得吗?她听懂了我的言外之意,对我会心一笑。

还有三个小时。

整个下午我们之间有一种悲伤的沉默。如果没有他承诺要午夜谈一谈,我真不知道自己如何熬过又一个这样的日子。

晚餐的客人是一位兼职的音乐副教授,和一对来自芝加哥、坚持讲蹩脚意大利语的同志伴侣。那两位男士坐在一起,面对着母亲和我。其中一个决定朗诵几首帕斯科里[1]的诗,对此,马法尔达的反应是冲着我做一个她常做的鬼脸,想逗我笑。父亲之前警告我,在芝加哥来的学者面前不准造次。我说我会穿那件乌拉圭远房表亲送的紫色衬衫。父亲一笑置之,说自己活到这个岁数,没有什么人是他不能接受的。但是当那一对伴侣都穿着紫色衬衫出现时,父亲还是眼前一亮。他们

---

[1] 乔凡尼·帕斯科里(Giovanni Pascoli, 1855—1912):意大利古典学者、诗人。

俩同时从出租车两侧下来,各自拿着一束白色的花。就像父亲必定也会意识到的,他们看起来仿佛《丁丁历险记》里的孪生兄弟汤姆森与汤普森,只是更俊俏而且打扮得更花枝招展罢了。

我很好奇他们一起生活的场景。

晚餐时有个念头一直挥之不去:今晚我与那对"孪生兄弟"之间的共同点,要比我与父母或世界上任何人的都多;我边这样思索着边倒数时间,似乎很奇怪。

我看着他们,想知道谁在上面、谁在下面,是特威德尔-迪还是特威德尔-姆[1]。

将近十一点,我说自己要去睡觉了,便向父母和客人道晚安。"马尔齐亚怎么样?"父亲问,眼神中是确切无误的柔和。"明天再说。"我回答。

我想独处。淋浴。读一本书。或许写一段日记。心里只有午夜,可是不要去想午夜的细节。

上楼的时候,我试着去想象明天早上走下同一段楼梯时的自己。那时,我可能已是另一个人。我会喜欢那个我还不认识的自己、那个到时候不想道早安的自己或因为被我带上这条窄路而不想跟我有任何瓜葛的自己吗?或者我仍会是这个正在上楼的人,什么也没改变,什么疑惑也没解开吗?

或者什么都不会发生。他可能会拒绝我;就算没人发现我求过他,羞耻还是一样的,而且毫无所获。他知,我知。

---

[1] 特威德尔-迪(Tweedle-Dee)与特威德尔-姆(Tweedle-Dum)是一对虚构的兄弟,出现在若干儿歌中,但以刘易斯·卡罗尔(Lewis Carroll, 1832—1898)所著《爱丽丝镜中奇遇记》(*Through the Looking-Glass*)中的描写最为著名。现在常用来指两个形影不离的人。

但我已经跨越羞耻。经过数星期的渴望与等待——我们面对现实吧——恳求、一再被唤起的希望和挣扎着为希望付出的每次努力之后,我将彻底毁灭。在那之后如何入睡?溜回房间,假装打开一本书,读书直到入睡?

或者:不再是处子之身的我如何若无其事地回房睡觉?已无法再回头!我脑海中存在已久的构想如今要在真实世界上演,不再飘浮于永恒的模棱两可之地。我感觉自己像是一个进了刺青店的人,在最后一次凝视自己光洁的左肩。

我应该按时赴约吗?

准点儿出现,并对他说:哟嗬,子时到了[1]。

不久,我听到院子里传来两位客人的说话声。他们站在外面,或许是在等副教授开车载他们回膳宿公寓。副教授慢腾腾的,那对恋人也只能在外面聊天,其中一个咯咯笑个不停。

午夜时他的房间鸦雀无声。他会再次放我鸽子吗?那就太过分了。我没听见他回来。到时候,他要到我房间来,还是应该由我去他房间?等待是种折磨。

我要去找他。

我走到外面的阳台,待了一会儿,往他卧房那儿仔细看了看。没有开灯。不管怎样,我都会去敲门。

或者我可以继续等。或者根本不去找他。

不去找他的念头突然蹦出来,仿佛成了我这辈子最渴望的事。这个念头如此轻柔地拖曳着我,拉扯着我,好像有个人在我睡着时轻声唤我,看我没醒,拍了拍我的肩膀,然后鼓励我今晚寻找一切可能推

---

[1] 原文此处为 the witching hour,指巫师出现的时刻,通常为午夜。——编注

迟去敲门的时间。这个念头又会突然向我袭来，像花店橱窗上的水帘，又像淋浴后涂上的清凉舒缓防晒乳。然后，在阳光下待一整天。虽爱骄阳，但更爱镇痛的香氛乳液。这念头就像舒爽的乳液，首先对你的四肢起作用，然后渗透到你身体的其他部分。它会提供给你各种论点，或支持，或反对，起初都是些幼稚说法，例如"今晚做什么都已太晚啦"之类的，然后上升至一些稍严肃的想法，比如"你如何面对他人，你就如何面对自己"。

为什么我从来没想到过？因为我想尽情享受，细心呵护，直到最后？因为我想要那些反驳未经我召唤便自行涌现，好避免我因它们而遭受指责？别尝试，别尝试这件事，埃利奥。那是祖父的声音。我与他同名，而他的声音正是从他安眠的那张床上传来，跨越了远比我和奥利弗的卧房之间更具威胁性的界限。回头。一旦进了那间房，天晓得你会找到什么？当希望幻灭没能让你身体里每一根未绷紧的神经蒙羞时，你找到的就不是探索的奎宁水，而是绝望的柩衣。此刻岁月正注视着你，今晚你看见的每颗星星都了解你的痛苦，你的祖先相聚在这里，没什么要给你的，也没什么要说的，除了那句：Non c'andà.[1]

但我爱那种恐惧（如果那真是恐惧），而我的祖先不了解这一点。我爱的是恐惧的阴暗面，像最劣等的山羊腹部最光滑的羊毛。我爱推动我向前的无畏，它唤起了我的欲望，因为无畏正诞生于欲望本身。"如果你胆敢停下来，还不如先杀了我"或者"你停下来的话我会死"。每次听到这些话，我都无法抗拒。

我敲了敲玻璃窗，轻轻地。我的心狂跳。我什么都不怕，那为何如此慌乱？为何？因为一切都令我害怕，因为恐惧和欲望都忙着对彼

---

[1] 意大利语，意为"别去那里"。

此、对我躲躲闪闪，我甚至无法辨别"想要他开门"和"希望他爽约"之间有什么不同。

不过，我一敲玻璃窗，就听到里面有些动静，好像有人在找拖鞋。接着我看出有一盏微弱的灯正亮着。我记得去年早春的一个傍晚，我和父亲在牛津买了这盏夜灯，当时旅馆房间太暗，父亲到楼下去问，有人告诉他街角有一家二十四小时营业的店卖夜灯。你在这里等着，我马上回来。我说我要跟他一起去，于是那晚，我往身上披了件雨衣，里面穿的睡衣和今晚穿的是同一件。

"我很高兴你来了。我听见你在房里走动的声音，过了一会儿，还以为你改变主意准备睡了。"

"我当然会来呀。"

看他这样慌乱窘迫，我觉得很奇怪。我原本以为会有如颗颗冰雹般狂落的讽刺，所以才觉得紧张。然而，迎接我的却是抱歉，就像有人在为没空买更美味的下午茶饼干而道歉一样。

我走进自己原来的卧房，立刻被一股有点奇怪的味道吓了一跳，因为这股味道里似乎混合了许多东西，后来我注意到有一条卷起来的毛巾塞住了卧房下边的门缝，才总算了解。他刚才一直坐在床上，右边的枕头上放了一个烟灰缸，一半都满了。

"请进。"他说，然后关上我们身后的落地窗。我一定是呆呆地站在那里，一动不动。

我们俩都轻声细语。这是个好兆头。

"我不知道你抽烟。"

"偶尔。"他回到床上，端正地坐在中间。

我不知道还能做什么或说什么，只好小声说了句："我很紧张。"

"我也是。"

"我比你更紧张。"

他想以微笑掩饰我们之间的尴尬,而且递来一支烟。

这下我有事可做了。

我记起我曾在阳台上差点抱住他,但想到我们这样冷战了一天之后,拥抱显得不合时宜才及时罢手。因为当你们一周几乎没握过手时,对方说"我们午夜见"并不意味着你就可以不假思索地拥抱他。我想起自己敲门前的内心挣扎:拥抱,不抱,拥抱。

此刻我却在他房里。

他坐在床上,盘着腿。看起来更小、更年轻了。我尴尬地站在床尾,不知道手该往哪儿放。他一定看到我一会儿扶着胯,一会儿把手插进口袋,一会儿又扶着胯的样子。

我一定看起来可笑极了。我真希望他没注意到我的窘态,还有我那被压抑的对拥抱的渴望。

我觉得自己就像第一次被班主任单独留下来的小孩。"过来,坐吧。"他指的是椅子还是床?

我迟疑地爬上床,面对着他,像他一样盘腿坐着,仿佛这是男人在午夜会面的常规礼仪。我时刻小心,避免碰到他的膝盖。因为如果我们的膝盖碰到一起的话,他会介意,就像他会介意我的拥抱,就像我不知道如何表达自己想在崖径多待一会儿就把手放在他身上时,他会介意一样。

在我有机会故意拉大我们之间的距离前,我感觉自己就像被花店临街橱窗上流动的水冲洗过一样,所有的害羞与压抑都被带走了。无论紧张与否,我已经懒得盘问自己的每一个冲动。如果我蠢,就让我蠢到底吧。如果我碰到了他的膝盖,那就碰着吧。如果我想拥抱,那就拥抱吧。我需要找个地方靠着,所以悄悄挨近床头,背靠着床头板,坐在他身边。

我看着这张床。此刻我很清楚。就是在这里,好多个夜晚,我梦想着此刻。现在我就在这里。再过几周,我又会回到这张床上。我会打开那盏在牛津买的夜灯,记起我站在外面的阳台,听见他忙着找拖鞋的窸窣声。我很想知道以后回望此事时,我会感到悲伤还是羞耻,但我其实希望自己是漠然的。

"你还好吧?"他问。

"我还好。"

完全无话可说。我伸出脚,碰碰他的脚趾,接着,想都没想,就把我的大脚趾滑进他的大脚趾和二脚趾之间。他没有躲闪,也没有回应。我想用自己的脚趾触碰他的每一根趾头。因为我坐在他左边,所以我碰到的可能不是那天午餐时他触碰过我的那几根脚趾。有罪的是他的右脚。我试着用我的右脚去碰他的右脚,却始终避开他的膝盖,仿佛知道那是禁区。"你干吗?"他终于问我。"没什么。"我自己也不知道,但他的身体逐渐开始回应我,有点心不在焉,有点游移,跟我一样局促,仿佛想说"如果有人以脚趾碰你的脚趾,除了善意回应,还能怎样"。然后,我靠近他,抱住他,希望他把孩子的拥抱解读为欣然接纳。他没回应。"这是个开始。"他总算说了句话,或许声音里的幽默感比我期待的还多了点。我没说话,只是耸耸肩,希望他感觉到我耸了肩,别再问我问题。我希望我们不要交谈。话说得越少,我们的动作就越不受控制。我喜欢抱着他。

"拥抱会令你快乐吗?"他问。

我点点头,再次希望他可以感觉到我在点头,那样我就不用说话了。

最后,仿佛我的姿势在恳求他像我一样,于是他伸出手臂,环抱着我。不抚摸,也不用力。此时我最不想要的就是伙伴情谊,所以在不中断拥抱的情况下，我放松了一下，时间刚好够我抽回双臂，然后伸进他宽松的衬衫里，继续拥抱。我想触摸他的肌肤。

"你确定这是你想要的吗？"他问，仿佛这个疑惑是他一直游移不定的原因。

我又点点头。我在说谎。那时我已无法确定任何事情。我想知道我的拥抱何时会自然结束。要到几时，我，或他，才会对此感到厌倦。很快？晚一点？还是此刻？

"我们还没聊一聊。"他说。

我耸耸肩，意思是：没必要。

他双手捧起我的脸，凝视着我，就像那天在崖径上一样，甚至更炽烈，因为我们都知道彼此已经跨越了障碍。"我可以吻你吗？"自"崖径之吻"后，这个问题我已等了很久！还是，我们已经忘记过去的错误，准备重新来过？

我没回答他，也没点头，就已经把嘴凑到他嘴上，像前一晚吻马尔齐亚那样。某种难以预料之事似乎从我们之间一扫而空了，顷刻，年龄的界限仿佛全然消失，仅仅是两个男人在接吻，甚至性别也在消融，我开始觉得我们甚至不是两个男人，而只是两个存在。我爱此刻蕴含的平等信念。我爱那种时而变老时而年轻的感觉，当一个人走向另一个人，一个男人走向另一个男人，一个犹太人走向另一个犹太人时。我爱那盏夜灯，它让我觉得温暖舒适又有安全感，如同那晚在牛津的旅馆我所感受到的一样。我甚至爱自己那间老卧房陈旧暗淡的感觉，如今这里四处散落着他的东西，但是竟然比我住在这里的时候更宜居：这里挂着一幅画，那里放着一张充当茶几的椅子，上面放着书、卡片，还有唱片。

我决定钻进被窝。我爱那种气味。我想要去爱那种气味。我甚至爱他的床上放了些东西，没被移开，当我把一只脚滑进被窝时，膝盖一直会碰到，但我不会介意，因为那是属于他的床、他的生活和他的世界。

　　他也钻进了被窝，还没等我反应过来，就开始脱我的衣服。我曾经担心该怎么脱下自己的衣服；如果他不帮我，那我该如何像电影里的女孩那样，脱掉自己的衬衫，解开自己的裤子，任其落下，站在那里，一丝不挂，垂着双臂，向他示意：这就是我，原原本本的我，来吧，占有我，我是你的。但他的行动解决了我的问题。他耳语道："快脱，脱，脱，脱光。"我听得笑了起来，转眼间，我全身赤裸，感觉到床单轻轻挂在我的双腿之间，而这世界已再无秘密，因为渴望和他亲热是我唯一的秘密，而此刻我正同他分享着这个秘密。感觉到他的手伸进被单在我的全身游移，是多么美妙啊，我们的一部分就像已在求爱派对上达至亲密，而暴露在被单外的那部分，仍然在跟得体的礼节抗争着，好比在拥挤的夜总会里，其他人已经在暖手了，而迟到者依然冷得直跺脚。他还穿着衣服，而我已经一丝不挂。我爱在他面前全身赤裸。接着，他吻我，再吻我，第二次吻得那样深，好像终于也放开了。我突然发觉他其实一直裸着身子，我之前一直没注意到，但是此刻，他没有一寸肌肤不在触碰着我。我之前神游到哪儿去了？我其实一直想问问得体的健康问题，不过他刚刚似乎也回答了，因为当我总算鼓起勇气问他时，他回我说："我告诉过你了，我没问题。""那我跟你说过我也没问题吗？""说过了。"他微笑。我望向一边，因为他正凝视着我，我知道我在脸红，也知道自己做了个鬼脸，但是我依然想让他凝视我，即便那会让我觉得窘迫，我也想一直凝视着他，而我们此刻的姿势好像在摔跤，他的肩膀不断摩擦着我的膝盖。那日下午，我脱下自己的内裤，穿上他的泳裤，以为那是他的身体离我最近的时候，而从彼时到今日,我们已经走了多么远!此时此地。我几乎将要抵达某处,但是我也希望这种将要抵达的状态永远持续下去,因为一旦越过,我便无法再回头。事情已经发生了,但不像我曾梦到过的那样,反而让我有点不适,迫使着我暴露更多的自我。我有种想要让他停下来的冲动,他察觉到了,问我要不要停,我没回答,或许是不知该回答什么。在我勉强下定决心和他本能地补偿我之间,时间无限绵延。从这一刻起,我想,从这一刻起——仿佛此生从未有过地,我明晰地感受到:我抵达了某个心爱之地,而且永远渴望着那里;我在做自己,我,我,我,而非其他任何人,只是我自己而已;在每次穿过手臂的颤抖中,我发现了一些完全陌生但也绝非丝毫不熟悉的东西,仿佛所有这一切都曾是我完整生命的一部分,我只是暂时遗失了,现在他帮我找到了。那个梦是对的——这就像回家,就像在问,我此生曾游历过何处,也就是在问,我小时候,你在哪里,奥利弗,还像是在问,如果这一切都没发生,那人生还有什么意义。所以,到头来,脱口而出的是我,而非他,不止一次,而是很多很多次:如果你胆敢停下来,还不如先杀了我;如果你胆敢停下来,还不如先杀了我。因为这也是我让梦与幻想再次回到原点的方式,在我和他之间,渴望的词语从他的口,到我的,再回到他的,在口与口之间交换,必定是在此时,我开始说一些下流话,他也跟着我说,起初很轻,直到他说出那句"以你的名字唤我,我也以我的名字唤你",我过去从未这样唤过谁,当我一把自己的名字当作他的来唤时,我就被带入了一个无论过去还是此后,都没和任何人共同拥有过的王国。

我们的动静大吗?

他微笑。没什么好担心的。

我想我甚至啜泣过,但我不确定。他拿起自己的衬衫帮我清理。

马法尔达总是在寻找蛛丝马迹。她什么都找不到的,他说。我称这件衬衫为"大波浪",你来的第一天就穿着它,比起我,上面有更多你的气味。我不信,他说。他还不肯放开我,当我们的身体分开时,尽管有点模糊,但我似乎想起刚才我曾无意推开一本书,当我们极致亲密时,这本书压在我的背后。现在竟在地板上。我什么时候发现那是一本《如果爱》?激情正炽热的时候,我竟然还有心思好奇:和马尔齐亚去参加新书发布会的那晚,他是不是也到过那儿?一些奇怪的想法浮现,似乎来自很久很久以前,但其实刚刚过去不到半小时。

我一定是过了一会儿才有了这些想法,那时我还躺在他的臂弯里。在我意识到自己昏昏欲睡之前,这些想法唤醒我,让我充满恐惧和焦虑。我感到想吐,就像是生病了,不仅需要淋浴来冲掉这一切,而且要用漱口水泡澡。我必须离开——远离他,远离这个房间,远离我们一起做的事。就像是从一团可怕的梦魇中缓慢降落,但还没有完全着陆,也不确定是否想要着陆,因为尽管我知道自己无法继续与那团巨大又奇形怪状的梦魇相抗衡,而且那团梦魇仿佛是曾飘进我生命里的自我厌弃和自责之云中最大的一朵,但是降落之后等待着我的一切也不会好到哪里去。我将再也不一样了。我怎能让他对我做这些事,还曾经那么急不可耐,火上浇油,然后等待他,恳求他不要停。他留在我胸前的痕迹,证明我已越过一条可怕的界线,这条界线无关我所珍视之物,无关我自己、一切神圣之事或将我们拉得如此之近的民族本身,甚至无关马尔齐亚——她此刻就像站在远处暗礁上的塞壬,疏远又淡漠,夏日海浪轻轻拍打着她,我挣扎着游向她,在焦虑的旋涡中呼喊,希望她会是帮助我在破晓前重建自我的诸多意象之一。我冒犯的不是这些,而是那些尚未出现、未曾相遇,以及若不记着那一大团出现在我和他们生活之间的羞耻与厌恶,便永远无法去爱的那些人。这件事将纠缠着、玷污着我对他们的爱，而我们之间将会永远存在这个能毁坏我一切美好品质的秘密。

还是，我冒犯了更深层的东西？那是什么？

抑或，即便是伪装，那种厌恶感也会始终存在吗？我所需要的就是像刚刚那样去宣泄吗？

某种近乎恶心、类似悔恨的感受——的确是这些感受吗——开始紧紧抓着我不放，透过窗户照进来的晨光越来越多，这些感受就越发清晰。

然而，如果悔恨真的就像光，那它似乎暗淡过片刻。但当我躺在床上感到不安时，悔恨加倍奉还，就像每次我都以为自己是最后一次感到悔恨，结果都会被再记上一笔。我早知道会痛。但我没料到那种痛会缠绕扭结成一阵阵突然又剧烈的悔恨。没人告诉过我这一点。

此刻，天已经完全亮了。

他为什么盯着我看？他猜到我的感受了？

"你不开心。"他说。

我耸耸肩。

我憎恶的不是他，而是我们做的事。我还不想让他看透我的心。相反，我想让自己挣脱这个自我厌弃的泥沼，却不知道该怎么做。

"你觉得恶心，对不对？"

我再次耸耸肩，不回答。

"我就知道我们不该做，我就知道，"他重复道，这是我第一次看到他这样犹豫退缩，被自我怀疑折磨，"我们应该先谈一谈的……"

"或许吧。"我说。

在那天早上我能说出口的话里，就属这句无足轻重的"或许吧"最残忍。

"你厌恶这一切吗？"

不，我一点也不厌恶。但我的感觉比厌恶更糟。我不想记得，也不愿意去想。扔到一边吧。就当从来没发生过。我试过，可是没用，现在，我想把自己的钱要回来，想倒带，想要被带回到我差点赤脚踏上阳台的那一刻，我不会再多走一步，我会坐下来，焦灼难耐，但永远无从知晓——宁可跟自己的身体争辩，也好过现在的感受。埃利奥，埃利奥，我们警告过你，不是吗？

出于一种略显夸张的礼节，我待在他床上一动不动。"想睡的话，去睡吧。"他一只手搭在我肩上说，这或许是他对我说过的最贴心的话，而我就像犹大一样不断跟自己说：但愿他知道。但愿他知道，我想这辈子都离他远远的。我闭上眼睛，拥抱他。"你一直在盯着我看。"我依然闭着双眼说。我喜欢这样闭着眼睛被人注视。

如果我想觉得好受点，如果我想忘掉这一切，那就需要他离我越远越好——可是万一事情突然变糟，我又无处求助时，我却需要他在我身边。

同时，另一部分的我其实很高兴这整件事成为过去。他离开了我的世界。我会付出自己的代价。而问题是：他会理解和原谅这一切吗？

还是说这是又一个骗局——企图避开另一条通往厌恶和羞耻之路的骗局？

一早，我们一起去游泳。我觉得这将是我们最后一次像这样相处。我会回到自己的房间，睡觉，醒来，吃早餐，拿出我的乐谱，将美妙的早晨用来埋头改编海顿的作品，偶尔因为预期到他每天早上都会上演的刻意冷落而感到一阵焦虑的刺痛，只记得我们现在已经度过了那个阶段,不过几小时前,和他成为一体,因为他说他想要,所以我容许他这样做,也可能是因为我还没心满意足,所以看到他在我眼前神情欢愉又克制,继而达至顶峰,让我狂喜。

现在他穿着衬衫走进水里,水几乎没过他的膝盖。我知道他在做什么。如果马法尔达问起,他会说是不小心弄湿的。

我们一起游到大礁石那儿去。我们交谈。我想让他觉得我和他待在一起很开心。我原本希望海水可以洗去我胸膛上的痕迹,可它们还是粘在我的身体上。在用肥皂洗完澡之后不久,所有关于自我的疑惑——这个疑惑始于三年前,一个陌生的年轻男子停下自行车,从车上下来之后搂着我的肩膀,这个举动或是唤醒或是加速了我很久、很久以后才成为自觉的意识——现在,全被冲走了,像是有关我的恶毒流言或误解被驱散了,又像刑期已满的魔仆被释放了,此刻,那些疑惑全被我家浴室必备的柔滑又香气四溢的甘菊香皂清洗干净了。

我们坐在礁石上说话。为什么我们之前不像这样聊聊呢?如果我们几周前就能建立这种友谊,我就不会那么渴望得到他。或许我们就能避免亲热。我本来想告诉他,前几天晚上我就在离这里不到两百米远的地方和马尔齐亚亲热,但我保持沉默,结果我们却谈到了我刚改编完的海顿的"成了"[1]。我可以聊这些,但不是要让他觉得我很厉害或要吸引他的注意,也不是要在我和他之间搭一座摇摇晃晃的人行桥。关于海顿的这部作品,我能谈上好几个小时——这原本是多么美好的友谊啊。

我从来没想过,我会如此轻率地摆出要和他到此为止的姿态,甚至对自己如此轻易就能从对他长达数周的迷恋中恢复而感到一丝失望,

---

[1] "成了"("It Is Finished")为《十字架上的基督临终七言》里的一段。

现在我只想坐下,以难得放松的方式谈论海顿,这也是我最脆弱的地方,倘若欲望非要再度浮现不可——只要瞥见他游泳池畔半裸的身体——它就能非常轻易地从我以为最安全的那扇门里溜进来。

他突然打断我的话。

"你还好吧?"

"还好。还好。"我回答。

他露出尴尬的笑,仿佛想把问题改成:"你的身体还好吗?"

我勉强笑了一下,知道自己已经无力开口,已经关上了我和他之间的门与窗,已经吹熄了蜡烛,因为太阳终将再度升起,羞耻会投下长长的影子。

"我的意思是……"

"我明白你的意思。的确很痛。"

"当时你是否介意我……"

我别开脸,仿佛有一股冷飕飕的风钻了出来,擦过我的耳朵,我只是希望避免它向我的脸袭来。

"我们一定要谈这个吗?"

"你不想谈就不必谈。"

我说了马尔齐亚曾对我说过的话,当时我希望知道她是否喜欢我对她做的事情。

我很清楚他想谈什么。他想再聊聊我几乎要让他停下来的那个时刻。

聊天的时候,我满脑子想的都是今天我要跟马尔齐亚去散步,而每次只要我们想找个地方坐下来,我就会觉得痛。还有屈辱。坐在城墙上——这是我们这个年纪的人不去泡咖啡馆的时候选择夜会的地方——会使我感到局促不安,而且一次次提醒我那晚都做过什么。就是那种中小学男生常常会开的玩笑。奥利弗看我不舒服地扭来扭去,似乎在想:是我干的,对不对?

但愿我们没亲热过。现在即便是他的身体也无法让我产生兴趣。坐在礁石上,我看着他的身体,好像在看着已经打包好、等待被救世军取走的旧衣衫。

肩膀:确认。

手肘内外侧之间——我曾经崇拜的部位:确认。

胯下:确认。

杏子般的曲线:确认。

脚——喔,那只脚:不过,好吧,确认过了。

当他问"你的身体还好吗"时的那个微笑:是的,也确认过了。没有遗漏。

我曾经爱过这一切。我曾经像灵猫蹭垂涎之物一样抚摸过它们。它们曾有一晚是属于我的。我现在不想要了。我记不得——更不必说理解——我曾如何让自己对他产生欲望,尽一切可能去接近他、触碰他、跟他亲热。等我们游完泳之后,我要立刻去冲澡,我已无法再多等。忘了吧,全忘了。

我们往回游,他仿佛这时才想起要问我:"你会为了昨天的事怨恨我吗?"

"不会啊。"我回答。但对于一个诚心发问的人来说,我回答得太快了。为了减轻"不会啊"的含糊性,我又说我今天可能要睡一整天。"我觉得我今天没法去骑车了。"

"原因是……"他不是要问我问题,而是想提供自己的解读。

"原因嘛,不说了。"

我突然想到,我之所以决定不要太快疏远他,不只是为了避免伤害他的感情,或避免让他忧虑,也不是为了避免引发家中尴尬棘手的局面,而是因为不确定几小时之内,我会不会再度不顾一切地想他。

我们回到阳台,他在门口犹豫了一下,走进了我的房间。吓了我一跳。"脱掉你的泳裤。"这话听上去突兀又奇怪,但我无力抗拒。所以我脱下裤子,扔到一边。这是我第一次在大白天如此"坦诚"地面对他。我觉得尴尬,而且越来越紧张。"坐下。"我还没坐下,他就已经来亲近我。我立刻来了感觉。"我们回头再继续。"他露出一丝苦笑就立刻离开了。

这是他对我擅自要和他就此了断的报复吗?

可现在都完了——我的自信、我今天的计划,以及我为了和他了断而做的努力。干得漂亮。我擦干身体,穿上昨晚的睡裤,扑到床上,直到马法尔达来敲门问我早餐要不要吃溏心蛋,我才醒来。

将要吃溏心蛋的这张嘴,昨晚曾四处游走。

仿佛宿醉之后,我不断在想,这种不舒服的感觉何时能开始减弱。

每隔一阵,阵痛就会触发强烈的羞耻感。认为灵魂与肉体的交会点在松果体[1]的人,都是傻瓜。笨蛋。

他下来吃早餐时,穿着我的泳裤。对于这件事,没人多想,因为在我们家,大伙儿的泳裤都换着穿,但这是他第一次这么做,而且穿的是当天清晨我们一起去游泳时我穿过的那条泳裤。看着他穿着我的衣服,真是让人心神荡漾。而他知道这一点。我们的心都因此悸动。

---

1 松果体:脊椎动物脑中状似松果的小内分泌腺体,其分泌的褪黑素会抑制生殖系统的功能。后在哲学家笛卡尔、巴塔耶和巴什拉的论述中被赋予形而上的意义。——编注

一想到他的阳刚之气正撑起我的贴身之物，我就会记起他曾在我眼前，耗尽气力，最后倒在了我的胸膛上。但点燃我的不是这个，而是我们的身体竟能相互渗透、替换——我的身体曾经突然成为他的，正如现在他的身体完完整整地属于我。我又会再度被诱惑吗？用餐时，他决定坐我旁边，还趁没人注意的时候，偷偷用脚托着我的脚，而不是把脚搁在我的脚背上。因为我老是赤脚走路，所以脚底很粗糙，他的倒是很光滑。昨晚我吻过他的脚背和脚趾，现在它们依偎在我长茧的脚下，而我需要保护我的守护者。

他不允许我忘记他。我想起一位城堡夫人，她在与年轻的家臣共度一夜之后，却在第二天早上命令禁卫军捉拿了情人，还编造了罪名，将他在地牢里处决了。她这么做不仅是为了销毁两人通奸的证据，避免这个自认为有权得到她专宠的年轻恋人成为麻烦，还是为了不让自己第二天晚上再受到越轨的诱惑。他会成为对我紧追不舍的麻烦吗？我该怎么办——告诉我妈？

那天早上，他一个人进城。去邮局，去找米拉尼太太，跟平常一样的行程。我看他仍穿着我的短裤，踩着单车顺丝柏小径而下。从来没人穿过我的衣服。当两个存在不仅需要亲密共处，而且需要水乳交融地化为彼此时，会发生什么？若从肉体和隐喻的角度去理解，或许就显得愚笨了。他让我成为我自己，我也让他成为他自己。他是我走向自己的秘密通道——就像是促使我们成为自己的催化剂，还像异质的身体，起搏器，移植物，传导正常脉冲的贴片，固定士兵骨头的钢钉，让我们比移植前更像自己的他人的心脏。

这个想法让我突然想要抛下今天要做的一切，奔向他。我等了大约十分钟，然后推出了自行车；尽管我保证过那天不骑车，却还是从马尔齐亚家抄了近路，以最快速度爬上了陡峭的山坡。到达小广场的时候，我只比他晚到了几分钟。他正在停自行车，而且已经买了《先驱论坛报》，正要去邮局——他的第一个差事。"我必须要见你！"我边说边跑向他。"怎么了？有事吗？""我就是要见你一面。""你不是讨厌我吗？"我以为我是，我也想要讨厌你……我本来打算这样说。"我只是想跟你在一起。"我说。接着我突然想到，便说："如果你不想见我，我马上回去。"他站着一动不动，垂着胳膊，手里还拿着一叠没寄出的信，他只是站在那里，凝视着我，摇摇头。"你知道那件事让我有多开心吗？"

我耸耸肩，好像是要拒绝又一个大同小异的恭维。我不配接受恭维，尤其是来自他的恭维。"我不知道。"

"'不知道'正是你的作风。我只是不想对任何事留有遗憾——包括今天早上你不让我提的那件事。我只是怕让你陷入混乱。我不希望你或我以任何形式付出代价。"

我很清楚他指的是什么，却假装不懂。"我不会告诉别人，所以不会有麻烦的。"

"我不是指这个，不过我确信我终究也会为此付出代价。"这是我第一次在白天瞥见一个不一样的奥利弗，"对你来说，无论你怎么去想，这都只是个玩笑，是个游戏，事情理应如此。但对我来说，这是另一回事，我还没想通，这令我害怕。"

"我赶过来，你会觉得扫兴吗？"我在故意装糊涂吗？

"可以的话，我想抱你吻你。"

"我也是。"

就在他进邮局前，我凑近他的耳边轻声说："来吧，埃利奥。"

他记起并且立刻呻吟着念了三次自己的名字，和我们那天晚上做的一样。我能感觉到自己已经硬起来了。接着，为了用他早上说过的话挑逗他，我说："我们回头再继续。"

然后我告诉他，再说吧！这句话总是能让我想起他。他笑笑说道：再说吧！——这次的意思变了，跟我希望的一模一样：不仅是指再见，或你走吧，而且是指午后的亲热。我立刻转身骑上自行车，在回家的下坡路上加速奔驰，开怀大笑，几乎唱起歌来。

我这辈子从没这么开心过。不可能有任何差池，一切如我所愿，所有的门都咔嗒咔嗒一扇接一扇打开了，生命不可能更灿烂了：生命直接照耀着我，我的单车左转右转，或想要避开生命之光，可它却像聚光灯追随台上的演员一样追着我跑。我渴望着他，但没有他，我也能同样轻松度日，有没有他都好。

回家途中，我决定停在马尔齐亚家。她正要去海边。我跟她结伴同行，一起走到礁石那儿，躺在阳光下。我爱她的气味，爱她的嘴。她脱掉上衣，明知我的手一定会忍不住捧着她，却还是要我给她的背涂一点防晒乳。她们家在海边有一座茅草顶小屋，她说我们应该到里面去。没人会来。我从里面锁住门，让她坐在桌上，脱掉她的泳衣。她往后仰，双腿抬到我的肩膀上。多奇怪啊，我想，彼此笼罩、遮蔽，却不消融。不到半小时前，我还在要奥利弗干我，这会儿我却准备跟马尔齐亚亲热，然而两者却毫无关联，只不过是我——埃利奥的两个分身而已。

午餐后，奥利弗说得回 B 城把最新的修正稿交给米拉尼太太。他匆匆往我这边瞥了一眼，看我没反应就走了。两杯葡萄酒下肚之后，我等不及想要小睡片刻。我从桌上抓起两个大桃子带走，顺便吻了母亲一下。我等会儿吃，我说。在昏暗的卧室里，我把桃子放在大理石桌面上。然后脱个精光。干净、美观、挺括、经过日晒的床单平整地铺在我的床上——上帝保佑你，马法尔达。我想独处吗？是的。昨晚一个人；然后是破晓。接着是早上，再次一个人。此刻我躺在床单上，像笔直的、新生的向日葵一样快乐，在夏日午后阳光最是充足的时候，时而百无聊赖，时而元气十足。当睡意来袭时独自一人，我觉得开心吗？是的。嗯，不是。是的。但或许不是。是的，是的，是的。我很快乐，最重要的是，有没有人陪伴，我都快乐。

半小时后，或许根本不到半小时，若隐似现的纯正咖啡香在屋里飘荡，将我唤醒。尽管门关着，我还是闻到了，我知道这不是爸妈买的咖啡。他们的咖啡刚才已经煮给大家喝了。这是下午第二轮，马法尔达夫妇和安喀斯吃过午饭后，用那不勒斯浓缩咖啡机煮的咖啡。他们等下也要休息。空气中弥漫着浓浓的慵懒气息——世界正在睡去。我只想要他经过我的阳台，透过半掩的百叶窗，看到我摊开在床上的身体。他或者马尔齐亚都可以——总之我希望有人经过并注意到我，由他们决定自己要做什么，我可以继续睡觉，或者，如果他们悄悄走近我，我会给他们让出空位，然后一起睡。我看见他们其中一人进入我的房间，伸手拿起桃子，来到我床边，放在我的身体上。我知道你醒着，他们会说，然后轻轻将绵软熟透的桃子压在我的身体上，直到我刺穿桃子上那条让我想起奥利弗臀部的沟纹。这个念头紧抓着我，不肯松手。

我起身拿起一颗桃子，用拇指从中间把它掰开，取出桃核放在桌上，然后轻轻把毛茸茸的、颜色如红晕般的桃子放到我的腹股沟上，开始向下用力，直到裂开的桃子从我身上滑下去。要是安喀斯知道我对他每天辛勤栽培的水果——他总是戴着大草帽，用他粗糙的、长满老茧的修长手指从干旱的土地上拔除野草——做了什么的话……他种的桃子尝起来其实更像杏子。我已经尝试过动物王国。现在我要进军植物王国。接着是矿物世界。这个想法差点让我咯咯笑起来。桃子的汁水渗得我下半身都是。如果奥利弗此刻撞见我,我会让他像今天早上那样亲密地对我。如果马尔齐亚来,我会让她帮我把这活儿完成。这颗桃子肉质绵密,等我总算用我的阳刚之力把它撑开之后,发红的桃心不仅让我想起男人,而且让我想起女人,所以我两手各抓半边桃子用力挤,然后开始摩挲自己,此刻我想不起任何人,却又记着每一个人,包括这颗可怜的桃子,它不知道自己正在遭受什么,只知道自己必须陪着玩,或许到头来也能在这个行为里得到一些快感,直到我以为自己听到桃子对我说,埃利奥,用力。又过了一会儿,我在脑海中搜寻奥维德作品里的形象时,又听到了:我说过了,再用力点!——是不是有一个角色最后变成了桃子?如果没有,我能不能当场编一个?比如说,曾有一个命途多舛的青年和一个年轻的姑娘,他们都如桃子般可人,但因为触怒了一位善妒的神,作为报复,神把他们变成了一棵桃树,如今,三百年后,当他们低语着"你收手了,我才会死,但你一定不会就此罢休,你一定永远不会放过我"时,他们会重获自己曾遭剥夺的一切吗?这个故事如此有力地挑起我的欲望,以至于几乎毫无预兆,我开始兴奋起来。我觉得自己可以即刻停下来,或者再多抚摸我一下,我就能达到高潮。最后我真的到达了,我小心翼翼地把种子种进了桃子,仿佛在进行一场生命仪式。

多么疯狂啊。延宕片刻,我双手捧着桃子,谢天谢地,桃子汁液和我的体液没把床单弄脏。这颗伤痕累累的桃子,像强暴受害者,侧躺在我的桌上,羞耻,忠贞,痛楚,困惑,尽力不让我留在里面的东西溢出来。这让我想到,昨晚他第一次把种子种到我体内后,躺在他床上的我,或许跟眼前的桃子没两样。

我套上背心，不过决定继续裸着身子，钻进被单里。

有人拔起百叶窗上的插销，进来后又重新插上的声音吵醒我。就像发生在我曾经做过的梦里一样，他蹑手蹑脚走向我，不是为了给我惊喜，而是不想吵醒我。我知道是奥利弗，我继续闭着眼睛，朝他伸出手臂。他抓住我的手臂，吻了一下，拉起被单，看见我的身体似乎吃了一惊。他立刻把嘴唇凑到今天早上答应要的地方。他爱那种黏黏的滋味。"我做了什么？"他问。

我告诉他，并且指了指书桌上那个满是伤痕的证物。

"我看看。"

他站起来，问我是不是要把这留给他？

或许是吧。或者我只是还没考虑如何处理它？

"这是不是和我想的一样？"

我假装羞愧，淘气地点点头。

"你知道每颗桃子都是安喀斯花了多少工夫栽培的吗？"

他在开玩笑，但感觉好像是他或有人通过他在问我，知不知道父母为我付出了多少心血。

他把半个桃子带上床，脱衣服的时候，小心翼翼，不把里面的东西弄出来。

"我有病，对不对？"我问。

"不，你没病——我希望每个人都病得跟你一样。想见识一下什么叫有病吗？"

他想做什么？我支支吾吾地说，好。

"只要想想在你之前有多少人曾达至高潮就好——你，你的祖父，你的曾祖父，以及之前世世代代都缺席的埃利奥，还有那些来自远方的人，所有人的都浓缩成让你成为自己的这一滴。现在我可以尝尝吗？"

我摇摇头。

他手指伸进桃子核里蘸了一下,放进嘴里。

"拜托不要。"这超出了我的容忍范围。

"我从来都无法忍受我自己的。但这是你的啊。你说说看你为什么受不了。"

"因为那会让我很难受。"

他不理会我的解释。

"听着,你不必这么做。是我追求的你,我千辛万苦找到你,一切都是我惹出来的——你不必这样。"

"胡说。我从第一天就想要你。只是我隐藏得比较好。"

"是吗!"

我想把桃子从他手里抢过来,但他的另一只手一把抓住我的手腕,非常用力,就像电影剧情,一个人迫使另一个放下手中的刀。

"你弄疼我了。"

"那我们都放松点。"

我看着他把桃子放进嘴里,开始慢慢吃起来,同时热切地凝视着我。我想,即使鱼水之欢也不过如此。

"如果你想吐出来也没关系,真的没关系,我保证不会觉得受到冒犯。"与其说是最后的恳求,不如说是为了打破沉默。

他摇了摇头。我看得出来他此刻正在品尝滋味。属于我的东西现在在他嘴里,成了他的。就在我凝视他的那一刻,我不知道自己怎么了,突然有种想哭的强烈冲动。就像达到高潮时一样,我没有抗拒,而是放任自己,只为了让他也看看我同样私密的一面。我靠近他,埋在他肩上啜泣。我哭,是因为从来没有一个陌生人对我这么好,或是为我做到这地步,甚至包括安喀斯——他曾经割开我的脚,把蝎子的毒液吸出来吐掉。我哭,是因为我从来没体验过这么强烈的感激,而我无法以其他方式去表达。我哭,是因为今天早上我曾经对他怀抱恶意。也是为了昨晚,因为无论结果好坏,我都无法将昨晚的事一笔勾销,而现在是展露自己给他看的最好时机:他是对的,而这一切都不容易,玩笑和游戏也会发生变化。我哭,是因为有什么正在发生,而我却无从知晓。

"无论我们之间发生了什么,埃利奥,我只希望你知道。千万别说你什么都不知道。"他继续嚼着。情欲正燃是一回事。但这又是另一回事。他要把我带走。

他的话没道理。但我完全明白那是什么意思。

"这是我的表达方式。胜过语言。在我认识的人里,只有你懂。"

我用手掌摩挲他的脸。接着,不知为何,我开始舔他的眼睑。

"吻我,在味道完全消失以前。"他嘴里会有桃子和我的味道。

奥利弗离开以后,我又在房里待了很久。等我终于醒来,已经接近傍晚了,这令我陷入暴躁的情绪。疼痛已经消退,但临近破晓时曾体验过的心神不宁再度袭来。我不知道这是早先的感受间隔许久后再度浮现,还是之前的已痊愈而午后亲热又诱发了新一轮的心神不宁?在共度醉人的时光之后,紧随其后的罪恶感,非得由我独自品尝吗?在跟马尔齐亚亲热后,我为什么没有这种感觉?这难道是在以本能的方式提醒我其实我更愿意跟马尔齐亚在一起吗?

我冲了澡,换上干净的衣服。楼下,大家正在喝鸡尾酒。昨晚的那两位客人再度光临,母亲正在招待他们,另一位初次来访的记者正忙着听奥利弗阐述自己有关赫拉克利特的书。他只消精通五个句子即可向陌生人介绍梗概的技艺,听起来像是即兴为听众量身打造的。"你会待在家里吗?"母亲问。

"不,我去找马尔齐亚。"

母亲以担心的眼神看了我一下,甚至非常慎重地摇起头来,意思是:"我不赞成,她是好女孩,你们应该和其他人一起成群结队出游。""别拿这种小事烦他啦。"父亲这般反驳,我才因此得到自由。"他都关在屋里一整天了。他想怎么做随他高兴。**随他高兴啦!**"

要是他知道的话。

要是他真的知道会怎样?

父亲一定不会反对。他可能会先做个鬼脸,再正色以对。

我从来没想过对奥利弗隐瞒我跟马尔齐亚的关系。我想,面包师跟屠夫不会互相较量。说不定他也不会多想。

那晚我和马尔齐亚去看电影。我们在小广场吃冰激凌,然后又去她父母家。

她陪我往她家的花园走时,说:"我不喜欢跟你去看电影,可是我想跟你再去次书店。"

"你想明天快打烊的时候去?"

"有何不可?"她想重演那一夜。

她吻我。但是比起晚上去书店,我宁可早上刚开门的时候去。

回到家,客人正要离开。奥利弗不在家。

我活该,我想。

我回到房间,因为没别的事可做,只好翻开日记本。

昨晚日记上的简短记录:"我们午夜见。"等着瞧吧。他肯定会放我鸽子。什么"成熟点"嘛,不就是叫我"滚开"的意思吗?但愿我什么都没说过。

在去他房间之前,我在不安中胡乱写下这段话,现在我正试着回忆昨晚的紧张不安。或许想借由重新体验昨晚的焦虑,既来掩饰今晚的紧张,又来提醒自己,如果昨晚我一进他房间,最深的恐惧便消失于无形,那么今晚或许也一样,而且只要听到他的脚步声,我的恐惧也能轻易地得到抑制。

但我甚至记不得昨晚的焦虑。那些焦虑感完全被随之而来的事遮蔽了,而且它们似乎属于无论如何我都无法再接近的时间碎片。关于昨晚的一切都突然消失了。我什么都不记得。我试着低声对自己说"滚开",以此来启动自己的记忆。昨晚的这句话曾经那么真切,现在却只是我拼命为其赋予意义的两个字。

然后我意识到,我今晚所经历的,与我经历过的任何事都不同。

今晚糟糕多了。我甚至不知该如何看待。

一转念,我连该怎么看待昨晚的焦虑不安都不知道了。

昨晚我迈出了一大步。然而这会儿,比起和他亲热之前,我并没有变得更明智、更笃定。我们倒不如不要亲热。

昨晚,我至少还有对失败的恐惧,对被赶走或被叫错名字的恐惧。既然已经克服那些恐惧,那么这种焦虑——尽管不易察觉,但就像是关于风暴彼端致命暗礁的预兆和警告——是否还会始终存在?

为什么我在意他去了哪里?这不就是我对我们关系的期待吗——屠夫和面包师的关系?为什么只因为他不在或他在避开我,我就会心神不宁?为什么我感到自己此刻只能等待——等待,等待,继续等待?

为什么等待开始变得像折磨?

如果你此刻跟别人在一起,奥利弗,该是回家的时候了。我保证什么都不问你,只要你别让我一直等下去就好。

如果他十分钟内没现身,我就会采取行动。

十分钟后,感到无助,也恨自己的无助,我决定再等他十分钟——这次当真。

二十分钟后，我再也忍不住了。我穿上长袖运动衫，离开阳台下楼。必要时，我要亲自去 B 城看看。在去车棚途中，我犹豫是不是先去 N 城，因为大家总是会在 N 城彻夜狂欢，时间远比在 B 城晚得多。骑着骑着，我突然发觉不对劲，只好半路停车，还得尽量避免打扰到在附近小屋里睡觉的安喀斯，我咒骂自己，今天早上怎么没给轮胎打气！阴险的安喀斯——大家都说他阴险。我一直都不相信大家的说法吗？的确不信。我记起，从自行车上跌下来的奥利弗，安喀斯的土方子，安喀斯照顾奥利弗、还替他清理擦伤的亲切态度。

到了岩岸边，月光下，我瞥见他的身影。他坐在较高的礁石上，穿着水手风蓝白条纹长袖衫，肩膀上的纽扣总是不扣，那是他今年初夏在西西里岛买的。他什么也不做，只是抱着膝盖，听细浪拍打礁石的声音。凭栏望着他，我心生柔情，记起自己曾经多么急迫地赶往 B 城去追他，甚至在他还没进邮局之前就赶到了。在我这辈子认识的人当中，他是最好的一个。我选择他是对的。我打开栅门，向下跳过几块礁石，到他身边。

"我在等你。"我说。

"我以为你睡了，而且以为你不想出门。"

"没这回事。我在等你。只是我把灯关了。"

我抬头看我家的房子。百叶窗全关上了。我弯腰吻他的脖子。这是我第一次带着感情吻他，而不只是欲望作祟。他伸手搂着我。就算别人看到，也无妨。

"你刚刚在干吗？"我问。

"想事情。"

"想什么？"

"各种事。回美国啊。今年秋天我要教的课啊。我的书啊。还有你。"

"我？"

"我？"他在模仿我的羞怯。

"没别人？"

"没别人，"他沉默了一会儿，"我每天晚上都到这里来，只是坐着。有时候一待就是好几个小时。"

"一个人？"

他点头。

"我从来都不知道。我以为——"

"我知道你怎么想。"

这个消息让我快乐到极点。显然，我们之间的种种一直都蒙着这层阴影。我决定不再追问此事。

"这里或许会成为我最想念的地方，"接着，他想了想，又说，"我在这里很快乐。"

听起来像临别感言。

他指着水天相接的地方，继续说："我望着那里，就会想到再过两周我就要回哥伦比亚大学了。"

他说得没错。我刻意不去计算时间。起初是因为我不愿意去想他会和我们相处多久，后来则是因为我不想面对他在这里的日子越来越少。

"这一切意味着，再过十天，我望向这里时，你已经不在。我不知道那时我该怎么办。至少你会待在别处，一个不会给你带来回忆的地方。"

他把我搂向他。"有时候你的思考方式……你会没事的。"

"可能吧。但是也可能不然。我们浪费了那么多时日——那么多星期。"

"浪费？我不确定。或许，我们就是需要时间想清楚这是不是我们要的。"

"有人故意把事情搞得很复杂。"

"我吗？"

我点头。"你知道整整一天前的晚上我们在做什么。"

他微笑。"我不知道自己对那件事有何感想。"

"我也不清楚。但我很高兴我们做了。"

"你会没事的吧？"

"我会没事的，"我的一只手滑进了他裤子里，"我真的好爱跟你待在这里。"

我这么说的意思是：我在这里也很快乐。我试着想象对他而言在这里很快乐意味着什么：在想象过这里可能的光景之后，刚刚踏足这里时很快乐？那些炙热的早晨，在"天堂"工作时很快乐？骑车往返译者家时很快乐？每天晚上搞失踪进城然后晚归时很快乐？和我父母待在一起以及进行"正餐苦役"时很快乐？还是，和他的牌友、他在城里结交的那些我根本不认识的朋友在一起时很快乐？有一天他可能会告诉我。我想知道我是这个幸福包裹的哪部分。

同时，如果我们明天一大早去游泳，我可能会再次被过度的自我厌弃淹没。我想知道一个人能否适应这些。如果心神不宁带来的失落感越积越多，那么一个人是否能够带着宽恕与慈悲，学着寻找将其视为常态的方式？还是说，他者——昨天早上还近乎闯入者——的在场是不是变得非常有必要，因为他者的在场能够拯救我们，以免堕入地狱——如此，破晓时分给我们带来精神痛苦的人是否也正是将会在夜晚为我们缓解痛苦的人？

第二天早上我们一起去游泳。时间刚过六点，一大清早做起动作来格外有劲儿。过了一会儿，他以自己的方式俯卧漂浮。那时我真想抱住他，像个游泳教练那样轻轻抱住他的身体，几乎不碰他，就能让他浮在水上。为什么那一刻我觉得自己比他年长？这天早上，我想保护他不受任何伤害，不受礁石的伤害，不受水母的伤害——现在正是水母季，不受安喀斯的伤害——安喀斯拖着缓慢沉重的步子走进花园打开洒水器时，他瞟来的一眼那么阴险，就算是下雨天他也要到处除草；当他跟人说话甚至威胁要离开我们家时，他的眼神似乎能够套出所有你自以为已经妥善埋藏的秘密。

"你还好吧？"我问，我在模仿他昨天早上问我的问题。

"你应该很清楚。"

早餐时，难以置信，像着了魔一样，在马法尔达来帮忙或者他自己拿汤匙把蛋壳敲碎之前，我就已经不由自主地帮他敲开了溏心蛋的顶端。我从没为谁这么做过，而此时我却一再确认，连一小片蛋壳都不能掉进他的溏心蛋里。他吃得很开心。当马法尔达把他每天都要吃的polpo[1]拿来时，我也特别开心。真是天伦之乐啊！只因昨夜他当我是至爱。

当我帮他把第二颗溏心蛋的顶端切下之后，我发觉父亲正盯着我看。

"美国人永远学不会。"我说。

"我相信他们有自己的方式……"他说。

桌子底下，他伸过来叠在我脚上的那只脚，似乎在告诉我，或许我该到此为止，父亲肯定有所察觉了。"他又不傻。"那天早上稍后，

---

[1] 意大利语，意为"章鱼"。

他准备出发前往 B 城时对我说。

"要我一起去吗?"

"不了,最好保持低调。你今天应该改编你的海顿。回头见。"

"回头见。"

那天早上,就在他要离开时,马尔齐亚打电话来。他把话筒交给我时,似乎使了个眼色。其中没有一丝讽刺。除非我会错意(我想我没有),否则一切都在提醒我,我们之间的关系坦荡磊落,就像朋友才会有的那样。

或许我们首先是朋友,然后才是恋人。

但话说回来,或许恋人就是如此。

———

当我回忆起我们在一起的最后十天时,眼前浮现的场景尽是晨间游泳,慵懒早餐,骑车进城,在花园工作,午餐,午后小憩,下午继续工作或打打网球,晚饭后去小广场,还有夜夜无尽的亲热。回望这些日子,除了他和译者待在一起的半小时左右,或者我好不容易挤出几个小时陪马尔齐亚之外,我们没有一分钟不在一起。

"你几时察觉到的?"有一天我问他。原本我希望他说我捏你的肩膀,你在我臂弯里几乎瘫软的时候,或我们在你房间聊天,你弄湿泳裤的那个下午之类的。"你脸红的时候。"他说。"我?"当时我们在讨论译诗,那是他到我们这儿来的第一周的某日一大早。那天我们比平常更早开始工作,或许是因为当他们在椴树下摆放早餐桌时,我们已经享受过一段自在的交谈,而且渴望两人可以有一些时间单独相处。他问我是否译过诗。我说,译过。噢哟,他译过吗?译过。他正在读莱奥帕尔迪,遇到几行无法翻译的诗句。我们反复讨论,谁也意识不到这段贸然展开的对话能进行到什么程度,因为当我们越往莱奥帕尔迪的世界深入时,偶然发现分叉的小径,我们可以在那里尽情展现自己的幽默感和爱开玩笑的喜好。我们把那段诗句译成英文,接着从英文译成古希腊文,然后译回佶屈聱牙的英文、再译成佶屈聱牙的意大利语。因为莱奥帕尔迪《致月亮》的最后一句被过度转译,所以我们在以意大利语重复那行无意义的诗句爆出了笑声——这时突然出现一阵静默,我抬头看他,他正直勾勾地盯着我看,冰冷无神的目光令我仓皇失措。我挣扎着想说点什么,接着他问我怎么这么博学,我镇定地说了些类似"因为我是教授之子"的话。我并不总是那么急切地想炫耀我的知识,尤其是面对一个让我畏怯的人。我无力反击,没有再多的话要补充,也无法再让彼此的关系纠缠下去,无可躲藏,亦无处寻求庇护。我觉得自己暴露无遗,就像一只羔羊,受困于干涸的塞伦盖蒂平原[1]上。

凝视不再是交谈的一部分,甚至不再是拿翻译开玩笑的一部分;凝视已经超越凝视,成为自己的主体,除非凝视不敢或不想显露自身的时候。是的,他的目光中有那样一种光彩,让我不得不躲开,当我再次回望他时,他的目光不曾移开,仍然聚焦在我的脸上,仿佛在说你望向一边,又回望,你很快又会再次望向一边,对吗?——我只好再度躲避他的目光,仿佛沉浸在思绪里,但其实慌乱得想找话说,仿佛一条鱼在灼热得快干涸的混浊池塘里挣扎找水。他一定明白我的那种感觉。到头来令我脸红的,不是那个自然而然的窘迫时刻——当我

---

[1] 位于坦桑尼亚西北部。

发现他识破了,我试图跟他四目相对以求快速逃至安全地带时;而是令人狂喜的可能性,难以置信的是,我希望这种可能性——他或许真的喜欢我,正如我喜欢他一样——能够持续。

连续好几周,我把他的凝视错认为不加掩饰的敌意。真是天大的误会。那只是一个腼腆的人与他人对视的方式。

我终于恍然大悟,我们是这世界上最腼腆的两个人。

父亲是唯一一个从一开始就看透他的人。

"你喜欢莱奥帕尔迪吗?"我问,为了打破沉默,也为了暗示莱奥帕尔迪这个话题让我在谈话间歇似乎有点分心。

"是的,非常喜欢。"

"我也非常喜欢他。"

我始终知道我说的不是莱奥帕尔迪。问题是,他知道吗?

"我知道我一直让你感到不舒服,不过我要再确认一下。"

"所以你一直都知道?"

"可以说,相当确定。"

换句话说,他没来几天,这一切就开始了。那么,之后的一切都是伪装?在友谊与冷漠之间摇摆的这一切——都是什么?难道是我和他在彼此暗中监视但却拒绝承认?还是说,那不过是一种最狡猾的方式,好避开彼此,而且希望我们的确对彼此无动于衷?

"你为什么不暗示我?"我说。

"我暗示了。至少我试过。"

"何时?"

"有一次打完网球,我摸了摸你那就是我示好的方式。你的反应让我觉得我像是在对你性骚扰。所以我决定保持距离。"

我们最好的时光是在午后。午餐后，在咖啡时间前，我会上楼小睡一下。然后，当午餐宾客离开或悄悄回到客房休息时，父亲会躲进书房，或溜去跟母亲午睡一会儿。到了下午两点，极致的静谧笼罩着这栋房子，仿佛笼罩着这个世界，鸽子的咕咕声或是安喀斯的铁锤声（安喀斯在敲敲打打的时候会尽量避免发出噪音），零零落落地，将这份寂静打破。我喜欢听他下午工作的声音，即使偶尔被砰砰声、锯物声或每周三下午砂轮机发动磨刀石的声音吵醒，也会让我觉得恬静而与世无争。就像多年以后，夜半时分，我听到从科德角[1]隐约传来的雾笛声时的感受。下午，奥利弗喜欢敞着窗户和百叶窗，让我们和窗外的生命之间只隔着飞扬的透明纱帘，因为他总说若是遮蔽太多阳光，将这样的景致遮挡在视线之外，就是一种"罪行"，尤其是当你无法一辈子拥有这样的风景时。这时，谷地与丘陵间那片高低起伏的原野，似乎笼罩在飘升的橄榄绿色雾霭中：向日葵、葡萄藤、一簇簇薰衣草，还有那些低矮谦卑的橄榄树，犹如饱经沧桑、衣衫褴褛的老人正弯着腰。当我们裸身躺在我床上时，它们从窗外呆呆地望进来，他的汗水味，也是我的汗水味，在我身边的是我的爱人同志[2]，而我也是他的爱人同志，包围着我们的，是马法尔达那带着甘菊香味的洗涤剂，这个气味也笼罩着我家的午后世界。

回顾那些日子，我毫不后悔；对于当时的冒险、羞耻、缺乏远见，丝毫不后悔。四溢的阳光，丰饶原野上的高大植物在下午三四点的酷热里打起盹，我们家木地板的吱嘎声，烟灰缸在我床头柜大理石板上轻轻推动的刮擦声。我知道我们的时间所剩不多，但我不敢去数；就

---

[1] 科德角（Cape Cod）：位于美国马萨诸塞州东南部的钩状半岛。
[2] 原文此处为 man-woman。

像我知道这一切将会去往哪里,却不愿意去留意途中的里程碑。这段时间,我刻意不为了回程而撒面包屑;相反地,我把面包屑都吃掉了。说不定他可能是个彻头彻尾的讨厌鬼;当时间和流言最终会挖空我们曾共同拥有的一切,剔除所有,只剩下鱼骨头时,他可能会彻底改变我、毁灭我。我可能会想念这一天,或许我能做得远胜于此,但至少我始终知道,那些下午,在我卧房里,我把握住了属于我的瞬间。

有一天早上,我醒来,看到黑暗笼罩B城,阴沉沉的乌云快速飘过天际。我完全清楚这意味什么。秋天不远了。

数小时后,乌云散去。仿佛为了弥补自己顽皮的恶作剧,天气似乎从我们的生活中抹除了所有秋天的迹象,给予我们当季最和煦的日子。

但我已经注意到那个警告,就像是个已经听审过的陪审团,即使法官已对那些证据不予采用。我突然明白,我和他共度的是借来的时光,时间始终是借来的,而就在我们最无力偿还而且需要借得更多的时候,借贷机构却要强索额外费用。我开始在心里为他拍下快照,捡起从桌上掉落的面包屑,收集起来,藏到我的秘密天地,丢脸的是,我还列了清单:礁石、崖径、床和烟灰缸发出的声音。礁石、崖径、床……但愿我像电影里子弹用尽的士兵,义无反顾地丢掉再也无用的枪;或像沙漠里的亡命徒,不肯定量饮用壶里的水,反而向口渴投降,开怀畅饮,然后将空掉的水壶丢在踩过的路上。可是相反,我把细微事物收集起来,好在未来贫瘠的日子里,让过去的微光带给我温暖。我开始不情愿地从当下窃取事物,好偿付未来将背负的债务。我知道,这和在晴朗的午后阖上百叶窗是同样的罪行。但我也知道,预期最坏的状况,不失为防止它发生的一种方法。

有一天晚上,我们去散步,他说他很快就要回美国去,我这才意识到,我所谓的先见之明是多么徒劳无益。炸弹绝不会落在同一个地方;而这一颗,我怎么也没料到,就恰好落在我的秘密天地。

奥利弗要在八月的第二周回美国。八月刚过没几天,他说他想在罗马逗留三天,趁那段时间找他的意大利出版商处理他最终的书稿。接着他会直接飞回家。他问我想跟他一起去吗?

我说好。我难道不该先问过父母吗?不需要,他们从来不反对。对,但他们不会……?他们不会的。听说奥利弗要比预期得离开更早,并且要在罗马度过几天,母亲问他能否让我同行——当然啦,要经过他这个"牛仔"的同意。父亲则没有反对。

母亲帮我收拾行李。我需要一件正式外套吗,以防出版商希望带我们出去吃晚餐?没有什么晚餐。此外,人家为什么会邀我去?母亲认为我还是应该带件外套。我想背个双肩包,像我这个年纪的孩子去旅行时那样。随你。不过,显然双肩包装不下所有我想带的东西,她只得帮我清空背包再重新整理。你只是去个两三天。关于我们在一起最后几天的确切计划,奥利弗或我都不清楚。母亲永远不会知道,那天早上她口中的"两三天"是如何刺伤了我。我们打算住哪家旅馆?潘齐奥纳旅馆[1]之类的吧。没听过,不过她这种年纪的人哪会知道,她说。父亲不答应。他亲自替我们订房间,说是礼物。

奥利弗不仅收拾好了那个粗呢袋,而且我们要去赶开往罗马的快车那天,他好不容易拖出行李箱,放在自己的卧室里,就在他刚来的那天,我曾把他的行李扑通一声放在了同一个地方。那天我曾将时间快转到我收回我房间的那一刻。如今,我则想知道,我愿意放弃什么,

---

[1] 潘齐奥纳旅馆(Pensione),意大利家庭式旅馆。

只求时间能倒转回六月末的那个下午,我按照惯例带他参观我家,接着,不知不觉地,我们向废弃铁轨旁炙热的空地走去,在那里我收到了诸多"再说吧"中的第一剂。任何与我年纪相仿的人,在那一天,都宁可打个盹,也不想长途跋涉那么远。显然,我早就知道我在做什么了。

时间的前后对称,或是他如遭洗劫般清空的房间,令我的喉咙发紧。与其说,这让我联想起旅馆房间——在美妙又短暂的旅行之后,等待着门房帮你把行李搬下楼,因为一切就快结束了,不如说,这让我联想起病房——你的东西都已经收拾干净,而下一位或许在急诊室危在旦夕的病人,尚未入住,正候着空床,正如你一周前独自等待时那样。

这是我们的离别预演。仿佛看着一个插着呼吸机的人,而过两天管子就会被拔掉。

我很高兴房间将归还给我,而弟弟一从亚洲回来,我之前的房间就会还给他。在我和他共同住过的房间里,更容易回忆我们一起度过的夜晚。

不行,最好还是住在我现在的房间里。那么,至少还能假装他还在他房里。而如果他不在那儿,那他一定是还在外面,就像那些夜晚,他常常待在外面,而我则在数着分钟,数着小时,数着滴滴答答的时间。

我打开他的衣橱时,注意到他留下的一条泳裤、一条内裤、斜纹棉布裤和干净的衬衫,都挂在衣架上。我认得那件衬衫。大波浪。我认得那条泳裤。红色的。这是他今天早上最后一次游泳要穿的。

"关于这条泳裤,我有话要告诉你。"我关上他的衣橱门。

"告诉我什么?"

"上了火车再告诉你。"

但我还是告诉他了:"答应我,你走后,一定要送给我。"

"就这些?"

"嗯，今天多穿一会儿——还有，别穿着游泳。"

"真是病态又扭曲。"

"病态，扭曲，而且非常、非常悲伤。"

"我从来没见过你这样。"

"我还要大波浪。还有布面草底凉鞋。还有太阳眼镜。还有你。"

在火车上，我告诉他，我以为他溺水的那天，我是如何决心央求父亲召集尽可能多的渔夫去找他。渔夫找到他后，会在我们的海滩上点燃火葬用的柴堆，这时我就去厨房拿来马法尔达的刀子，割下他的心脏，因为那颗心脏和他的衬衫是我此生仅有的痕迹。一颗心和一件衬衫。他包裹在湿衬衫里的心脏——像安喀斯的鱼。

第三章　圣克莱门特症候群

我们在周三傍晚七点左右抵达罗马终点站。空气黏腻湿热，暴雨仿佛曾将罗马淹没，又退去，而湿气却丝毫不散。距离黄昏不到一小时，街灯透过半透明的光晕闪闪发亮，亮着灯的临街店铺似乎漫入了自己正闪烁着的光彩之中。湿气黏附在每个人的额头和脸上。我想抚摸他的脸。虽然知道除非有运作良好的空调，否则淋浴后也不会觉得更舒服，但我还是等不及想快点抵达旅馆，淋浴，扑到床上。但我也爱栖息在这座城市的慵懒里，好似恋人那疲倦的臂膀搭在你肩上摇摇晃晃。

或许我们会有一个阳台。我可以到阳台去。坐在阳台凉爽的大理石台阶上，看落日慢慢笼罩罗马。矿泉水。或啤酒。还有让人开怀的小零食。父亲替我们订了罗马数一数二的奢华旅馆。

奥利弗想直接搭出租车。我却想搭公交车。我想搭拥挤的公交车。我想走进公交车，挤进汗流浃背的人群，在他前面，为他开路。才跳上公交车不久，我们就决定下车。太过真实了，我们打趣说。我回头往车门外走,挤向涌进来的人群,这些归家者被激怒了,不明白我们在做什么。我不小心踩到一个女人的脚。"E non chiede manco scusa!"[1] 女人压低嗓子,对身边刚挤上公交车而不肯让我们挤出去的人说。

最后,我们拦了一辆出租车。出租车司机听我们报了旅馆名称之后,又听到我们以英文交谈,竟转了几个莫名其妙的弯儿。"Inutile prendere tante scorciatoie,[2] 我们又不赶!"我用罗马方言说。

很高兴两间相邻的卧房够大,我们各有一个阳台和一扇窗。打开落地窗,我脚下一望无际的开阔景致中,数不清的教堂圆顶映照着无边的落日,亮闪闪的。有人送了我们一束花和一整盆水果,随附的纸条来自奥利弗的意大利出版商:"八点三十分左右请到书店来。带着你的书稿。今晚有个作者的派对。Ti aspettiamo.[3]"

除了吃晚饭和闲逛,我们没有任何计划。"我也在受邀之列?"我有点不自在地问。

"现在我邀请你啦。"他回答。

我们在电视机旁那盆水果里面挑了挑,然后为彼此剥开了无花果。

他说他要冲个澡。我看他脱光,也立刻脱下衣服。"一会儿就好,"当我们触碰到彼此的身体时我说,因为我喜欢他浑身潮湿的气息,"但愿你不必洗澡。"他的气味让我想起马尔齐亚的气味。在海边无风、只闻得到灼热沙滩惨淡气息的日子里,马尔齐亚似乎总会散发出海边的盐水味。我喜欢他手臂、肩和背脊上的咸味。这些对我来说还很新鲜。"如果我们现在躺下,新书派对就要泡汤了。"他说。

---

[1] 意大利语,意为"他连声道歉也没有"。

[2] 意大利语,意为"没必要抄这么多近路吧"。

[3] 意大利语,意为"我们等你"。

那些处在极乐之中说出的话，似乎无人能夺走，而且将会把我带回到这个旅馆房间，回到圣母升天节[1]的这个潮湿傍晚。我们两人全身赤裸，用手臂支撑着靠在窗台上，俯瞰热到令人吃不消的罗马黄昏；我们两人身上都残留着南下列车里的沉闷气味，或许是快到那不勒斯的时候，在众目睽睽之下，我头靠着他，和他一起睡着了。探出身子贴近傍晚的空气，我知道或许我们再也不会拥有这一切，可是我却无法说服自己去相信。他必定也有同样的想法，当我们眺望壮丽的城市景观，抽烟，吃新鲜的无花果，肩并肩，都想做些什么让此刻留下印迹，因此，我向那一刻再自然不过的冲动投降了，我用左手摩挲他的臀部，这时他回应道："你这样，派对铁定会泡汤。"接着我们冲澡，然后出门，感觉自己就像两条裸露却通电的电线，只要彼此轻触就会冒出火花。看到旧房子就想拥抱彼此，看到街角的路灯柱就想像条狗似的撒尿，经过艺廊就在裸体像上找洞，遇到一张只不过是朝我们笑了笑的脸，就想亲密地上前，把那人衣服脱光，请她，或他，或两人一起，先跟我们喝酒，吃晚餐，做什么都好。罗马处处可见丘比特，因为我们剪下了他的一只翅膀，所以他不得不在空中盘旋。

我们从来没有一起洗过澡，甚至不曾同时共享浴室。"先别冲，"我说，"我想看。"我所看到的，让我对他、他的身体和他的生活——它们似乎突然变得脆弱易碎——产生了怜惜。"我们的身体不再有秘密了。"轮到我时，我边坐下边说。他跳进浴缸，正准备扭开莲蓬头。"我要你看我的。"我说。但他更进一步。他跨出浴缸，吻我的嘴，

---

[1] 圣母升天节（Ferragosto）：于每年八月十五日庆祝的意大利节日，原本是庆祝盛夏与农忙结束的日子，后来罗马天主教采用这一天当作圣母升天节。通常在这个节日前后会放约两周到一个月的长假，意大利人利用这段时间去度假，所以是罗马一年中人烟最稀少的时候。

以手掌按摩我的腹部,看着一切发生。

我希望我们之间没有秘密,没有帘幕,什么都没有。这时我还不明了,若我享受那阵坦诚——当我们每次向彼此道出誓言"我的身体就是你的身体"时,坦诚就将我们联系得更紧密——的迸发,那也是因为我愿意再次点亮微小又未知的羞耻之灯。这盏灯恰好在我宁可保持黑暗的地方投射进一道光。羞耻紧随刹那的亲密而来。下流事一旦耗尽,我们的身体再也玩不出别的花样,亲密还能持续下去吗?

我忘了我已问过这个问题,就像我不确定如今我能否回答一样。我们的亲密是否付出了错误的代价?

还是,无论在何处找到、如何获得或以何种方式偿付(无论是黑市还是灰市,缴税还是免税,秘密还是公开),亲密关系都永远会令人向往?

我只知道我对他已毫无隐藏。此生我再也没有这样自由和安全过。

我们独处了三天,在这个城市里谁也不认识,我可以成为任何一个人,说任何话,做任何事。我觉得自己像个战犯,侵略军突然将我释放,让我回家,不必填表格,不必做汇报,没有盘问,不必搭公交车,不必过关口,不必排队领干净的衣服——迈开步走就是了。

我们淋浴。我们穿对方的衣服。我们穿对方的内衣。这是我的主意。

或许这一切再次向他吹去幼稚与青春之风。

或许多年前,他已经到过"那儿",而此时不过是在返乡途中暂时停下来歇歇脚。

或许他在迁就我,观察我。

或许他从来没跟别人做过这种事,而我出现的正是时候。

他带上他的书稿和太阳眼镜,我们关上旅馆房间的门。像两根通了电的电线。我们走出电梯门。对每个人都笑盈盈的。对旅馆员工。

对街上的花贩。对报亭的姑娘。

你微笑,世界也会对你报以微笑。"奥利弗,我好幸福。"我说。

他惊讶地打量我。"你只是欲火中烧。"

"不是啦,是幸福。"

在路上,我们注意到一个街头艺人穿着红袍扮演但丁,他有个夸张的鹰钩鼻,一脸轻蔑至极的不悦表情。红色宽外袍、红色钟形帽、粗木框眼镜,让他原本就不苟言笑的脸上又多了一种无情的告解神父才会有的干瘪相。一群人聚在这位伟大的吟游诗人四周,他站在人行道上一动也不动,手臂傲然交叉,全身挺直,好似在等候维吉尔或迟迟未到的大巴。旅客一把钱投进挖空的"古籍"里,他就模仿但丁暗中观察贝阿特丽丝[1]漫步佛罗伦萨"老桥"时那种被爱冲昏头的样子,伸长他眼镜蛇般的脖子,立马以悲叹的语调吟诗,就像街头艺人在表演喷火:

Guido, vorrei che tu e Lapo ed io

fossimo presi per incantamento,

e messi ad un vascel, ch'ad ogni vento

per mare andasse a voler vostro e mio.[2]

多么理想啊,我想。奥利弗,我希望你、我和所有我们珍视的人,

---

[1] 贝阿特丽丝·波提纳利(Beatrice Portinari, 1266—1290):意大利佛罗伦萨人。但丁九岁在宴会上遇到她便深受吸引,虽无缘结为连理,但对她的爱却持续一生。她是但丁创作《新生》(*La Vita Nuova*)的主要灵感来源,也出现在《神曲》的最后一部《天堂篇》(*Paradise*)里,担任但丁的向导。

[2] 意大利语,意为"吉多,我愿强大的魔法带领/拉波以及你、我,登上一艘神奇的船舰。其魔法的帆/将风比翼,追随我们的思想而去"。

都能永远住在一起……

他低声念完诗句,又慢慢恢复自己怒目又遁世的姿态,直到又一名旅客投钱为止。

> E io, quando 'l suo braccio a me distese,
> ficcai li occhi per lo cotto aspetto,
> sì che 'l viso abbrusciato non difese
> la conoscenza sua al mio 'ntelletto;
> e chinando la mano a la sua faccia,
> rispuosi:"Siete voi qui , ser Brunetto?"[1]

还是那副鄙夷的表情。还是同样的龇牙咧嘴。人群散去。似乎没人听出这是《神曲·地狱篇》第十五章描述但丁遇见老师布鲁涅托·拉提尼[2]的诗句。两个美国人总算好不容易从背包里掏出几枚硬币,朝"但丁"抛了过去。他再次怒目而视:

> Ma che ciarifrega, che ciarimporta,
> se l'oste ar vino cia messo l'acqua:
> e noi je dimo, e noi je famo,
> "ciai messo l'acqua

---

[1] 意大利语,意为"就在他触碰我的时候,我再也无法移开/我的目光,只能凝视着他烤焦枯萎的容颜,/直到受伤的面具之下/记忆中的轮廓浮现。/我的手伸向他的脸,/并回答:'布鲁涅托先生,您在这儿吗?'"。

[2] 布鲁涅托·拉提尼(Brunetto Latini,1220—1294):意大利哲学家、学者、政治家。

e nun te pagamo."[1]

奥利弗不明白为什么众人对着倒霉的游客发出哄笑。那是因为但丁吟诵了罗马的饮酒歌呀,除非你了解这一点,否则不会觉得有趣。

我说我会带他抄近路去书店。他说不在乎绕远路。绕远路没什么不好,急什么呢?我的主意比较好。奥利弗似乎很紧张也很执念。"有什么我该知道的事吗?"我总算开口问他。我以为这么做很得体,让他有机会说出他的困扰。有什么让他不自在的事吗?和他的出版商有关?因为别人?还是因为我在场?如果你更想一个人去,那我就自己逛逛。我突然想到了他在烦什么。我是教授的儿子,小跟班。

"根本不是那回事,呆头鹅。"

"那究竟为什么?"

我们走路的时候,他一手环着我的腰。

"我已经开始想念你了。我不希望今晚我们之间有任何改变,或发生任何事。"

"谁才是呆头鹅啊?"

他凝视我许久。

我们决定按照我的路线,从蒙特奇特利欧广场(Piazza Montecitorio)到科索(Corso)。然后顺着贝西亚纳路(Belsiana)走。"就是从这附近开始的。"我说。

"什么?"

"那件事。"

---

[1] 意大利语,意为"我们哪里在乎,我们何须在意,/如果掌柜的在我们的酒里掺水,/我们只会告诉他,我们只会说:/'你掺了水,/我们不付钱。'"。

"所以你想到这里来?"

"跟你一起。"

我跟他说过那件事。三年前,或许是在春假期间,一个骑车的年轻男孩,有可能是杂货铺帮手或跑腿,穿着围裙顺着狭窄的小路骑来,他直勾勾地盯着我的脸看,我一脸困惑,不带笑容地望回去,直到他与我擦身而过。接着我做了一件在这种情况下所有人都希望发生的事情。我等了几秒,然后转身。他也恰好转身。我家的人都不知该如何跟陌生人搭讪,他显然也是。他很快掉过头来,骑车追上我,吐出几句无足轻重的话,想聊点轻松的话题。这对他来说多么容易啊。问题,问题,问题——只是为了不让话题中断——我却连"是"或"不是"都冒不出来。他跟我握手,但那显然只是想借故牵我的手。接着他伸出一只手臂搂着我,抱紧我,仿佛我们在分享一个拉近彼此距离的笑话。他问我想不想一起去附近的电影院,我摇摇头。又问我想不想跟他去店里——傍晚这时候,老板很可能已经走了?我又摇了摇头。你害羞吗?我点头。他一直没放开我的手,带着一抹庇护与宽恕的微笑,紧握我的手,紧搂我的肩,摩挲我的颈与背,好像他已经放弃,却仍不愿意就此打住。为什么不要?他继续问。我或许能够(轻易)接受,但我没有那样做。

"我拒绝过好多人。从来没追求过任何人。"

"你追过我。"

"是你让我追的。"

弗拉蒂纳路(Frattina)、博尔戈尼奥内街(Borgognona)、孔多蒂路(Condotti)、卡罗齐路(delle Carrozze)、克罗斯路(della Croce)和维多利亚路(Vittoria)。刹那间,我爱上了这里的每一条路。走到书店附近,奥利弗要我继续往前走,他要打一通市内电话。他原本可以在旅馆打的。或许他需要个人空间。我继续走,在一家酒吧停下来买烟。书店有一大扇玻璃门,两尊古罗马陶土半身像立在看似古旧的树桩上。我刚走到门口就开始紧张起来。店里挤满了人,通过青铜雕饰的厚玻璃门,我看见很多人在里头吃着迷糕蛋糕。里面的人见我一直往店里看,便示意要我进去。我摇摇头,迟疑地以食指示意我在等人,那人正在路上,就快到了。一个看似店主或助手的人,像俱乐部经理一样,没走到人行道来,而是伸长手臂顶着两扇玻璃门,几乎是在命令我进去。"Venga, su, venga!"[1] 他衬衫的袖子潇洒地卷到肩膀的位置。朗诵还没开始,但书店已经挤满了人,人人都在抽烟,高声聊天,翻阅新书,手上都有个小塑料杯,里面装的像是苏格兰威士忌。一排女人支着光滑的手肘,靠在楼上走廊的栏杆上。我立刻认出了作者。他就是那个为马尔齐亚和我在他的诗集《如果爱》上签名的人。他正在跟好几个人握手寒暄。

他走到我身边时,我忍不住伸出手和他握手,告诉他我多么喜欢读他的诗。但书都还没出版,我怎么可能读过?其他人也无意中听到他的疑惑。他们是想把我当骗子撵出书店吗?

"我是几星期前在B城的书店买的,你还很亲切地帮我签了名。"

他记得那个晚上。"Un vero fan!"[2] 他大声补了一句,好让其他人听见,他们全转过身来。"或许不是书迷。就他的年纪来说,称为追星族比较恰当。"一个老妇人补充说,她的甲状腺肿和身上艳丽的色彩让她看起来像一只巨嘴鸟。

"你最喜欢哪首诗?"

---

[1] 意大利语,意为"进来,进来"。
[2] 意大利语,意为"真正的书迷啊"。

"阿尔弗雷多,你别表现得像个口试老师啊。"一个三十几岁的女人嘲弄道。

"我只是想知道他最喜欢哪首诗。问问无妨吧,对不对?"他抱怨道,声音里有种假装恼怒的颤抖。

我一度以为替我出头的女人已经帮我解了围。然而我错了。

"告诉我,哪一首?"他继续问。

"把生命比作圣克莱门特的那首诗。"

"把爱比作圣克莱门特的那首诗。"他纠正我,仿佛在深思这两种表述的深刻程度,"你喜欢《圣克莱门特症候群》啊……"

诗人盯着我看。"为什么呢?"

"老天爷,饶了这个可怜的男孩好吗?过来,"另一个无意听到有人为我说话的女人打断了对话,她抓起我的手,"我带你去吃东西,好让你远离这个自我跟脚一样大的怪物——你有没有看到他的脚有多大?阿尔弗雷多,你真的该换双鞋。"她在拥挤书店的另一头说道。

"我的鞋?我的鞋怎么了?"诗人问。

"太——大——啦!不觉得看起来很大吗?"她问我,"诗人不能有这么大的脚。"

"饶了我的脚吧。"

有个人对诗人感到同情。"别取笑他的脚啦,露西娅。他的脚没什么。"

"一双乞丐脚。一生打赤脚,却还买大一号的鞋,以免下一次圣诞节到来前,脚又长大了!"她现在就像一个心生怨怼或惨遭抛弃的悍妇。

但我没放开她的手。她也没放开我的。城市的伙伴情谊。牵着女人的手多美妙啊，尤其是当你对她一无所知的时候。Se l'amore[1]，我想。还有那些站在走廊向下看的女人晒黑的手肘。Se l'amore。

书店老板打断这段好似演戏般的夫妻拌嘴。"Se l'amore！"他大喊。每个人都笑了。我们不清楚这笑声究竟是大家因为夫妻停止争吵而松了一口气，还是因为"Se l'amore"暗示着"如果这是爱，那么……"。

众人也明白这是朗诵会即将开始的信号，纷纷去找舒服的角落或墙靠着。我们待的地方最好，就在螺旋楼梯上，一人坐一边，依然手牵手。出版商正准备介绍诗人出场时，嘎吱一声门开了，奥利弗在两位可能是服装模特或电影明星的时髦女孩的陪伴下，努力往前挤。她们像是奥利弗在途中拐到的，打算一个给他，一个给我。Se l'amore.

"奥利弗！你总算来了！"出版商大声嚷嚷，并且举起手中的威士忌，"欢迎，欢迎。"

大家都转过身来。

"最年轻、最有才华的美国哲学家！跟我可爱的女儿们一起来的。没有她们，《如果爱》就不可能面世。"

诗人表示同意。他的妻子转向我悄声说："她们很漂亮吧？"出版商从书梯上下来，拥抱奥利弗。他接下奥利弗拿来装稿件的 X 光片大信封。"手稿吗？"奥利弗回答："是的。"出版商将今晚的书交给他作为交换。"你给过我一本了。"但奥利弗还是很有礼貌地称赞了封面，然后环顾四周，总算看到我坐在露西娅旁边。他向我走来，搂搂我的肩，倾身吻了吻她。她看看我，看看奥利弗，似乎有所察觉："奥利弗，sei un dissoluto.[2]"

1　文第 104 页注释 1。
2　意大利语，意为"你太放荡了"。

"如果爱。"他回答，亮出那本书，仿佛在说：无论他这辈子做了什么，她丈夫书里都写过，因此都是颇能容许的。

"说个鬼啦。"

我无法判断露西娅说他放荡，是因为与他一起晃进来的两个漂亮妞，还是因为我。或者两者都有。

奥利弗把我介绍给两位女孩。显然他和她们很熟，而且两人都很在意他。其中一个问："你是奥利弗的朋友吧？他前几天提到过你。"

"说我什么？"

"好话啦。"

这时我站在诗人的妻子旁边，那女孩就倚着我旁边的墙。"他永远不打算放开我的手是吧？"露西娅好像在跟不在场的第三者说话。或许她希望这两个漂亮妞注意到。

我不想立刻放开她的手，但我知道我必须放手。于是我把她的手捧到唇边，吻了吻手掌的边缘，然后放开。我觉得自己好像拥有了她整个下午，现在却要放她回丈夫身边，像是放走一只小鸟，它受伤的翅膀久久难以修复。

"如果爱，"她边说边摇头，装出责备的样子，"他放荡起来不输任何人，只是更可爱一点。我把他留给你们了。"

其中一个女孩勉强发出咯咯的笑声。"看看我们能拿他怎么办。"

我仿佛置身天堂。

她知道我的名字。她叫阿曼达。她妹妹叫阿代莱。"还有个老小，"阿曼达说，对她们的排行顺序轻描淡写，"她应该已经到了。"

诗人清了清喉咙，按照惯例发表了感谢致辞。在他眼里，最后但同样重要的是露西娅。为什么她能忍受他呢？她究竟如何做到的呢？妻子对着诗人，扑哧一声笑了，带着爱意。

"因为他的鞋。"他说。

"看吧。"

"继续说,阿尔弗雷多。"貌似巨嘴鸟的女子说。

"如果爱。《如果爱》是以我在泰国教授但丁的时光为基础所创作的诗集。如各位所知,还没去泰国的时候,我很爱那里,可刚到那里,我就开始恨了起来。让我换个说法:我一到那里就恨,一离开就爱。"

笑声四起。

饮料四处传着。

"在曼谷,我不断想起罗马。想起了什么?想起路边的这家小书店,想起日落前这附近的街道,想起复活节和下雨天的教堂钟声,那声音在曼谷回荡,我几乎要哭了。露西娅,露西娅,露西娅,那些日子里,我比被秘密流放至边地、客死他乡的奥维德更觉虚无,你明知那时我有多么想念你,却为何从不跟我说一切不是这样的?我离开时是个傻瓜,回来时也没变聪明。泰国人人都美——当你喝了一点儿酒时,想摸摸第一个朝你走来的陌生人时,寂寞就会变得残酷起来——那儿的人都很美,但微笑是论酒计价的。"他停下来,似乎要整理一下思绪。"我把这些写成一首叫作《哀怨》[1]的诗。"

光是朗诵《哀怨》这一首,几乎占去二十分钟。掌声响起。出版商的一个女儿用了"forte"[2]这个词。"Molto forte."[3] 貌似巨嘴鸟的女子

---

1 《哀怨》(*Tristia*):奥维德遭流放后,于公元八年完成的诗作,也叫《哀怨》。
2 意大利语,意为"厉害"。
3 意大利语,意为"真厉害"。

转身面向另一个女人,这个女人刚刚对诗人发出的每个音节都不住点头,这时则不断地重复说"Straordinario-fantastico"[1]。诗人走下台,喝了一杯水,屏息片刻,好摆脱打嗝。我误把他的打嗝当作压低的啜泣声。诗人翻遍他休闲西装外套的每个口袋,却什么也没找到,他夹紧食指和中指,在嘴边挥了挥,对书店老板示意他想抽烟,然后或许到处交际几分钟。那个爱说"真了不起"的女子看懂了他的信号,立刻拿出烟盒。"今晚我睡不着了,这是读诗的代价。"她说,为今晚一定会因阵痛而失眠,责怪他的诗。

大家都汗涔涔的,书店内外都似温室,黏腻得令人吃不消。

"看在老天的分儿上,打开门吧!"诗人对书店老板大喊,"我们快闷死啦。""进来先生"拿出楔形木质门挡,打开门,顶在墙壁和青铜门框之间。

"好一点了吗?"他恭敬地问道。

"没有。但我们至少知道门是开着的。"

奥利弗看着我,意思是:喜欢这一切吗?我耸耸肩,想先保留判断。但我并不真诚;我其实非常喜欢。

或许我喜欢的是这个夜晚。今晚的一切都令我激动。与我相视而过的每个目光都像赞许,或像是一个询问,一个允诺,盘旋在我与周遭世界之间的半空。我有触电的感觉——因为那戏谑、嘲讽和目光,那似乎因我的存在而欣喜的微笑,也因为店里轻松活泼的气氛,为这里的一切都赋予美感——从玻璃门、迷你蛋糕、装满金赭色苏格兰威士忌的杯子、"进来先生"卷起的衣袖、诗人到我们与漂亮姐妹所在的螺旋梯,都散发出令人着迷又兴奋的光辉。

---

[1] 意大利语,意为"真了不起"。

我嫉妒这些生命，并回想起我父母完全丧失欲望的生活，还有他们空虚无聊的"正餐苦役"，我们在玩偶之家过着玩偶一样的生活，以及我隐约可预见的高年级生活。与这里相比，一切都像儿戏。如果我接下来能够轻松自如得像今晚这样来读书会跟他人交谈，那我又何必要一年后到美国去呢？比起到大西洋彼岸任何有声望的学校去上学，这家拥挤的小书店有更多东西可学。

一个留着乱蓬蓬大胡子和福斯塔夫[1]大肚子的长辈，拿了杯威士忌给我。

"喏。"

"给我的吗？"

"当然是给你的。你喜欢这些诗吗？"

"非常喜欢。"不知何故，我边说，边努力做出讥讽和言不由衷的样子。

"我是他的教父，我尊重你的观点，"他仿佛看透我一开始的虚张声势，而且不再追究，"但我更尊重你的青春。"

"我向您保证，要不了几年，青春就所剩无几了。"我努力装出老成世故又极其了解自己的样子，摆出对现实不再抱幻想的讥讽态度。

"是啊，但到时候我恐怕没法目睹了。"

他在挑逗我吗？

"拿去吧。"他把塑料杯递给我。我迟疑了一下才接受。那和父亲在家喝的，是同一种牌子的威士忌。

听到这段对话的露西娅说："毕竟，多一杯或少一杯威士忌都无

---

[1] 约翰·福斯塔夫爵士（Sir John Falstaff）：莎士比亚笔下的喜剧人物，体态臃肿、步履蹒跚，出现在《亨利四世》及《温莎的风流娘儿们》等剧中。

法让你比现在少放荡些。"

"我希望我是放荡的。"我丢下长辈,转向她说。

"怎么?你的生活少了些什么吗?"

"我的生活少了什么吗?"我本来想说很多,却还是改了口,"朋友——这里的每一个人似乎都能很快成为朋友——我希望我拥有像你的朋友那样的朋友、像你这样的朋友。"

"你会有很多时间寻找这样的友谊。朋友能够让你免于放荡吗?"这个词不断出现,仿佛在指控我性格深处有某种丑陋的缺陷。

"我希望有一个永不会失去的朋友。"

她带着忧思,笑了笑,看着我。

"亲爱的朋友,你讲得好深奥。今晚我们只讨论短诗。"

她看着我。"我理解你。"她带着悲伤,用手心抚摸我的脸,仿佛我突然成了她的孩子。

我也很爱她这样。

"你太年轻,无法理解我现在说的话,但很快,总有一天,我希望我们还有机会再聊一聊,到时候再看看我是否大方到愿意收回我今晚用的那个字眼。Scherzavo[1],我只是在开玩笑。"她在我脸颊上吻了一下。

这是什么世界啊。她的年纪大我两倍,但此刻的我却有可能跟她亲热、跟她一起哭泣。

"我们到底要不要干杯啊?"店里另一角有人喊道。

一阵混乱的声响。

接着,来了。有一只手搭上了我的肩。是阿曼达。另一只手环抱

---

1 意大利语,意为"玩笑"。

我的腰。喔,这手的感觉我好熟悉。希望这只手今晚都不要放开我。我崇拜那只手上的每根手指,每根手指上你咬过的每片指甲,我亲爱的,亲爱的奥利弗——不要放开我,因为我要你的手放在那儿。一阵战栗穿过我的背脊。

"我是阿达。"有人几乎道歉似的说,仿佛意识到她花了太长时间才走到店里我们所在的这一头,现在为了补偿我们,要让我们这一角落的每个人都知道,她就是人人都在谈论的阿达。她声音里的嘶哑和潇洒,或她慢条斯理说"阿达"的方式,或她似乎把一切(新书派对、引言甚至友谊)都不当一回事的态度,让我突然知道,毫无疑问,今晚我真的踏入了一个令人着迷的世界。

我未曾在这个世界旅行过。但我爱这个世界。一旦学会如何说这个世界的语言,我将更爱它——因为这就是我的语言,一种以戏谑来偷偷表达最深渴望的说话方式。不是因为微笑面对我们唯恐带来惊吓的事物会更安全,而是因为欲望的变调、我所踏足的新世界里所有欲望的变调,都只能通过游戏传达。

每个人都如此空闲,为生活留有一方余裕——就像这座城市——每个人都假设其他人也希望如此。我渴望像他们一样。

书店老板敲敲收款机旁边的钟,大伙儿安静了下来。

诗人说:"今晚我本来不打算读这首诗,但因为某个人……(得啦,他变了声音。)因为某个人提到这首诗,我就再也忍不住了。这首诗叫作《圣克莱门特症候群》。我必须承认——我是说,如果一个诗人能这样谈论自己的作品,那么,这是我最喜欢的一首诗。"(我后来发现,他从不自称诗人,或说自己的作品是诗。)"因为这一首最难。因为这首诗让我非常、非常想家。因为这首诗曾在泰国拯救了我,因为这首诗向我解释了我的一生。我日日夜夜地盼望着回到圣克莱门特。

这首长诗还没完成就动了回罗马的念头，这比在曼谷机场多困一星期更令我害怕。然而，我是在罗马，在我距离圣克莱门特教堂不到两百米的住处，为这首诗做了最后润饰。讽刺的是，记不清多久之前，我在曼谷的时候，因为感觉罗马有如银河系那么遥远才开始写这首诗的。"

听他读这首长诗，我想着：我与他不同，我一直都有办法避免计算时日。我们三天后就要离开，之后，无论我和奥利弗曾有过什么，注定要消失于无形。我们讨论过在美国见面，也讨论过写信或打电话，但整件事都有一种神秘的超现实特质，是我们俩刻意保持晦涩的。不是因为我们想让事情不期然地找上我们，好归咎于机缘，而是想借着不刻意维系感情来避免感情的消逝。我们抱着同样的回避的心情来到罗马：罗马是我们开学前的最后一次狂欢，旅行带我们逃离，这一切不过是一种推迟结束的时间点、无限延长派对的方式。或许，我们已经不假思索地休了不止一个短假；我们拿着前往不同目的地的往返票一起私奔。

或许这是他给我的礼物。

或许这是父亲给我们俩的礼物。

如果他没有把手放在我的腹部，我还能活下去吗？如果没有那颗桃子呢？如果他没让我亲吻、舔舐他腰间好几周才能痊愈的伤口，而是离我远远的呢？我还能以我的名字呼唤谁？当然，会有其他人，其他人之后还会有其他人。但在激情的瞬间以我的名字呼唤他们，感觉会像是一种派生出的狂喜，显得矫揉造作。

我记得清空的衣柜和放在他床边收拾好的行李，我又会睡在奥利弗的房间。我会与他的衬衫共眠，躺在它旁边，穿着它睡。

朗读结束后，掌声更热烈了，众人继续饮酒畅谈。打烊的时间快到了。我记起B城书店快要打烊那晚的马尔齐亚。那么遥远，那么迥异！

她已经变得完全不真实。

有人提议一起去吃晚餐。大概有三十个人同行。有人建议去一家可以俯瞰阿尔巴诺湖[1]的餐厅。于是一家可以眺望湖面上空星夜的餐厅，在我的想象中涌现，那画面就好像来自中世纪末的图册。不行，太远了，有人说。是啊，可是那里的夜晚，湖面波光粼粼……下次吧。为何不到卡西亚路（Cassia）附近？好吧，但是还有车子的问题：车子不够。车子当然够。有人介意大家挤一会儿吗？当然不。尤其是如果我有幸坐在两位美人中间的话。是啊，可是如果"福斯塔夫"得坐在两位美人身上呢？

我们只有五辆车，全停在离书店不远的几条小巷里。既然没办法一票人同时出发，只好决定在米尔维奥桥（Ponte Milvio）附近会合，再从那里沿着卡西亚路走到一家意大利餐馆，那家店的确切位置只有一个人知道。

我们四十五分钟后才到，比前往遥远的波光粼粼的阿尔巴诺湖花的时间少……我们去的是一家大型露天意式平价餐馆，桌上铺着格子桌布，驱蚊蜡烛俭省地错落在用餐者之间。应该十一点钟了。空气仍然非常潮湿。我们的脸上、衣服上都散发着疲倦沉闷的气息，就连桌布也是如此。餐厅在山丘上，偶尔一股令人窒息的气流飒飒穿过树木，意味着明天又要下雨，但闷热依旧。

年近六十的女侍者很快算了一下人数，请雇工把桌子排成马蹄铁形。桌子很快排好，接着她告诉我们会吃什么、喝什么。谢天谢地我们不必作决定，诗人之妻说要是由诗人点菜，我们恐怕得再耗上一小时，到时就没东西吃了。女侍者念了一长串开胃菜的名称，每念出一道菜名，

---

[1] 阿尔巴诺湖（Lake Albano）：位于罗马东南方的火口湖。

菜就像变魔术般地被端了上来,接着是面包、酒、有气泡和没气泡的矿泉水。都是些简单的菜,她解释道。我们要的就是简单,出版商附和说:"今年我们又亏钱了。"

再敬诗人一杯。敬出版商。敬书店老板。敬妻子,敬女儿,还有谁?

笑声与美好的友谊。阿达即兴做了一段演说——嗯,也不完全是即兴啦,她坦承。这段演讲词,"福斯塔夫"和"巨嘴鸟女"承认他们也有份。

半小时后才送上意式奶油饺。那时我已经决定不再喝酒,因为匆促灌下的两大杯威士忌正要发威。三姐妹坐在我们中间,我们所有人都挤在一条凳子上。真是天堂。

第二道菜又过了很久才上:焖牛肉、豌豆和色拉。

接着是奶酪。

我们自然而然地开始聊起曼谷。"每个人都很美,一种独特的混合的美,混杂的生活方式,所以我想去那里,"诗人说,"他们不是亚洲人,不是高加索人,欧亚人这个词又太简化。他们代表的正是'异国情调'最纯粹的意义,却又不是异乡人。虽然我们从未见过面,却能够一眼认出他们,他们在我们体内激发的或他们想从我们这里获取的东西,都无法言喻。"

"起初我以为他们的思考方式和我们的不同。后来我发现他们对事物的感受和我们也不同。此外,他们有着难以形容的温柔,你难以想象这里有谁可以那样温柔。喔,我们这儿的人可以友善,可以体贴,可以展现我们独有的阳光四溢的地中海式热情;但他们是温柔的,无私的温柔,心地温柔,身体温柔,没有一丝悲伤或恶意的温柔,孩子般的温柔,不带讥讽或羞耻。我对他们的感觉令我羞愧。这有可能就是天堂,就像我幻想的那样。我住的那家破旅馆有个二十四岁的夜班职员，戴着无边便帽，看着形形色色的人来来去去。他盯着我看，我也回望他。他有一张女孩儿般的脸，看起来像个男孩子气的女孩。美国运通公司柜台里的女孩盯着我看，我也回看她。她看起来像女孩子气的男孩，因此就是个男孩。每次我盯着那些年轻人瞧，无论男女，他们都会咯咯发笑。就连领事馆里能说流利米兰话的女孩，以及每天早上在同一时间跟我等同一班巴士的大学生，都盯着我看，我也回望他们。这些凝视是否有我所以为的那个意思？因为无论喜欢与否，等你明白过来，全人类都操着同样野蛮的语言。"

第二轮的格拉巴酒和森布卡茴香酒也送上来了。

"我想跟全泰国的人睡个遍。结果，全泰国都在跟我调情。你每走一步都难免跟跄倒向某个人。"

"来，喝一口格拉巴酒，告诉我这不是女巫变出来的。"书店老板插嘴道。诗人让侍者再为他倒一杯。这次他慢慢啜饮。"福斯塔夫"则是一口喝干。"真了不起女子"咕咚咕咚地喝下了肚。奥利弗呱巴嘴。诗人说格拉巴酒让人又年轻起来了。"我喜欢在夜里来点格拉巴酒，它为我注入活力。可是你啊……"这时他看着我，"你不会懂的。在你这个年纪，天晓得，活力是你最不需要的。"

他看着我喝酒。"感觉到了吗？"

"感觉到什么？"我问。

"活力充沛。"

我又喝了一大口。"没什么感觉。"

"没什么感觉。"他重复一次，一脸困惑和失望。

"那是因为在他这个年纪，他有的就是活力。"露西娅补充说。

"没错，你的'注入活力'只适用于那些缺乏活力的人。"

诗人："在曼谷不难获得活力。有个温暖的晚上，我在旅馆房间里，还以为自己就要发疯了。可能是因为寂寞，或是外面的人声，或魔鬼作祟，我就是在这时想起了圣克莱门特。有一种感觉向我袭来，难以定义又捉摸不定，有点兴奋，有点想家，像有什么事会发生。你游历到一个地方，是因为你曾设想过那里，而且想要跟整个国家都产生联系。接着你发现你和那儿土生土长的人没有任何交集。你并不理解那些你一直假定全人类共有的基本信号。你认定一切都是错误，一切都是你的想象而已。接着你发掘得更深一点，发现尽管你的怀疑是合理的，但还是想要这一切，却不确定你到底想从他们身上得到什么，或他们似乎想从你身上得到什么。因为到头来，他们可能也那样看着你。但你告诉自己，这全是幻想。因为所有这些一触即发的信号快让你发疯，于是你准备收拾行李回罗马。但接下来，像走出地下秘密通道，你豁然开朗，发现他们跟你一样，也拼了命地渴望着你。最糟的是，尽管你经验丰富，懂得反讽，能克服自己的羞怯，却依然觉得动弹不得。我不懂他们的语言，不懂他们的内心表达，甚至不明白我自己的。我觉得到处都隔着纱：在我想要的、我不知道我想要的、我不想知道我想要的和我始终知道我想要的之间……这若非奇迹，就是地狱。

"就像每个让我们留下终生难忘印记的经验，我感到自己被掏空，被肢解了。这是我过去生命经历的总和。还有，周日下午边唱歌边为家人朋友炒青菜，是我没错；在冰冷的夜晚醒来，只想匆忙披上长袖运动衫赶到书桌前，写下不为人知的自己，是我没错；渴望与另一个人一起赤身裸体，或渴望遗世独立，是我没错；当我的每个部分似乎都天差地别，但它们又都发誓自己能承载我的名字，是我没错。

"我称之为圣克莱门特症候群。如今，圣克莱门特教堂就建立在过去受迫害的基督徒的避难所的所在地。罗马执政官革利免[1]的寓所在尼禄[2]统治期间被焚毁。废墟旁，在一个巨大的、如洞穴般的拱顶地下室里，罗马人盖了一座地下异教徒神殿，来供奉"光明之神""世界之光"密特拉[3]，而在密特拉的神殿上，早期的基督徒又盖了一座教堂，来供奉另一位革利免，也就是教宗圣克莱门特[4]——这是不是巧合，还要再进一步发掘。教宗圣克莱门特的教堂上，后来又盖了一座教堂，在这座教堂也被焚毁后，如今，这里矗立着圣克莱门特教堂。再挖掘下去就没完没了。像潜意识，像爱，像记忆，像时间本身，像我们每一个个体一样，教堂盖在后来修复的废墟上，没有岩石地基，没有最初，也没有终结，只有层层废墟、秘密通道和环环相扣的房间，比如基督徒的地下墓穴，还有犹太人的地下墓穴。

"不过，尼采也说了：吾友，在说故事之前，我已经先把道德寓意告诉了你。"

"阿尔弗雷多，亲爱的，拜托，长话短说。"

餐厅经理猜到我们还不打算离开，因此又给大家倒了格拉巴酒和森布卡酒。

"在我觉得自己快失去理智的那个温暖的夜，我坐在下榻的那家破旅馆的破酒吧里，除了戴着奇怪无边便帽的夜班职员之外，还有谁

---

[1] 革利免（Titus Flavius Clemens，150—约215）：基督教神学家、基督教早期教父，亚历山大学派代表人物。为了与同名的教宗圣克莱门特一世相区分，常被称作"亚历山大的革利免"，后者则被称作"罗马的革利免"。

[2] 尼禄（Nero，37—68）：罗马暴君，即位时未满十七岁，早年实施仁政，后来实施了一连串暴政，以焚烧罗马城、迫害基督徒而恶名昭彰。

[3] 密特拉（Mithras）：原为印度、伊朗古代神话中的光明之神，后经波斯传到希腊世界。到三、四世纪，对密特拉的崇拜得到罗马军人的传播与支持，成为发展中的新宗教基督教的主要对手。

[4] 教宗圣克莱门特（Pope St.Clement）：指教宗克莱门特一世，于88—99年间任教宗，罗马天主教的传统一般认为他是第四任教宗，也是基督教早期的使徒教父之一。

会坐在我旁边的桌子那里?'下班了?'我问。'下班了。'他回答。'那你怎么不回家?'

"'我住这里。睡前喝一杯而已。'

"我盯着他看。他也盯着我瞧。

"毫不耽搁,他一手握着酒杯,一手拿起酒壶。我以为我打扰、冒犯到他了,他想独处,想换到离我远一点的桌子去,奇怪的是,他却往我这桌过来,坐在我正对面。'想试试这个吗?'他问。'当然,有何不可。'我想,在罗马的时候,在泰国的时候……当然,我听过各种故事,所以或许眼下也有可疑和令人不快的地方,不过我们还是凑合凑合吧。

"他打了个响指,不由分说地替我点了一小杯。说到做到。

"'喝一口。'

"'我不太想。'我说。

"'喝一口就是了。'他替我倒了一点,也给自己倒了一点。

"那酒相当好喝。玻璃杯还没我祖母补袜子用的顶针大。

"'再喝一口——再确定自己要不要喝。'

"我也干了这杯。毫不费力。有点像格拉巴酒,只是比较烈,但没那么酸。同时,夜班职员一直盯着我看。我不喜欢被别人这样用力地盯着看。他的那一瞥几乎让人受不了。我几乎察觉到有人要开始咯咯笑起来。

"'你一直盯着我看。'我总算说出来了。

"'我知道。'

"'为什么盯着我看?'

"他靠向我这边的桌子说:'因为我喜欢你。'

"'听着——'我发话说。

177

"'再来一杯。'他给自己倒了一杯,也给我倒了一杯。

"'我这么说好了,我不是……'可是他不让我说完。

"'所以更应该再喝一杯。'

"我心里边开始发出红色预警。他们把你灌醉,把你带向某地,将你洗劫一空,当你向没少接受窃贼行贿的警察申诉时,他们会对你做各种指控,而且还有照片佐证。另一层忧虑扫过我的心:如果点酒的人喝染色茶假装酒醉,那酒吧账单会是天文数字。最老套的诡计。我是怎么了?又不是无知小孩。

"'我想我没什么兴趣。拜托,我们这就……'

"'再来一杯。'他微笑。

"我正打算重复我那老套的说辞拒绝,却听到他说'再来一杯'。我几乎快要笑出来。

"他看我笑,不在乎我为什么笑,只在乎我笑了。这时他给自己倒了一杯。

"'听着,朋友,希望你别误以为我会付这些酒的钱。'作为小布尔乔亚的我,总算说出了口。我很清楚这种装模作样的周到,到头来总是要占外国人便宜。

"'我没要你付酒钱。或者说,也不会要你付钱给我。'

"讽刺的是,他不觉得被冒犯了。他一定早料到这样,而且肯定做过上百万次——说不定这就是他的工作。

"'来,再来一杯……敬友谊。'

"'友谊?'

"'你不必怕我。'

"'我可不会跟你亲热。'

"'或许你不愿意,或许你愿意,夜还不深,我也还没放弃。'

"这时,他摘掉帽子,放下头发,我无法理解,这么一大堆头发竟然能盘起来塞在这么小的无边便帽里。他是女的。

"'失望吗?'

"'不,正好相反。'

"纤细的手腕,害羞的气质,天底下最柔软的肌肤,似乎要溢出眼眶的柔情,脸上没有那种老江湖会有的幸灾乐祸,而是发自内心地允诺着床笫之事的温柔和忠贞。我失望吗?或许吧——因为那一瞬间的刺激已经消散。

"她伸手碰我的脸颊,停在那里,好像是要抚去我的错愕与惊讶。'好些了吗?'

"我点头。

"'你需要再来一杯。'

"'你也是。'我说,这次是我为她倒了一杯酒。

"我问她为什么故意误导大家,让人以为她是男的?我以为她会说'这样工作比较安全',或者更潇洒点,例如'为了这样的时刻'。

"接着是一阵傻笑,这次是真的,仿佛她刚刚完成一个恶作剧,却对结果没有一丝不快或惊讶。'但我是男人。'她说。

"她点了点头,不理会我的讶异,仿佛点头本身就是恶作剧的一部分。

"'你是男人?'我问,失望的程度不亚于发现'她'是女人的时候。

"'恐怕是的。'

"他两肘撑着桌面,身体往前倾,鼻尖几乎碰到我的鼻子,说道:'我非常、非常喜欢你,阿尔弗雷多先生。你也非常、非常喜欢我——美妙的事情是,我们彼此都知道。'

"我盯着他(或'她',天晓得)打量。'再来一杯吧。'我说。

"'我正打算这么提议。'我顽皮的朋友说。

"'你希望我是男人还是女人?'她(他)问,仿佛我能够逆转一个人的性别。

"我不知道该怎么回答。我想说,'我希望你只是一段插曲'。所以我说:'我希望你都是,或介于两者之间。'

"他似乎大吃一惊。

"'真调皮,真调皮。'他说,仿佛那晚他第一次真的因为我的放荡被吓到了。

"当她站起来走进盥洗室时,我注意到她穿着连衣裙和高跟鞋。我忍不住盯着她最美的脚踝上最美的肌肤一直看。

"她知道她已经再度俘获我,便开始发自内心地傻笑。

"'帮我看着我的钱包好吗?'她问。她一定察觉,如果不要求我替她看着东西,我可能就会买单离开酒吧。

"简而言之,这就是我所谓的圣克莱门特症候群。"

掌声响起,而且是充满深情的掌声。我们不仅喜欢这个故事,而且喜欢这个讲故事的人。

"Evviva il sindromo di San Clemente!"[1] "真了不起女子"说。

"'症候群'这个词不是阳性的,而是阴性的,应该用 la sindrome。"坐在她旁边的人更正道。

"Evviva la sindrome di San Clemente!"某个显然很想引人注目的人高呼着。他很晚才到,而且以标准的罗马方言对餐厅老板大喊借过,以此来跟同伴报到。大家早就开始用餐了。他说他在米尔维奥桥附近转错弯,接着就找不到餐厅了……结果他错过了前面两道菜。这时他

---

[1] 意大利语,意为"圣克莱门特症候群万岁"。

坐在桌子的最末端，他和他从书店载来的那些人只吃到了店里仅剩的奶酪。此外，每个人还有两份水果馅饼，因为就只剩这些了。他用酒来弥补错过的食物。不过诗人关于圣克莱门特的演讲，他倒是大部分都听到了。

"我认为所有这些关于圣克莱门特的闲话，"他说，"都相当有魅力，我倾向于一种信念，那就是，生活有时足够仁慈，能够给予我们有效的隐喻来帮助我们看清自己是谁，渴望什么，又要去往何方。可是隐喻是一回事，生活又是另一回事。或许，圣克莱门特并非真正的隐喻，而泰国才是——不过，或许是我错了，我喝太多了。"

"Evviva!"[1] 阿曼达打断他，向晚来者敬酒，拼命想让他闭嘴。

"Evviva!" 其他人也举杯庆祝。

"最好再写一本诗集——而且要快点。""真了不起女子"说。

有人提议去离餐厅不远的一家冰激凌店。不要，不要冰激凌吧，我们去喝咖啡。我们都挤上车，沿着隆古特佛列河滨路（Lungotevere），往万神殿去。

在车上，我非常开心。但我一直在想，圣克莱门特教堂与我们度过的这个夜晚多么相似：事件环环相扣，直至完全难以预料，就当你以为这个循环已经终结时，又有新的事情发生，之后，再有其他事发生，直到你意识到自己能够如此轻易地回到起点，也就是古罗马中心，而事实上我们正前往那里。一天前，我们在月光下游泳。此刻我们却在这里。再过几天他就不在了。如果他一年后能回来多好。我悄悄伸出一只手臂搂着奥利弗，一边靠着阿达，睡着了。

---

[1] 意大利语，意为"万岁"。

一票人到达鹿角咖啡馆[1]时,已经过了凌晨一点。每个人都点了咖啡。我以为我理解大家为何在鹿角咖啡馆附近宣誓,或许我想要自以为自己理解了,可我不确定。我甚至不确定自己是否喜欢那样。或许其他人也不喜欢,却觉得有义务从众,宣称自己不宣誓就活不下去。一大群喝咖啡的人在这家著名的咖啡馆附近站着或坐着。我很爱观察这些着装轻盈的人,他们离我那么近,而且有个共通点:爱这个夜晚,爱这座城市,爱这里的人,热切地渴望着同行——与谁都可以。爱任何事物,只要它能阻止一同来到这里的小群体解散。喝过咖啡之后,就在我们这群人考虑着散场时,有人说:"不行,我们还不能说再见。"有人提议到附近的一家酒吧,那儿有罗马最棒的啤酒。有何不可?所以我们穿过一条狭长的边巷,往鲜花广场走去。露西娅走在我和诗人中间。跟两姐妹聊天的奥利弗跟在我们后面。"福斯塔夫"跟"真了不起女子"交上了朋友,闲聊着圣克莱门特。"多么棒的人生隐喻啊!""真了不起女子"说。"拜托!没必要太极端,把这个也克莱门特化,把那个也克莱门特化。那只是言语的象征,你也知道。""福斯塔夫"说,他或许受够了他的教子今晚出尽风头。我注意到阿达独自走着,便往回走,去牵她的手。她一身白衣,晒黑的皮肤有一种光泽,让我想碰触她身上的每一寸肌肤。我们没说话。我听见她的高跟鞋轻敲石板路的声音。黑暗中,她看起来像幽灵。

我希望这段路没有尽头。这条安静荒凉的巷子很黑,巷子里古老的有凹痕的鹅卵石,在潮湿的空气里闪闪发亮,仿佛古代搬运工在起程回家之前,无意洒落了双耳细颈罐里黏稠的液体。所有人都离开了

---

[1] 鹿角咖啡馆(Caffè Sant'Eustachio):位于万神殿附近,因其斜对面的教堂顶端有鹿角而得名。——编注

罗马。这座历经沧桑的空城,现在只属于我们,属于这位用意象塑造罗马的诗人,即便只有今夜。今晚的闷热不会消散。我们原本可以绕着圈子走来走去,不过没有人知道,也没有人介意。

我们漫步在灯火稀疏、恍若无人迷宫的街道上时,我很好奇所有关于圣克莱门特的闲谈跟我们有什么关系——我们如何穿越时间,时间又如何穿越我们;我们如何改变,不断变化着,再回归原样。人会逐渐老去,可能最终只学会了这一点。那是诗人的教训,我猜。差不多一个月之后,当我再度造访罗马,今晚与奥利弗共游此地的事显得毫不真实,仿佛发生在一个完全不同的我身上。那个三年前因为杂货铺帮手提议带我去一家廉价电影院(那家电影院因里面所干的勾当出名)而萌生的愿望,在从今天开始的三个月之后,也变得如同三年前一样,未曾实现。他到来。他离去。其他什么都没改变。我没改变,世界没改变。但一切都将不同,剩下的只有梦和奇怪的回忆。

我们抵达时,酒吧就要打烊了。"我们两点打烊。""嗯,我们还有时间喝几杯。"奥利弗想要一杯马提尼,美国的马提尼。多好的主意啊,诗人说。"我也要。"另一个人插话道。一台大型点唱机正在播一首我们听了一整个七月的夏季流行歌。一听到"马提尼"三个字,"福斯塔夫"和出版商也点了。"嘿,掌柜的!""福斯塔夫"大喊。侍者说我们只能点葡萄酒或啤酒,调酒师今晚提早走了,他的母亲因为去了医院病重又被送进医院了。侍者的话颠三倒四,惹得大家都忍不住笑了。奥利弗问他马提尼的价钱。侍者朝收银小姐大声问,收银小姐告诉了他。"我们知道怎么调自己想要的酒。由我来调酒,你们照定价收费,如何?"

侍者和收银小姐有些迟疑。老板早就离开了。收银小姐说:"为什么不呢?如果你知道怎么调的话,faccia pure[1]。"

一阵掌声为奥利弗响起,他从容地走到吧台后,一会儿工夫,他往杜松子酒和少许苦艾酒里加入冰块之后,开始用力摇晃调酒器。吧台旁的小冰箱里没有橄榄。收银小姐走过来看看,拿出一碗。"喏!"她直视奥利弗的脸说,意思好像是:就在你眼前啊——你找过吗?还要什么?"多疯狂的一夜啊。或许我能恣意你喝一杯我调制的马提尼。再多喝一杯也无妨。调一小杯吧。""要我教你吗?"

接着他开始解释不加冰块的干马提尼的复杂细微之处。他不介意在酒吧伙计的协助之下担任调酒师。

"你在哪里学的?"我问。

"鸡尾酒入门课。多亏哈佛。大学期间,每个周末我都靠当调酒师来赚钱。接着我当上了主厨,然后开始承接筵席业务。只有扑克牌是摆脱不了的习惯。"

他的大学时代——每次他提及——就会拥有万众瞩目、闪闪发亮的魔力,仿佛那些都属于另一段人生,已成过往,而我无缘参与。关于其存在的证据正细细流淌着,像现在这样,流淌在他的调酒能力中,或品尝出鲜为人知的格拉巴酒的能力中,或在对所有女人的交谈中,或从世界各地寄到我家来署名给他的神秘信封中。

我从未嫉妒他拥有过去,也未因此感受到威胁。他人生的这些面向拥有神秘的特质,在我出生前很久,就频繁到访我父亲的生命,但是它们持续流淌着,与今天也产生了共鸣。我不嫉妒先于我而存在的生命,也不渴望回到他正当我这个年纪的时光。

我们现在至少有十五个人,大伙儿占据其中一张乡村风格的大粗

---

[1] 意大利语,意为"请便"。

木桌。侍者又一次通知打烊。十分钟不到,其他客人就都离开了。侍者把金属门往下拉,因为已经到了打烊时间。点唱机插头立刻被拔掉。如果大家继续聊天,我们可能会在这里待到天亮。

"我吓着你了吗?"诗人问。

"我?"我问,不确定为什么这么多人围在桌边,他却偏偏问我。

露西娅盯着我们看。"阿尔弗雷多,我恐怕他比你更了解堕落的年轻人。而且是完全放荡的那一种。"她摸着我的脸颊(至此这已是她惯有的动作),慢条斯理地说。

"这首诗关于一件事,而且只关于一件事。""真了不起女子"说。

"'圣克莱门特'其实谈到四件事——至少、至少!"诗人反驳道。

第三次通知打烊。

书店老板制止侍者:"听我说……何不让我们继续留在这里?结束后我们会送这位小姐去坐出租车。而且我们会付钱。再让我们喝一轮马提尼?"

"随你们便,"侍者脱下围裙,他对我们绝望了,"我要回家了。"

奥利弗走向我,要我弹几首曲子。

"你想听什么?"我问。

"什么都好。"

这将是我对此生最美好的一夜表达感谢的方式。我啜了一口我的第二杯马提尼,感觉自己就像爵士乐钢琴师一样颓废——嗑烟、酗酒,会像电影结局那样被发现死在排水沟里。

我本来想弹勃拉姆斯,但直觉告诉我该弹点安静而让人沉思的曲子。所以我弹了一段能让我安静、沉思的《哥德堡变奏曲》。人群中传出一声叹息,我感到欣慰,因为我只能用这种方式回报这不可思议的一夜。

有人要我弹点别的，我提议弹勃拉姆斯的随想曲。他们都同意这是个好主意，直到我着了魔，弹了起始的几个小节之后，突然弹起意大利小歌谣。其中的对比让他们很惊讶，大家唱了起来，尽管声音并不和谐，因为每个人唱的都是他们各自所了解的意大利小歌谣。到了副歌部分，我们约好一起唱同样的歌词，那是傍晚时我和奥利弗听那个扮演但丁的街头艺人吟诵过的。人人浑然忘我，有人要我再弹一首，我就又弹了一首。罗马的小歌谣[1]通常歌词粗俗、旋律轻快，不是那不勒斯那种撕心裂肺的曲调。弹完第三首之后，我看了看奥利弗，说我想出去呼吸一点新鲜空气。

"怎么了？他不舒服吗？"诗人问奥利弗。

"没有，只是需要透透气。请你们先别走。"

收银小姐弯下腰来，单手抬起卷帘门。我从收拢一半的卷帘门下钻出去，霎时感觉到无人小巷吹来一阵清新的风。"我们走走好吗？"我问奥利弗。

我们顺着暗巷散步，正如但丁作品里的两个游魂，一个年轻，一个年长。天气依旧炎热，我看见街灯的光芒照在奥利弗额头上。我们往鸦雀无声的小巷深处走，然后拐进另一条小巷，仿佛被拽入了虚幻又闷热的精灵巷弄，这些巷弄似乎引领着我们在恍惚又惊讶的状态下进入了一个别样的地下王国。我只能听见小巷里的猫叫和附近流水飞溅的声音。可能是大理石喷泉，或罗马多到数不清、随处可见的市设fontanelle[2]。"水……"我气喘吁吁地说，"马提尼不适合我，我醉得很厉害。"

---

1 小歌谣（stornello）：流行于市井的结构简单的意大利民歌。
2 意大利语，意为"饮水泉"。

"你根本不该喝。你喝了威士忌,接着是葡萄酒、格拉巴酒,现在又喝了杜松子酒。"

"完全够培养今晚的'性'致了。"

他窃笑说:"你看起来脸色苍白。"

"我好像快吐了。"

"最好的解药就是吐出来。"

"怎么做?"

"弯腰,然后把手往嘴巴里伸。"

我摇摇头。绝对不干。

我们在人行道上找到一个垃圾箱。"吐在里面。"

我通常都会抗拒呕吐这件事。现在却是因为太丢脸,所以做不出这么幼稚的举动。在他面前吐也令我不自在。我甚至不确定阿曼达有没有跟来。

"来,弯腰,我会扶住你的头。"

我拒绝。"很快就好。真的。"

"张开你的嘴。"

我张开嘴。他一碰到我的小舌,我还搞不清状况就吐了。

但有人扶着我的头,令人感到多么安慰啊。在别人吐的时候扶着他的头,又是多么无私的勇气。我能够为他做同样的事吗?

"我想我吐完了。"我说。

"我们看还有没有。"

果然,又吐了一次,吐出更多今晚的食物和饮料。

"你豌豆都不嚼的吗?"他笑着问我。

我多么喜欢他这样取笑我啊。

"只希望我没弄脏你的鞋。"我说。

"这不是鞋,是凉鞋。"

我们俩差点大笑起来。

我看看四周,发现我吐的地方紧邻帕斯奎诺雕像[1]。在罗马最受敬的讽刺作家正前方呕吐,多像我的作风。

"我发誓,里面有连咬都没咬过,原本可以拿去给印度小孩吃的豌豆喔。"

笑得更大声了。我用喷泉里的水洗脸、漱口。

扮演但丁的街头艺人再次出现在我们正前方。他摘了帽子,黑色的长发散开来。穿着那身服装,他肯定早就汗流浃背了吧。这时他正和扮演纳芙蒂蒂王后[2]的人吵架,"纳芙蒂蒂"也摘下面具,头发因为汗水而缠在一起。"今晚我会去拿我的东西,晚安,离开你真是可喜可贺。""彼此彼此,vaffanculo[3]!""e poi t'inculo!"[4] "纳芙蒂蒂"边说边朝"但丁"丢了一把硬币,他躲开,不过还是有一枚打中了他的脸。"哎哟!"他尖声叫道。我一度以为他们会打起来。

我们沿着另一条同样黑暗、荒凉却闪着光的小巷回去,接着走到圣玛利亚灵魂之母堂。我们的上方是一盏微亮的嵌于街角古旧小屋墙壁上的街灯。从前,那里装的可能是煤气灯。我停下来,他也停下来。"在我生命中最美好的一天,我竟然吐了。"他没在听。他把我按到墙上,开始吻我,胯部顶着我,双臂向上,几乎让我离开地面。我闭着眼睛,

---

1 帕斯奎诺雕像(Pasquino):这尊雕像可追溯至公元前三世纪,十六世纪时开始被贴讽刺诗文以批评教宗或政府,后成风俗,故被称为罗马第一座"会说话的雕像"。目前安置在纳沃纳广场附近。——编注

2 纳芙蒂蒂王后(Queen Nefertiti,公元前1370—公元前1330):古埃及第十八王朝国王阿肯纳顿(Ikhnaton, ?—公元前1336/公元前1334)的王后。

3 意大利语,意为"我干"。

4 意大利语,意为"干你自己吧"。

但我知道,他曾经为了察看四周有没有人经过而停止吻我。我不想看。让他去担心吧。接着我们再度接吻。然后,虽然我闭着眼睛,但我确实听到两个人的声音,是老人家,他们愤愤不平地咕哝着,说要仔细看看这两个家伙,惊叹着从前哪会看到这一幕场景。但我不理他们。我不担心。如果他不担心,我也不担心。就让我这样度过余生:跟他一起,在夜晚,在罗马,紧闭双眼,一条腿环绕着他。我考虑几星期或几个月后再度回到这里——因为这里是我们的天地。

我们回到酒吧,却发现大家都离开了。当时应该已是凌晨三点,甚至更晚。除了极少的车辆经过之外,市区一片死寂。后来我们不小心走到了位于万神殿旁、一向人潮拥挤的罗通达广场(Piazza Rotonda),那里此刻也是异乎寻常地空荡荡,只有几个拖着巨大背包的旅人、醉汉和平常就有的毒贩。奥利弗拦下街头小贩,替我买了一杯柠檬苏打。苦苦的柠檬味很清爽,让我觉得舒服多了。他还买了一杯苦橙汁和一块西瓜。他要分我吃一口,可是我吃不下。多美妙啊,在这样湿热的夜晚,拿着柠檬苏打,有人搂着我,微醺地走在罗马闪闪发亮的鹅卵石路上。我们向左转,往菲波广场(Piazza Febo)走,突然,不知从哪里传来了吉他声。我们走近,发觉那人唱的不是摇滚乐,而是很老、很老的那不勒斯歌谣《明亮的窗户》。我花了好一会儿才听出来。接着我想起来了。

多年前,我还是个小男孩时,马法尔达教过我这首歌。这是她的摇篮曲。我对那不勒斯几乎一无所知,除了马法尔达夫妇说过的事,以及随父母去过几次之外,我从来没接触过那不勒斯人。但这首悲歌的片段,激起我对逝去的爱、对我生命中以及我祖辈生命中丢失之物浓浓的怀旧之情,这情感让我回忆起像马法尔达的祖先那样单纯的老百姓，他们贫穷、忧郁的世界，在老那不勒斯的 vicoli[1] 里苦恼匆忙地生活。此刻我想一字一句地与奥利弗分享他们的记忆，仿佛他也像马法尔达、曼弗雷迪、安喀斯和我一样，都是异乡港市遇见的南方同乡，能够立刻明白何以这首古老的歌谣，如同以几乎失去生命的语言为死者作的古老祷词，会让那些连一个音节也听不懂的人热泪盈眶。

这首歌让他想起以色列国歌，他说，或许是受到了《莫尔道河》[2]的启发？想了想，也可能出自贝里尼歌剧《梦游女》[3]中的咏叹调。温暖，但还是不对，我说，虽然这首歌常被归为贝里尼的作品。我们正在克莱门特化，他说。

我把歌词从那不勒斯语译成标准的意大利语，再译成英语。这首歌讲述了一个年轻人经过爱人窗前，却听到她的姐姐说，爱人娜娜已经死了。曾经鲜花盛放的嘴里，只有虫儿探出头来。再会，窗户，因为我的娜娜再也无法往外看了。

当晚一个似乎落单且醉意颇浓的德国游客，听到我把歌翻译成英文，便往我们这边走来，用结结巴巴的英语问我，能不能好心把歌词也译成德语。回旅馆的路上，我教奥利弗和那个德国人怎么唱副歌，我们三个一次又一次地重复，声音在狭窄潮湿的罗马巷弄里回荡。

我们都各自胡乱唱着属于自己的那不勒斯语。最后，我们在纳沃纳广场向那个德国人道别。回旅馆的路上，奥利弗和我又开始轻声唱起副歌：

---

[1] 意大利语，意为"小巷弄"。

[2] 《莫尔道河》（*Moldau*）：斯美塔那所作交响诗《我的祖国》（*Má Vlast*）中最有名的一段。

[3] 《梦游女》（*Sonnambula*）：由贝里尼谱曲的两幕歌剧，于1831年在米兰首次公演。

Chiagneva sempe ca durmeva sola,

mo dorme co'li muorte accompagnata.[1]

如今已过多年,我依然觉得自己的耳畔回响着,两个年轻人在即将破晓的时候,用那不勒斯语唱这些字句的声音。他们在古罗马昏暗的巷子里相拥,一次一次吻着彼此,不知道那是他们能够亲热的最后一夜。

"明天我们去圣克莱门特吧。"我说。

"已经是明天了。"他回答。

---

1 意大利语,意为"她总因独眠而哭泣,/此刻她与亡者同寝"。

第四章 魂牵梦萦处

安喀斯正在车站等我。当火车沿着海湾缓缓转弯，放慢速度，几乎擦过高大的丝柏树时，我一眼就认出他来。我喜欢这些丝柏树，我总是能通过它们预见午后三四点时波光粼粼的海。我拉下窗户，让风吹拂我的脸，瞥见我们家笨重的汽车就在很远的前方。抵达 B 城总是令我开心。让我想起每个学年结束在六月初抵达这里的心情。风、暑气、闪亮的灰色站台（配以一战后就永久关闭的古旧的站长小屋）、死寂，在这段荒芜却被珍爱的时间里，这一切共同拼凑出我最喜欢的季节。夏天正要开始，仿佛事情还没发生，考前最后一分钟死记的东西仍然在我脑子里嗡嗡作响。这是我今年第一次看见这片海。奥利弗，是谁？

火车停了几秒，让五名乘客下车，而后隆隆作响，响起液压引擎巨大的呜呜声。就像停车一样简单，列车又轰隆轰隆驶离车站，一节接一节滑行离开。这里再度变得鸦雀无声。

我在干燥的木质悬臂梁下站了一会儿。这里的所有地方，包括木板小屋,散发着一股强烈的气味,混杂着汽油、柏油、剥落的油漆和一股尿骚味。

还有永远不变的乌鸫、松树、蝉。

夏天。

我很少想到即将到来的学年。但此时我感谢炎热的天气带来强烈的夏日气息,让我觉得开学仿佛仍然是好几个月以后的事。

在我抵达的几分钟内,开往罗马的快车嗖地驶入反向的轨道——那班火车一向准时。三天前,我们搭的正是这一班车。我想起当时我边向窗外看边想:再过几天你就会回来,你将是一个人,你会恨透了那感觉,所以千万别让任何东西乘虚而入。要警醒。我预演过失去他的处境,不只是为了提前一点一点地接受,好抵挡痛苦,也像迷信的人那样,想看看如果我愿意接受最糟的状况,命运会不会减轻摧毁的力度。我像为打夜战而受训的士兵,生活在黑暗中,以免黑暗骤降,无法看清周遭。预演痛苦来抑制痛苦。依循顺势疗法的道理。

那么,再来一次。海湾的景观:确认。

松树的气味:确认。

站长的小屋:确认。

远方山丘风景,让我回想起骑车回 B 城时,加速骑下山坡,差点撞上吉卜赛女孩的那个早上:确认。

尿骚味、汽油、柏油、瓷釉的气味:确认、确认、确认再确认。

安喀斯一把抓住我的背包,说要帮我拿,我让他别这么做;背包的设计,就是专门给背包的主人背的。他还没搞清所以然,就把背包还给我了。

他问我欧里法先生是否离开了。

是的,今天早上。

"真令人难过啊。"他说。

"是啊,有一点。"

"Anche a me duole."[1]

我避开他的目光。我不想刺激他再说什么,甚至提起这个话题。

我一到家,母亲就想知道这趟旅行的细节。我告诉她没做什么特别的事,只是参观了卡皮托山[2]、博尔盖塞别墅[3]、圣克莱门特教堂。除此之外,就是到处走。看了许多喷泉。晚上去了许多奇妙的地方。吃了两顿晚餐。"晚餐?"母亲以一种轻描淡写的、"看我说的没错吧"的得意语气问。"跟谁?""一些人。""什么人?""作家、出版商、奥利弗的朋友。我们每天晚上都熬通宵。""还不满十八岁,已经开始过甜蜜的生活[4]了呢。"马法尔达酸溜溜地挖苦道。母亲也同意。

"我们已经帮你把房间恢复原状了。你应该也想回到自己的房间吧。"

我立刻觉得悲愤交集。谁给她们这么做的权利?无论是一起或分别,她们这么做,显然是为了窥探。

我知道我终究得回到我原来的房间,但我希望有更慢、更长的过渡期,再回归到奥利弗来之前的样子。我曾经想象自己躺在床上,挣扎着鼓起勇气走到他房间,却没料到马法尔达已经换掉他的床单——我们的床单。还好那天早上,在确定我们停留罗马期间,他一直穿着那件宽衬

---

1 意大利语,意为"我也感到伤心"。

2 卡皮托山:当地人称卡比托利欧(Campidoglio),为罗马七座山丘中最小的一座。这里曾经是古罗马的政治与宗教中心,有许多重要景点,包括米开朗琪罗设计的卡比托广场、罗马市政府、朱庇特神庙等。朱庇特神庙曾经是罗马世界的中心,这座山丘和这座神庙象征着罗马"世界之首"的地位,连"首都"(capital)一词都源于这个地名。

3 博尔盖塞别墅(Villa Borghese):1605年为教皇庇护五世的侄子波格泽枢机主教(Cardinal Scipione Borghese,1577—1633)设计的别墅和公园。

4 甜蜜的生活(La Dolce Vita):指奢华、自我放纵的生活方式。因费里尼(Federico Fellini,1920—1993)的同名电影而广为人知。

衫时，我再次要求他把那件"大波浪"给我。我把衬衫放进旅馆房间的塑料洗衣袋里，很可能下半辈子都要把它藏在别人窥探不到的地方。有些晚上，我把"大波浪"从袋子里拿出来，确认没沾染到塑料或我衣服的味道，然后抱着它，将两只长袖围在身上，在黑暗中低声呼唤他的名字。欧里法、欧里法、欧里法——那是奥利弗模仿马法尔达和安喀斯的古怪腔调，以他的名字呼唤我的声音；那也是我在以他的名字呼唤他，希望他也能以我的名字呼唤我，我愿意代替他唤自己的名字，回应他：埃利奥、埃利奥、埃利奥。

为了避免从阳台进入我的卧房，又发现他已不在，于是我走室内楼梯上楼。我打开我房间的门，把背包丢在地上，扑到温暖的、晒得到阳光的床上。谢天谢地。她们没洗床罩。我突然很高兴自己回来了。我说不定转眼间就能睡着，忘记大波浪衬衫和那股气味，以及奥利弗的一切。谁能抗拒在地中海日照地区的午后两三点睡上一觉？

筋疲力尽的我，决定下午晚一点拿出乐谱，从中断的小节处继续改编海顿。不然，我就去网球场，坐在一张温暖的长凳上晒太阳（这么做铁定让我幸福到全身颤抖），看看谁有空跟我比赛。随时都有人的。

我这辈子从未如此平静地欢迎睡意的到来。要哀悼有的是时间，我想。它会悄悄来到，它一向如此，而且也没有任何从轻发落的可能。预期哀伤，好缓和哀伤——明知我是这门技艺的头号实践者，我仍告诉自己，那是微不足道又怯懦的做法。如果它来势汹汹怎么办？如果它来了又不肯松手怎么办？停驻不去的哀伤，像那些夜晚对他的渴望所带来的影响，似乎有什么根本的东西从我的生命中遗失，从我的身体中消失，以致现在失去他，就像失去一只手，你可以在房间里的每张照片里看到那只手，少了这只手，你就不可能再是你。你失去它，就像你一直知道你会失去那样，甚至做好了准备；但你无法让自己忍受这份失去。希望自己别去想它，祈祷不要梦到它，然而伤痛依旧。

接着，一个奇怪的念头攫住我：如果我的身体（仅仅是我的身体和我的心）喊着要他的身体怎么办？到时该如何是好？

如果在夜里，除非我有他在我身边，在我体内，否则我一人无法承受时该怎么办？到时又如何？

在痛苦前，思考痛苦的意义。

我知道我在做什么。即使在睡梦中，我也知道我在做什么。一再地为自己打预防针——你终究会这样毁掉一切——鬼鬼祟祟又狡猾的男孩，那就是你，鬼鬼祟祟、薄情又狡猾的男孩。我对内心的这个声音保持微笑。太阳照在我身上，我对太阳的爱，有着近乎异教徒对大地万物的爱。异教徒，那就是你。我从来不知道自己有多爱这片大地，多爱太阳，多爱海——人、事物甚至艺术似乎都是其次。或者我在自欺？

下午三四点，我意识到我正在享受睡眠，而不只是在睡梦中寻求庇护。睡眠中的睡眠，就像梦中梦，再也没有比这更美妙的了，一种近乎极致幸福的美妙情感笼罩着我。这天一定是星期三，我想。这天也确实是星期三，因为刀具打磨师傅正在我们的庭院里开工，开始打磨家里每一片刀刃，一旁的马法尔达总会跟他聊天，在他用磨刀石磨刀时，替他拿着一杯柠檬汁。齿轮在午后三四点的暑气中，发出噼里啪啦和嘶嘶作响的刺耳摩擦声，将幸福的声波送进我卧房来。我一直无法对自己承认，奥利弗把那颗桃子吞下去的那天，我有多快乐。当然我很感动，但我也受宠若惊，仿佛他的举动已经表明：我身体里的每个细胞都相信，你身体里的每个细胞绝不会也永远不会死，如果非死不可，那让它死在我的身体里吧。通往阳台的那扇门半开着，他从外面拉开门闩走进来（那天我们都不怎么想说话）；他没问能不能进来。我该怎么办？难道要说不准他进来？就在那一瞬，我举起手臂迎接他，告诉他我消气了,而且再也不生气了,绝对不会,然后让他掀开被单爬上我的床。这时,我一听到夹杂着磨刀石声的蝉鸣,就知道自己可以醒来,或继续睡,两者都好。做梦或睡觉,都一样,我会任选一种或两种都做。

我醒来时已将近五点钟。我不想打网球,也完全不想没有改编的海顿。该去游泳了,我想。

我穿上泳裤走下楼。维米尼坐在她家旁边的矮墙上。

"你为什么要去游泳?"

"不知道。我就是想。要不要一起来?"

"今天不行。他们强迫我,如果想待在外面就一定得戴这顶蠢帽子。我看起来好像墨西哥强盗。"

"维米尼,如果我去游泳,你要做什么?"

"看你游泳。除非你能扶我爬到一块礁石上,那我就坐在那里,弄湿我的脚,继续戴我的帽子。"

"那我们走吧。"

你从来不必请维米尼伸出手。她总会自然而然地伸出手来,就像盲人自然而然地挎着你的手肘那样。"只是别走太快。"她说。

我们走下楼梯。到礁岩那里,我找到她最喜欢的那块礁石,坐在她身边。这是她和奥利弗最喜欢的地方。这块礁石很温暖,我好爱下午的太阳照在皮肤上的感觉。"真高兴我回来了。"我说。

"你在罗马玩得开心吗?"

我点头。

"我们想念你。"

"我们指谁?"

"我。马尔齐亚。前几天她来找过你。"

"啊。"我说。

"我告诉她你去哪里了。"

"啊。"我又来了一句。

我感觉到这个孩子正仔细观察我的脸。"我想,她知道你没有那么喜欢她。"

争论这件事没有意义。

"所以呢?"我问。

"没什么。我只是替她难过。我说你走得很匆忙。"

维米尼显然颇为自己的机巧沾沾自喜。

"她相信你吗?"

"我觉得她相信。那不算谎话,你知道的。"

"什么意思?"

"就是,你们俩是不告而别的。"

"你说得没错,我们是不告而别的。我们这么做没有什么特别的意思。"

"噢,我不在乎你。但是我在乎他。非常在乎。"

"为什么?"

"为什么,埃利奥?你必须原谅我这么说,但是你从来就不是太聪明。"

我花了好一会儿才理解她这句话的意思。然后恍然大悟。

"我可能再也见不到他了。"我说。

"不,你还是有可能。我可就不一定了。"

我感觉到喉咙发紧,只好把她留在礁石上,慢慢进入水里。如我所料。那天晚上我会盯着水看,会有那么一瞬间忘记他已经不在这里,忘记已经没有理由回头往阳台上看,尽管他的形象还没完全消失。然而,不到几小时前，他的身体和我的身体……现在他可能已经在飞机上吃过第二餐，准备降落在肯尼迪机场。我知道他在菲乌米奇诺机场盥洗室里最后一次吻我时，充满了悲伤。尽管在飞机上，饮料和电影能转移他的注意力，可是一旦只身在纽约的房间里，他也会再度感到伤心。我讨厌去想他会感到伤心，我知道他也讨厌看我在我们的卧房里伤心，那个卧房又太快变回我的房间。

有人往礁石这儿走来。我试着想点什么事好驱散悲伤，却想到一个讽刺的事实：我和维米尼的年龄差距，与我和奥利弗的正好相同。七岁。相差七岁，我想了又想，突然感觉到喉咙里有什么快要爆裂。我潜入水里。

晚餐后电话铃响了。奥利弗已平安抵达。对，在纽约。对，同样的公寓，同样的人，同样的噪音——很不幸，同样的音乐从窗外飘进来——你现在都能听得到。他把听筒伸出窗外，让我们感受一下纽约的西班牙韵味。114街，他说。要出去跟朋友吃晚餐。我的父母在起居室分别用不同的电话与他通话。我用的是厨房的电话。这里吗？嗯，你也知道啊。跟平常一样的晚餐宾客。刚走。对，这里也非常、非常热。父亲希望这对创作很有帮助。"这"指的是？跟我们一起住啊，父亲解释道。我这辈子最棒的事。如果可能，我想背件衬衫，外加一件泳裤和一支牙刷，跳上同一班飞机回去。大家都笑了。我们敞开双臂欢迎，亲爱的。玩笑的话，你来我往。"你知道我们家的传统，"母亲解释道，"你一定要常常回来，即使只待几天。""即使只待几天"的意思真的就只是几天而已——但她是真心的，奥利弗知道。"Allora ciao, Oliver, e a presto."[1] 她说。父亲大致重复了相同的话，然后补上一句："那么，

---

[1] 意大利语，意为"那拜拜了，奥利弗，希望很快再见到你"。

我让埃利奥跟你聊喽。"我听到两个电话分机挂上的咔嗒声,这表示没有其他人在线了。父亲多么圆融啊。但突如其来的独处的自由,跨越了类似时间障碍的东西,令我呆住了。他旅途还顺利吗?顺利。他讨厌今天的晚饭吗?讨厌。他想我吗?我没有问题可问了,原本应该想出比拿更多问题轰炸他更好的方法。"你想什么呢?"他的回答模棱两可——他怕有人不小心拿起听筒?维米尼向你问好。非常沮丧。我明天会出门替她买东西,然后用快递寄给她。只要我活着,就不会忘记罗马。我也是。你喜欢你的房间吗?还算喜欢。窗户面对嘈杂的院子,从来没有一丝阳光,几乎再也没法放下什么东西了,以前不知道自己有这么多书,现在床也太小了。希望我们能在那个房间重新开始,我说。一起在傍晚时探出窗外,肩膀蹭肩膀,就像我们在罗马时那样——我的一生,天天如此,我说。我也是。带着衬衫、牙刷和乐谱,我就能飞过去,所以不要诱惑我。我从你房间带走一样东西,他说。是什么?你绝对猜不到。是什么?自己找找看。然后我说了——那并非我想对他说的话,然而沉默重重压迫着我们,这是停顿时刻最容易偷偷传递的东西。至少我说出口了:我不想失去你。我们会通信。我会从邮局打电话给你——那样比较隐秘。我们谈到圣诞节,甚至谈到感恩节。好,圣诞节。在这之前,他的世界和我的世界之间的距离,原本似乎比不上基娅拉曾经从他肩上撕起的那块皮的厚度,然而此时他的世界却飘到数光年之外,如此遥远。圣诞节前可能都没关系。让我最后一次听听你窗外的嘈杂声。我听到尖锐而急促的声音。让我听听你那时发出的声音……一阵模糊、羞怯的声音——因为屋里有其他人,他说。我们都笑了。朋友正在等我一起出门。我希望他没打这通电话来。原本我想再听他呼唤我的名字。既然我们分隔这么远,我本来想问他和基娅拉之间究竟怎么了。我也忘了问他把红色泳裤放在了哪里。或许他忘记要给我,所以带走了。

通过电话之后,我先回房间看看,他有可能带走了什么能让他想起我的东西。我看到墙上有一块空白处,尚未发黄。愿上帝保佑他。他带走了一张可追溯至1905年前后的配框老式明信片,上面印着莫奈的崖径。那是我们早先一位美国夏季住客两年前在巴黎跳蚤市场淘到的,然后把它当作纪念品寄给了我。褪色的明信片最初是在1914年寄出的——背面有仓促手写的深褐色潦草德文,收件人是位英国医生,旁边有那位美国学生自己用黑色墨水写给我的问候语:"有朝一日请想我。"那张照片会让奥利弗想起我第一次大胆说出真心话的那个早上;或我们骑车经过崖径却假装丝毫未察觉的那天;或我们决定在那里野餐,发誓不碰彼此,以便下午能更好地享受床上时光的那天。我希望他把那张明信片永远放在他眼前,一辈子,放在他的书桌前,床前,每个地方。钉在你去的每个地方。

谜底在当晚的睡梦中解开了,一如前例。之前我从来没意识到,然而这件事显然已经存在整整两年。那个送我明信片的人叫梅纳德。某天下午一两点,他必定知道大伙儿都去休息了,就来敲我的窗户,问我有没有黑色墨水,说他的用完了,而他只用黑色墨水,他知道我也是。他走进来。只穿一件泳裤的我走到书桌前,把墨水瓶拿给他。他盯着我看,尴尬地站了一会儿,然后接过瓶子。当天傍晚,他把墨水瓶放在我阳台门口正前方。换作其他人,应该会再次敲门,把墨水瓶交还给我。当时我十五岁。但我不会拒绝他。我曾经在我们的某次谈话中,将山丘上最令我心仪的地方告诉了他。

奥利弗拿走他送的明信片,我才想起他。

吃过晚餐后一会儿,我看见父亲坐在早餐桌的老位子上。他把椅子转向大海,腿上放着新书的校样。他喝着通常喝的甘菊茶,享受着夜晚。他的身旁放了三大根香茅蜡烛。蚊子今晚来势汹汹。我下楼，跟他同坐。我们总是在这个时候一起坐坐，但过去这个月我冷落他了。

"跟我说说罗马的事吧。"他一看我打算坐在他身边就开口说。这也是今天他抽自己的最后一支烟的时刻。他有点厌烦似的把手稿丢到一边，透露着"现在我们要进入精彩部分了"的急切感，然后继续像恶作剧似的，用其中一根香茅蜡烛点烟。"怎么样？"

没什么好说的。我重复跟母亲说过的话：旅馆、卡皮托山、博尔盖塞别墅、圣克莱门特教堂和餐厅。

"吃得好吗？"

我点头。

"喝得好吗？"

再点头。

"做的事情你祖父会赞同吗？"我笑了。不，这次不一样。我告诉他在帕斯奎诺雕像附近发生的事。"好主意，在会说话的雕像前吐！"

"看电影了吗？去听音乐会了吗？"

我汗毛直竖，怕他可能在不自觉的情况下，把话题导向某处。我意识到这一点，是因为当他不断提出一些旁敲侧击的问题时，甚至在即将降临在我们生命中的事情真的发生之前，我就开始感觉到自己在不断地回避他的问题。我提到罗马的广场总是那么肮脏破败。炎热的天气、混乱的交通和四处可见的修女。某某教堂关闭了。到处都是破瓦残砾。草率的修缮。我还抱怨了那里的人和旅客，还有让无数带照相机、戴棒球帽的人上上下下的小型公交车。

"去看了我跟你提过的私人内院？"

我们没能去参观他提到的私人内院。

"替我向布鲁诺[1]的雕像致敬了吗?"他问。

当然。那天晚上差点也在那儿吐了。

我们大笑。

短暂的停顿。他又抽了一口烟。

此刻。

"你们拥有美好的友谊。"

这比我预想过的任何说法都大胆许多。

"对。"我回答,试着让我的"对"悬在半空中,仿佛被暂时蹿出头、但终究会被力压的反方预赛优胜者刺激得情绪高涨一样。我只希望他还没听出我声音里的些微敌意、回避和似乎很疲倦的"对",所以呢?

但我也希望他能听出我答案里没说出口的"对,所以呢",然后抓住这个机会骂我一顿,就像他常常因为我对那些完全自认为是我朋友的人表现出的无情、冷漠和太过苛责的态度,而训斥我一样。接着他或许还会加上一段陈词滥调,说什么友谊多么难得,还有,即使相处过一段时间发现不好相处的人,多数还是要保持善意,而且人人都有优点可以分享。没有人是孤岛,不能自绝于他人之外,人们彼此需要,等等,一堆空话。

但我猜错了。

"你太聪明,不可能不了解,你们之间所拥有的情谊,是多么稀有、多么特别。"

"奥利弗只是他自己而已。"我说,就像是在下结论。

---

[1] 乔尔丹诺·布鲁诺(Giordano Bruno,1548—1600):意大利哲学家、天文学家、数学家和神秘主义者。他最引人注目的是无限宇宙与多重世界理论,是现代科学的先驱。最后因宣扬异端学说的罪名被教皇处死。

"Parce que c'était lui, parce que c'était moi."[1] 父亲引用的，是蒙田针对他与博埃西[2]之间的友谊所作的概括。

但我想的却是艾米莉·勃朗特的话：因为"他比我更像我自己"。

"奥利弗或许非常聪明……"我的声调不太真诚地提高了一些，再度宣告我们之间有一个该死的"可是"无形地悬在那里。现在什么都好，只求父亲别再引我继续走这条路。

"聪明？他不只是聪明而已。你们俩之间拥有的一切都跟聪明有关，也都无关。他很善良，你们俩都很幸运能找到彼此，因为你也很善良。"

父亲从来没有这样谈过善良。我因此卸除了防备。

"我觉得他人比我好，爸爸。"

"我想他对你也有同样的评价，这会让你们都感到受宠若惊。"

他往烟灰缸倾身，弹了弹烟灰，伸手摸了摸我的手。

"接下来这段时间会很艰难。"他调整了声音，开始说。他的语气告诉我：我们不必讲出来，不过也别假装听不懂我说什么。

用抽象的方式表达，是向他道出真相的唯一方式。

"别害怕。该来的总会来。至少我希望如此。而且会在你最意想不到的时候到来。天性自有其狡猾之处，能够发现我们最脆弱的地方。只要记得：我在这里。现在你可能什么都不想去感受。或许你从来都不希望去感受什么。或许我也不是你想倾诉这些事的对象。但是，去感受你所感受到的东西吧。"

我看着他。这时候我应该说谎，告诉他，他完全搞错了。我正打

---

[1] 法语，意为"因为是他，因为是我"。

[2] 博埃西（Étienne de La Boétie, 1530—1563）：法国法官、政治哲学家、作家，蒙田好友。

算这么做。

他打断我:"听着,你有一段美好的友谊。或许超越友谊。我羡慕你。从我的角度来说,大多数父母都会希望这样的事就此烟消云散,或祈求自己的儿子快点重新站起来。但我不是这样的父母。从你的角度来说,如果感到痛苦,就去抚慰,如果有火焰,不要扑灭,也不要残忍地对待。当退缩让我们整夜难眠时,它可能就会是个非常糟糕的选择,但眼见别人在我们愿意被遗忘以前先忘了我们,也好不到哪里去。为了以远超我们所需的速度被疗愈,我们从自己身上剥夺了太多东西,以致不到三十岁就枯竭了。每次重新开始一段感情,我们能付出的东西就会变得更少。为了不要有感觉而不去感觉,多么浪费啊!"

我张口结舌,很难接受这一切。

"我说了不该说的话吗?"他问。

我摇摇头。

"那再让我讲一件事。这么做能够扫除我们之间的芥蒂。我或许曾经很接近,却从来没拥有过你所拥有的。总是有什么东西在制止或阻挠我。你怎么过日子是你自己的事。可是切记,我们的心灵和身体是绝无仅有的。许多人活得好像自己有两个人生,一个是模型,另一个是成品,甚至还有介于两者之间的各种版本。但你只有一个人生,而在你终于领悟以前,你的心已经疲倦了。至于你的身体,总有一天没人要再看它,更没有人愿意接近。现在的我觉得很遗憾。我不羡慕痛苦本身。但我羡慕你会痛。"

他倒吸了一口气。

"我们可能再也不会谈起这件事,但我希望你不要因为今晚我们的谈话而对我有成见。如果有一天,你想跟我聊聊,却觉得门是关上的,或者敞得不够开,那我将是一个糟糕的父亲。"

我想问他是怎么知道的。但他怎么可能不知道？怎么可能有人不知道？"母亲知道吗？"我问。我本来是要用起疑心这个词。"我觉得她不知道。"他的话中之话指：即使她知道，我相信她的态度应该与我无异。

我们互道晚安。上楼时我发誓有一天一定要问他有关他人生的事。我们都听说过他年轻时交往过几个女人，对其他事情却一无所知。

我的父亲是另一个人吗？如果他是另一个人，那我是谁？

奥利弗信守承诺。就在圣诞之前，他回来了，并一直待到新年。起初他因为时差的关系累得不得了。他需要时间，我想。但我也是。他和我父母一起消磨了许多时间，然后是和维米尼——她因为觉得两人的关系完全没变而狂喜不已。我则害怕我们会不知不觉又回到最初，除了在院子里讲些客套话之外，回避和冷漠才是常态。他的电话怎么没让我为此做好心理准备？我是那个该为我们友谊的新进程而负责的人吗？我的父母说了什么吗？他是为了我才回来的吗？或者是为了他们？为了这栋房子？为了逃离？他是为了他的书回来的。他的书已经在英国、法国和德国出版，现在总算要在意大利推出。那是一本典雅的书，我们都为他高兴，包括B城的书店老板，他答应明年夏天要为奥利弗办一场新书发布会。"或许吧，到时候再说。"我们骑自行车路过短暂停留时，奥利弗对老板说。这个季节，冰激凌小贩不营业。我们第一次离开崖径时（就是他给我看他的擦伤多么严重的那次），曾经逗留过的花店和药房也关门了。那些事都已经属于上辈子了。这个小镇空荡荡的，天空是灰色的。有一晚他和父亲长谈。他们很可能在讨论我，谈论我上大学的前景，或过去这个夏天，或他的新书。他们打开门的时候,我听到楼下过道有笑声传来,母亲吻了他。过了一会儿,有人敲我卧房的门,而不是落地窗——那么,那个入口就要永远封闭了。"想聊聊吗?"我已经在床上了。他穿了一件长袖运动衫,像是要出门散步的打扮。他坐在我的床边,我一定看上去很紧张,就像这个房间还属于他时,他第一次坐在我床边时那样。"今年春天我可能会结婚。"他说。我惊讶得说不出话。"可是你从来没提过。""嗯,已经断断续续交往两年多了。""我觉得这是天大的好消息。"我说。有人结婚总是天大的好消息,我为他们高兴,结婚很好,我脸上灿烂的笑容也够真实,即使不久之后我会明白,这个消息对我们来说绝不是个好预兆。我介意吗?他问。"你在装傻。"我说。漫长的沉默。"你现在要到床上来吗?"我问。他小心翼翼地看着我。"就一会儿。不过我什么都不想做。"这句话听起来像是"再说吧,或许吧"的修正更新版。所以我们又回到原来的状态了?我有一种模仿他的冲动,却克制住了。他穿着长袖运动衫,躺在我身边的毛毯上。除了乐福鞋,什么都没脱。"你觉得这会持续多久?"他挖苦地问道。"不久吧,我希望。"他吻我的嘴,但不像在帕斯奎诺雕像后面,他用力把我压在圣玛利亚灵魂之母堂墙上时的那种吻。我立刻认出那种味道。我从来没意识到我有多喜欢这个味道或想念它多久了。在我永远失去他之前,为我的难忘事物清单再多记录一项。我正要钻出毛毯,他突然说:"我不能这么做。"他说,然后突然变换姿势。"我可以。"我回答。"对,但是我不能。"我的眼神必定冰冷如刃,因为他突然明白我有多愤怒。"我最想做的是脱掉你的衣服,至少抱抱你。可是我不能。"我伸出双臂抱住他的头。"那你或许不该留下来。他们知道我们的事了。""我猜到了。"他说。"怎么猜到的?""从你父亲的讲话方式。你很幸运。要是我老爸,一定送我去管教所。"我看着他:我还想要一个吻。

我本来应该,或许可以,抓住他的。

次日早上,我们的关系正式变得冷淡。

但那星期确实发生了一件小事。午餐过后我们坐在起居室里喝咖啡,这时父亲拿出一个牛皮纸大活页夹,里面塞了六份申请书,还有每位申请者的证件照。明年夏天的候选人。父亲想听听奥利弗的意见,接着他把活页夹传给母亲、我及一位偕同妻子来午餐的教授,也是父亲的大学同事——他去年也曾经为相同的理由来过。"我的后继者。"奥利弗边说边挑出一位优于其他人的申请者传给大家看。父亲本能地朝我这儿飞快瞥了一眼,然后立刻收回他的目光。

将近一年前,也发生过一模一样的事。梅纳德的后继者帕维尔在圣诞节来访,看过档案之后,他强烈推荐一位来自芝加哥的学者——事实上,他们很熟。帕维尔和屋里其他人都对一位在哥伦比亚大学执教,(什么不好研究)竟然专攻前苏格拉底学派[1]的年轻博士后研究员没什么兴趣。我花了很长的时间看他的照片,然后因为自己没感觉而松了一口气。

现在回想起来,我完全确定,我们之间的一切,早在圣诞假期那时,已经在这个房间里开始了。

"我就是这样被选上的吗?"他带着一种诚恳、笨拙、率直问道,那种坦率总是能卸下母亲的心防。

"当时我希望是你。"后来那天傍晚,在曼弗雷迪载他去车站前几分钟,我帮他把东西装上车时,告诉他:"是我让他们选你的。"

---

[1] 前苏格拉底学派(Pre-Socratics):指未受苏格拉底(Socrates,公元前470—公元前399)影响的早期希腊哲学家。这样的分类方法可以上溯至亚里士多德(Aristotle,公元前384—公元前322),他认为苏格拉底特别强调人道主义以及伦理问题,可视为哲学史的转折点。相对地,"前苏"哲学家比较强调自然哲学和宇宙论,而非伦理学。

那晚，我快速浏览父亲的柜子，找出装有去年申请书的档案夹。我找到他的照片。敞开的衣领、大波浪衬衫、长头发，带着一点电影明星不情愿被狗仔拍照的架势。怪不得我会盯着这张照片看。但愿我记得整整一年前的那个下午我有什么感觉——满溢的欲望旋即带来欲望的解毒剂：恐惧。真正的奥利弗，和一个接一个每天穿着不同颜色泳裤的奥利弗，或赤裸躺在床上的奥利弗，或斜倚在罗马旅馆窗台前的奥利弗——阻挡在我第一次看见他的快照时，为他描绘的那个不安又困惑的形象之前。

我看着其他申请者的脸。这个也不差。我开始好奇，若换作其他人来，我的人生会有什么转变。我大概就不会去罗马了。但我可能会去其他地方。我可能会对圣克莱门特一无所知。我可能会发现其他我已错过而且再也无从知晓的东西。也可能不会有改变，可能永远不会成为今天的我，可能会成为另一个人。

我想知道另一个人如今已变成谁。他会更快乐吗？我能否浸入他的生活几小时、几天，自己体验看看？不仅是要测试一下另一种人生是否更好，或者估量一下我们的人生如何因为奥利弗而渐行渐远，而且是要深思一下：如果有一天我有机会匆匆与他见上一面，我会对另一个我说什么。我会喜欢他吗？他会喜欢我吗？他或我能理解为什么对方会变成现在这个样子吗？他或我会惊讶地得知，事实上我们都曾分别遇见过这样、那样或男或女的奥利弗吗？而且不管那年夏天谁来跟我们同住，我们依然非常有可能是同一个人吗？

母亲讨厌帕维尔，并且有可能会迫使父亲拒绝帕维尔推荐的任何人选，从而扭转了命运。我们或许是谨慎的犹太人，她说，但这个帕维尔是反犹太主义者，我不准再有任何反犹太主义者踏进我家。

我记得那段对话。那段话也铭刻在他的证件照上。所以他也是犹太人，我想。

接着，我在父亲的书房里做了当晚我一直想做的事。我假装不知道这个叫奥利弗的家伙是谁。这是去年圣诞的事。帕维尔仍在努力说服我们接待他的朋友。夏天尚未到来。奥利弗会搭出租车来。我会帮他拿行李，带他去他的房间，领着他走下通往礁石的阶梯到达海边。如果时间够，我会带他四处参观我们家远至老火车站的地产，然后说说住在悬挂萨伏依王室标志的废弃火车里的吉卜赛人。几周以后，如果我们有时间，我们可能会骑自行车到 B 城。我们会停下来吃茶点。我会向他介绍那家书店。接着我会带他去莫奈的崖径。一切都还没发生。

第二年夏天，我们听说他结婚的消息，我们寄了礼物过去，我在里面加了一小句箴言。夏天来了又去。我常常想告诉他有关他的"后继者"的事，并渲染各种与我共享一个阳台的新邻居的故事。但我什么也没寄给他。我一年后真正寄的唯一一封信，是为了通知他维米尼的死讯。他写信告诉我们他多么难过。当时他在亚洲旅行，所以信寄到的时候，他对维米尼过世的反应，与其说安抚了我们尚未愈合的伤口，不如说更像轻轻擦破了已经愈合的伤口。写信跟他谈维米尼，仿佛正在穿过我们之间最后一座步桥，尤其在我们显然不会再提我们的过往以后，或者，因此，我们甚至连提都不提。如果积极跟所有过往住客都通信的父亲还没告诉他，那么我也会写信跟他说，我即将去美国的哪所大学读书。讽刺的是，奥利弗把回信寄到了我在意大利的住址；这是另一个延误的原因。

接着是几年空白期。如果我用床伴来为自己的人生加标点，如果这些人可以分为"奥利弗之前"与"奥利弗之后"两类，那么人生所能赠予我的最大礼物，便是将这个时间分隔标记往前挪。许多人帮我把人生区分为某人之前与某人之后的两部分，一些人带来欢喜和忧伤，一些人迫使我的人生偏离了原来的轨道，其他人则没有产生任何影响，因此长期如天平支点般隐约出现的奥利弗，最终有很多后继者。这些人或让他失色，或将他降格为一座早期的里程碑，一条不重要的岔路，或是在前往冥王星或更远处的旅程途中一颗炽热的小水星。想不到吧！我可能会说：认识奥利弗的时候，我还没跟某某邂逅呢。但人生少了某某，根本无法想象。

有一年夏天，收到他最后一封信之后九年，我在美国接到父母的来电。"你一定猜不到谁来我们家住了两天。就住在你的旧卧房。而且现在就站在我面前。"我当然早就猜到，却假装猜不出来。"你拒绝说你已经猜到了，其实已经透露了许多事实。" 道别前，父亲窃笑着说，接着父母争论谁该把电话交出去。总算传来他的声音。"埃利奥。"他说。我听见父母和背景中小孩的声音。没有人会这样呼唤我的名字。"埃利奥。"我重复，意思是我在听，也为了点燃我们过去的游戏，证明自己什么都没忘。"我是奥利弗。"他说。他已经忘了。

"他们给我看照片，你没变呐。"他说。他谈起自己的两个儿子，分别是八岁和六岁，此刻正跟我的母亲在起居室里玩。说我应该见见他的妻子，说他很高兴又回到这里。你不明白，不会明白的。那是世界上最美的地方，我说，假装以为他是因为地方而感到快乐。你无法明白我到这里来有多快乐。因为信号的关系，他的话断断续续。他把电话交还给母亲，母亲跟我讲话之前，仍亲切地对他说着话。"Ma s'è tutto commosso."[1] 她最后对我说。"真希望我跟你们大家待在一起。"

---

1 意大利语，意为"他感动得说不出话来呢"。

我回答,为了一个几乎已完全不再想起的人而激动不已。时间让我们变得多愁善感。或许,到头来,令我们受苦的就是时间。

四年后,经过他所在的大学城,我做了件不寻常的事。我决定露面。我坐在他下午授课的讲堂里,下课后,趁他收拾书本、把散落的纸张收回文件夹时,我向他走去。我不会要他猜我是谁,却也不打算让他好过。

有一个学生想问他问题,所以我在旁等候,好不容易那学生总算离开了。"你或许不记得我了。"他略微眯起眼猜想我是谁时,我开口说。他突然变得冷淡,仿佛害怕我们是在他不愿想起的地方认识的。他一脸踌躇、讥讽和质疑,还挂着一抹不自在和不安的微笑,仿佛在预演一场"我恐怕你认错人了"的戏码。接着他停顿了一下。"老天爷——埃利奥!"是我的胡子让他感到困惑,他说。他拥抱我,轻轻拍了几下我毛茸茸的脸,仿佛我甚至比多年前那个夏天还年轻。他拥抱我的方式,是他走进我的房间,告诉我他快要结婚那一晚做不到的。

"多少年了?"

"十五年。昨晚我来这儿的路上数了一下,"接着我补充说,"不是真的啦。我就知道。"

"十五年了。看看你!"

他又说:"嘿!来喝一杯吧。来我家吃晚餐,今晚。见见我太太和儿子们。拜托,拜托,拜托。"

"我很乐意……"

"我得去办公室放东西,然后我们就走。走到停车场的那段路很漂亮。"

"你不明白。我很乐意。可是我没办法。"

"没办法"不是说我没空拜访他,而是我做不到。

他一边继续把文件收进皮包里,一边看着我。

"你一直没有真的原谅我,对不对?"

"原谅?没什么好原谅的。如果有什么,那就是我对一切都很感恩。我只记得好的部分。"

我在电影里听过这种话。那些角色似乎都信以为真。

"那是为什么?"他问。

我们离开教室,走进公共草地,从那儿看得见,东岸秋季漫长慵懒的日落在邻近山丘上投射出一道橘色的光。

我要如何向他或向自己解释,为什么尽管我的每一部分都渴望去他家,拜访他的家人,但我却做不到?奥利弗的妻子。奥利弗的儿子。奥利弗的宠物。奥利弗的书房、书桌、书、世界和生活。我在期待什么?一个拥抱,一个握手,一个例行公事的"欢迎老兄,幸会啊",然后是那句无可避免的"再说吧"?

有可能会见到他的家人,让我惊慌失措——太真实,太突然,太直接了,演练得还不够。过去几年来,我一直把他存放在永恒的过去,视他为过去完成式的恋人,将他冰存,用回忆和樟脑丸填满他,就像在与夜的幽灵交谈的动物标本。我偶尔把他拿出来掸一掸灰尘,再放回壁炉架上。他不再属于尘世或生活。此时我发现,不只是我们选择的路相距有多远,还有即将向我袭来的失落有多大,无非是这些东西而已。我不介意用抽象的术语去思考这份失落,但被盯着看却令人心痛。在我们已经不再想起已经失去的,或许可能也不会再在乎之后很久,怀旧之情仍然令人心痛。

或者我是在嫉妒他的家庭、他为自己成就的人生,还有那些我从未被分享也不可能了解的事物？他渴望过、爱过和失去过的东西，当它们遗失时，他感到崩溃，当他拥有它们时，我却未能在现场见证，并且对它们一无所知。当他得到这些东西的时候，我不在场；当他放弃时，我亦缺席。或者其实更简单？我就是来看看自己对他还有没有感觉，是否仍有感情存在。问题是，我也并不想还有任何感情存在。

这些年来，每次想到他，我就想起 B 城，或我们在罗马的最后几天。一切都能逐渐引向两个场景：附带着痛苦的阳台和圣玛利亚灵魂之母堂前的路（那个他用力把我压在古墙上亲吻，让我用腿环绕他的地方）。每次回罗马，我都会回到那里。对我来说，过去依旧鲜活，依旧回响着完全属于当下的声音，仿佛从爱伦·坡故事里偷来的心仍在古老的石板路下跳动，并且要提醒我，在这里，我终于和适合自己但却无法拥有的人生邂逅了。我永远无法想象奥利弗在新英格兰的生活。我在新英格兰住过一段时间，距离他不过五十英里[1]，却继续想象着他困在意大利某处，不真实而且有如幻影。他住过的地方也同样令人感到单调乏味，每次我一去想这些地方，这些地方就会立刻浮动、漂离，同样不真实有如幻觉。如今，结果却是，不仅新英格兰的城镇生气勃勃，连他也是。多年前，无论他结婚与否，我都会轻易地把自己托付给他——除非，抛开表象，其实我自己才是那个不真实而有如幻影的人。

还是说，我是抱着更为卑微的目的而来？为了发现他独居，在等着我，渴望我带他回 B 城？是啊，我们共用同一副人工呼吸机的生命，正等待着我们最终的相遇和重登皮亚韦河纪念碑的时刻。

接着我这样说道："真相就是我不确定自己是否能毫无所感。如果我要见你的家人，我宁可不要有任何感觉。"接着是突如其来的沉默。

---

1 英美制长度单位，1 英里约为 1.6 公里，50 英里约为 80 公里。

"或许我们之间的事一直没有过去。"

我说的是实话吗?或者因为当时紧张棘手的气氛,让我说出我从来不曾对自己承认,而且仍然无法保证全然是事实的话?"我认为事情还没过去。"我重复道。

"所以。"他说。他的"所以",是唯一能为我的不确定做总结的词语。但或许他也有"所以呢"的意思,仿佛要问,多年后我依然渴望他,这有什么好震惊的。

"所以。"我重复道,仿佛在谈及一个爱小题大做的第三者那反复无常的痛苦和悲哀,只是这个第三者恰巧是我。

"所以,这是你不能来我家喝一杯的理由?"

"所以,这是我不能去你家喝一杯的理由。"

"真是个呆头鹅!"

我完全忘了他的这句口头禅。

我们到了他的办公室。他把我介绍给两三位刚好也在系里的同事,他对我的人生了如指掌,这令我意外。他什么都知道,了解我最近发生的最微不足道的细节。从某些事情看来,他一定是去找了一些只有从网络上才能获取到的信息。这一点令我感动。我曾经想当然地以为他已经完全忘记我了。

"我想给你看一样东西。"他说。他办公室里有张皮质大沙发。奥利弗的沙发,我想。所以,这里是他坐下来读书的地方。文件散落在沙发各处和地板上,只有条纹大理石台灯下的角落座位除外。奥利弗的台灯。我记起在 B 城时,他把床单铺在地板上的样子。"认得吗?"他问。墙上挂着保存不佳的配框彩色湿壁画的复制品,画着留胡须的密特拉像。去圣克莱门特教堂的那个早上,我们各自买了一幅。我已经好久没看过我那一幅了。旁边的墙上挂着印有莫奈崖径的配框明信片。我立刻认了出来。

"这本来是我的，但你拥有它的时间远远超过我。"我们曾经属于彼此，但因为距离如此遥远，所以我们如今已经属于其他人了。对于我们的生命来说，唯有擅自占用者才是真正的债权人。

"关于这张明信片，说来话长。"我说。

"我知道。我拿去重新配框时看过背面的题字，你现在也能看得到背后的字。我常常会想起这个叫梅纳德的家伙。'有朝一日请想我。'"

"他是你的前辈，"我这么取笑他，"不，没那回事。未来你会把它交给谁？"

"我曾经希望哪天我其中一个儿子实习的时候，让他亲自来拿。我已经加上了我的题字，但你不能看。你会在这里逗留吗？"他边穿雨衣，边岔开话题。

"会的，停留一晚。我明天早上在大学跟人有约，然后我就会离开。"

他看着我。我知道他在想圣诞假期的那一晚，他也知道我明白。"所以，你已经原谅我了。"

他抿着嘴，无声地道歉。

"来我的旅馆喝一杯吧。"

我感觉到他的不安。

"我是说喝一杯，不是说上个床。"

他看着我，满脸通红。我盯着他看。他依然帅气得让人惊羡，头发没变少，也没有赘肉，每天早上还是会慢跑，他说。皮肤仍像当年一样光滑。只是手上有些雀斑。雀斑，我想着，无法摆脱这个念头。"这是什么？"我指着他的手，碰了一下。"我全身都有这个。"雀斑。雀斑让我心碎，我想吻去他的每一颗雀斑。"我少不更事时晒了太多太阳。而且，也没什么好惊讶的。我已经上了年纪。再过三年，我的大儿子就跟你当年一样大了。事实上，比起现在的你，他更像我们在一起时我所认识的埃利奥。说来也怪。"

你就是这么称呼那段日子的吗——我们在一起时？

我们在老旧的新英格兰旅馆的酒吧里，找到了一个安静的位置，可以俯瞰河流，还有鲜花盛开的大花园。我们点了两杯马提尼（他特别指定了蓝宝石琴酒），紧挨着坐在马蹄形雅座上，像两个因为妻子去化妆室而被迫局促地坐在一起的丈夫。

"再过八年，我四十七岁，你四十岁。然后再过五年，我五十二岁，你四十五岁。到时候你会来吃晚餐吗？"

"会，我保证。"

"所以你真正的意思是，只有等你老得没办法在乎了才会来。等我的孩子都离开才会来。或者等我已经当了祖父。我似乎能够预见那个晚上，我们会坐在一起，喝烈性的白兰地，就像你父亲过去偶尔会在晚上端出来的格拉巴酒。"

"我们会像小广场上那些面对皮亚韦河纪念碑而坐的老人，谈起两个年轻人在短短几周里，发现了那么多快乐，然后在往后的人生里，将棉花棒浸入那一碗快乐，生怕用完，每逢周年纪念也只敢喝像顶针那么大的一小杯。"但这件几乎未曾发生的事仍然召唤着我。我想告诉他。未来的那两人永远无法抹除、撤销、忘却或重温过去——过去就困在过去，像夏日黄昏将近时原野上的萤火虫，不断在说：你原本可以如此。但回头是错。向前是错。看开是错。努力纠正所有的错，结果同样是错。

他们的人生就像错乱的回音，永远埋藏在封闭的密特拉神殿里。

沉默。

"天哪，罗马的第一夜，晚餐时坐我们对面的人，多么羡慕我们啊，"

他说,"晚餐桌上的每个人,无论男女老少,始终目瞪口呆盯着我们瞧,因为我们是那么快乐。

"在我们变老以后的那个晚上,我们仍然要谈论这两个年轻人,仿佛他们是与我们在火车上邂逅,令我们欣赏而想要给予帮助的陌生人。之所以羡慕,是因为'遗憾'这个词令我们心碎。"

再度沉默。

"或许我还没做好把他们说成陌生人的准备。"我说。

"如果这么说会让你觉得好过一点,我想你我永远都不可能准备好的。"

"我觉得我们应该再来一杯。"

他连需要回家的不充分理由都还来不及提出,就让步了。

我们把客套话扔到一边。他的人生,我的人生,他做过什么,我做过什么,好事,坏事。他想去哪里,我想去哪里。我们避谈我的父母。我假定他知道。他没问,而是暗示我他已经知道。

一个钟头过去了。

"你最美好的时刻是?"他总算打破沉默。

我想了一会儿。

"初夜是我记忆最深刻的,或许是因为我实在太笨手笨脚了。罗马也很棒。圣玛利亚灵魂之母堂前的路上有个地方,我每次到罗马都会再去。我会凝视那儿片刻,瞬间,记忆全部复活。那天晚上我刚吐过,在回酒吧的路上你吻了我。人来人往,但我不在乎,你也是。那个吻仍然铭刻在那里,谢天谢地。那个吻和你的衬衫,是我从你那里得到的一切。"

他回忆着。

"你呢?是什么时候?"

"也是在罗马的时候。在纳沃纳广场唱歌唱到天亮。"

我完全忘了。结果那晚我们不只唱了那不勒斯歌谣。一群来自荷兰的年轻人拿出吉他,一首接一首地唱起披头士的歌,主喷泉旁的人一一加入,我们也是。甚至连"但丁"也再次出现,用他蹩脚的英文跟着唱。"他们曾经为我们唱了小夜曲,对吗?还是这只是我的幻想?"

他困惑地看着我。

"他们的确为你唱了小夜曲。你那时酩酊大醉,还向其中一个人借了吉他开始弹,接着突然唱起歌来。他们都傻眼了。全世界的瘾君子都像绵羊一样乖乖听着亨德尔。"其中一个荷兰女孩情绪失控。你想带她去旅馆。她也想来。多么奇妙的一夜啊。最后我们坐在广场后方一家已经打烊的咖啡馆空荡荡的露台上看日出,就只有你、我和那个女孩,我们通通累瘫在椅子上。

他看着我。"你来,我好高兴。"

"我也很高兴我来了。"

"我可以问你一个问题吗?"

为什么这话突然让我紧张?"说吧。"

"如果可以,你愿意重新开始吗?"

我看着他。"为什么这么问?"

"因为……你回答就是了。"

"如果可以,我愿意重新开始吗?稍等。可是我已经喝两杯这个了,我想再点第三杯。"

他微笑。显然轮到我来问相同的问题,但我不想让他难堪。这是我最喜欢的奥利弗:想法与我如出一辙的他。

"来这里看你,就像昏迷二十年后醒来。你看看四周,发现老婆已经离开你,你完全错过孩子的童年,他们已经长大成人,有些已经结婚了。你的父母早已离世,你没有朋友,那些通过眼镜看你的小脸蛋属于你如假包换的孙子,他来欢迎自己的爷爷从长眠中苏醒。你镜中的脸像瑞普·凡·温克尔[1]一样苍白。可是陷阱就在这里:你仍然比你身边的人年轻二十岁,这是我能够立刻变成二十四岁的原因——我二十四岁。如果你把这个寓言往前推几年,我醒来时可能比我的大儿子还年轻。"

"那么,你会怎样评价你活过的人生?"

"一部分人生——只有一部分——处于昏迷状态,但我宁可称之为平行人生。听起来好一点。问题是大部分人都拥有——换言之,过着——不止两重平行人生。"

或许是酒精,或许是真相,或许我不想把事情变抽象,总之我觉得我必须说出来,因为现在正是说这句话的时候。因为我明白这是我来这儿的原因,为了告诉他:"在我死去的时候,你是我唯一想要道别的人,因为唯有那时,我所谓的'我的人生'才有意义。万一我听到你过世的消息,我所知道的自己的人生,还有这个此刻正在跟你说话的我,将不复存在。有时候我脑中会出现这样可怕的画面:我在我们B城的家醒来,朝海的方向望去,听到海浪传来你已在昨晚过世的消息。我们错过了太多。那就是处于昏迷状态。明天我回到我的昏迷状态,你也回到你的昏迷状态。对不起,我无意冒犯——我相信你的人生里没有昏迷状态。"

"对,平行人生。"

或许我这一生所知道的所有其他的哀伤,突然间都决定与此时的

---

[1] 瑞普·凡·温克尔(Rip Van Winkle):十九世纪美国作家华盛顿·欧文(Washington Irving, 1783—1859)短篇小说《瑞普·凡·温克尔》的主角。故事中,温克尔上山遇到背酒桶的怪老头,他趁机偷喝一口酒,结果昏睡二十年,醒来已人事全非。

悲伤合而为一。我必须将它击退。如果他没察觉,或许是因为他并未对此免疫。

我一时兴起,问他是否读过哈代的小说《意中人》。没有,他没读过。这部小说讲述了一个男人爱上一个女人,这个女人离开他多年以后,死了。他去拜访她家,邂逅了她的女儿,并且爱上了她。后来也失去了她,过了许多年,偶遇她的女儿,然后又是一段风流韵事。"这些事都会自行消逝吗,还是需要几代、几辈子才能理出头绪?"

"我可不希望我儿子跟你亲热,也同样不愿意你儿子(如果你有儿子的话)出现在我儿子床上。"

我们咯咯地笑了起来。"我倒是对我们的父亲很好奇。"

他想了一会儿,然后微笑。

"我可不想收到你儿子捎信来报告坏消息:'对了,随信附上的配框明信片是家父要我交还给你的。'我也不想回这样的话:'你随时可以来,我相信他会希望你住在他的房间。'答应我,不要让这种事发生。"

"我答应你。"

"你在明信片后面写了什么?"

"那将会是个惊喜。"

"我已经老得不适合惊喜了。况且,惊喜总是伴随着刻意伤人的利刃。我不想被伤害——不想被你伤害。告诉我吧。"

"只有两个词。"

"我猜猜看:回头不做,更待何时?"

"两个词,我说了。况且,那太残忍了。"

我想了一会儿。

"我放弃。"

"Cor cordium。这是我此生对别人说过的最真实的话。"

我凝视着他。

幸好我们在公共场所。

"我们该走了。"他伸手去拿折好的放在座位旁的雨衣,准备站起来。

我打算陪他走到旅馆大厅外,然后站在那里目送他离开。我们随时就会道别。霎时,我生命的一部分就要被带走,再也不会归还。

"我送你去开车吧。"我说。

"来吃晚餐吧。"

"就当我去过了吧。"

天黑得很快。我喜欢乡间的平和与宁静,逐渐暗淡的染山云霞,逐渐褪色的河畔风光。奥利弗的乡间,我想。对岸斑斑点点的灯光照在水面上,让我想起凡·高的《罗讷河上的星夜》。非常秋天,非常新学年,非常秋老虎,秋老虎时的黄昏一向如此,夏天未竟的工作、未完成的作业,以及夏天永远还剩几个月的幻觉,全混在一起,久久徘徊,此刻太阳一下山,它们就自己消磨殆尽了。

我试着想象他的幸福家庭:两个男孩专心写作业,或在傍晚球队练习之后踏着沉重的步伐回来,当然,还有沾满泥巴的鞋子,急躁的砰砰的走路声,一个个老套场景飞快掠过我心头。当年我在意大利,就是住在这个人家里,他会这么说;对意大利人或意大利房子毫无兴趣的两个少年会无礼地清清嗓子,但如果这么说肯定会让他们傻眼:喔,对了,这个人当时跟你们差不多大,大部分的时间,他白天都在静静地改编《十字架上的基督临终七言》,晚上却偷偷溜进我房间,我们干到脑汁都流出来了。所以,跟他握握手,好好招待人家。

接着我想起深夜开车回程途中,沿着星光闪耀的河流,来到这间位于海岸线上摇摇欲坠的古旧新英格兰旅馆。我希望这条海岸线让我们俩都想起 B 城的海湾,想起凡·高的星夜,想起我到礁石上与他做伴、吻他脖子的那一夜。还有最后一晚,我们一起走在岸边,感觉我们已经用尽推迟他离开时间的最后奇迹。我想象我在他的车里问自己,天晓得,我是否想要,他是否想要;或许在酒吧里喝一杯睡前酒就能决定。明明知道那一晚整顿晚餐吃下来,他和我担心的恰恰是同一件事:希望事情发生,祈祷事情不发生。或许一杯睡前酒就能决定。我想象他拔去酒瓶瓶塞或换音乐时望向一边的样子,光凭他的表情我就揣摩得出来,因为他同样也了解飞掠过我心头的想法,并且希望我知道他也为同一件事挣扎着。当他为他的妻子、为我和为他自己倒酒时,我们俩终究会明白,他比任何时候的我都更像我自己,因为多年前在床上,在他成为我、我成为他之后,在人生的每条岔路上完成使命许久之后,他会是、也将永远是我的兄弟、我的朋友、我的父亲、我的儿子、我的丈夫、我的恋人和我自己。在那年夏天偶遇的几周,我们的人生几乎未受影响,可是我们却跨越到时间静止、天堂降临人间的彼岸,得到从降生以来神注定要赐给我们的那一份。我们望向一边。除了这件事,我们无所不谈。但我们始终知道,现在什么都不说却更确认了这一点。我们已经找到星星、你和我。而这是仅此一次的恩赐。

去年夏天他总算真的回来了。他要从罗马去芒通,途经这里,只待一晚。他搭出租车沿着林荫车道而来,车子停在和二十年前差不多的地方。他带着笔记本电脑、一个运动粗呢大包和一个用缎带包装好的大盒子(显然是礼物),突然出现。"这是送你母亲的。"他捕捉到我的匆匆一瞥时说道。"最好告诉她里面装了什么,"我帮他把东西放在门厅后立刻说,"她怀疑每个人。"他明白。这事令他伤心。

"老房间?"我问。

"老房间。"他确认道,尽管我们已经通过电子邮件安排好一切。

"那么就住老房间吧。"

我不急着跟他上楼,看见马法尔达和曼弗雷迪一听到他搭出租车抵达,就从厨房里拖着脚步走出来欢迎他,我松了一口气。他们轻佻的拥抱和互吻,安抚了一些只要他在我家住下来我就会有的不自在。我希望他们过度兴奋的欢迎能持续到他在这里的第一个小时里。什么都好,只求能避免我们面对面坐下来喝咖啡,最后说出无可避免的那四个字:二十年了。

我们把他的东西留在门厅,希望曼弗雷迪趁奥利弗和我绕着屋子很快走一圈时,把东西搬上楼。"我相信你一定急着想看吧。"我会这么说,指的是花园、栏杆和海景。我们好不容易走到游泳池后面,回到落地窗边放着旧钢琴的起居室,最后回到门厅,发现他的东西真的被拿上楼了。我可能希望他明白,自从他上次来过之后,一切都没有改变,"天堂的门阶"依然在那儿,通往海边那扇歪斜的门依旧嘎吱作响,世界仍和他离开时一模一样,只是少了维米尼、安喀斯和父亲。这是我想展现出的欢迎。但我也希望他意识到我们现在没必要叙旧。我们在少了彼此陪伴的状况下走过,也经历过太多,彼此已经没有任何共有的底色。或许我希望他感觉到失去的刺痛,以及悲伤。但到头来,或许经由妥协,我断定最简单的办法是表示我什么都没忘。我提议带他去那块仍然和二十年前带他去时一样灼热、一样正在休耕的空地。我还没说完,他就说:"去过了,已完成。"那是他告诉我他也没忘的方式。"或许你宁可赶紧去一趟银行。"他笑出声来,"我敢跟你打赌,他们一直没关掉我的账户。""如果有时间,而且你愿意的话,我带你去钟塔。我知道你从来没上去过。"

"死也要看?"

我冲他笑了笑。他记得我们给钟塔取的名字。

当我们来到能够俯瞰辽阔的蓝色大海的院子时,我站在他身旁,看着他倚着栏杆眺望海湾。

属于他的那块礁石就在我们脚下,那是他晚上独坐,以及和维米尼一起消磨整个下午的地方。

"她如果还在,现在已经三十岁了。"他说。

"我知道。"

"她每天都写信给我。每一天。"

他凝视着他们的天地。我记得他们是如何一起手牵手,一路往下蹦蹦跳跳到海边的。

"然后有一天她不再写,我就知道了。我就是知道。我把她的信全留着。"

我若有所失地望着他。

"我也留着你的。"为了让我安心,他立刻补充说,尽管含糊,而且不知道这是不是我想听的话。

轮到我了。"我也保留着你所有的信。其他东西也是。我可以拿给你看,或者再说吧。"

他不记得大波浪衬衫了吗?或者他太谦虚、太谨慎,以致不想表现出他完全知道我在说什么?他再度凝视远处的海面。

他来得正是时候。没有一抹云彩,没有一圈涟漪,没有一丝风。"我都忘了我多爱这个地方了。但这里跟我记得的一模一样。中午的这里是天堂。"

我让他继续说。看着他的目光飘进遥远的海面,真好啊。或许他也想避免面对面相视。

"安喀斯呢？"他总算问道。

"癌症把他从我们身边夺走了，太可怜了。过去我以为他很老。结果他连五十岁都不到。"

"他也很爱这里，我也记得他和他的嫁接法，还有果园。"

"他是在我祖父的卧房里过世的。"

再度沉默。我本来要说"我的"旧房间，却改了主意。

"回到这里，你高兴吗？"

他比我早看穿我的问题。

"我回来，你高兴吗？"他回嘴。

我看着他，感觉防备已经卸得差不多了，不过，没有被威胁的感觉。就像容易脸红却不引以为耻的人，我知道我不该压抑这种感觉，让自己被左右。

"你知道我很高兴。或许，还有点过了头呢。"

"我也是。"

这句话说明了一切。

"来，我带你看看我们埋葬父亲部分骨灰的地方。"

我们从后面的楼梯间下楼，走进花园，到过去摆早餐桌的地方。"这个地方属于我的父亲。我称之为父亲的魂牵梦萦处。如果你记得的话，以前那边属于我。"我指着泳池边过去摆着我的桌子的地方。

"这里有属于我的地方吗？"他半咧着嘴笑问。

"一直都有。"

我想告诉他，游泳池、花园、房子、网球场、"天堂的门阶"……

所有地方，将永远是他的魂牵梦萦处。然而，我却指了指楼上他房间的落地窗。我本来想说：你的眼睛永远在那里，困在轻薄窗的帘子里，从楼上我的那间近来已无人入住的卧房望出去。微风吹拂、窗帘飘飞的时候，我从这里往上看，或站在阳台外，我发现自己以为你在里面，正从你的世界望向我的世界，如同我发现你坐在礁石上那晚一般地告诉我："我在这里很快乐。"你人在数千里外，但我一看到这扇窗，就想起一条泳裤、一件匆忙披上的衬衫和倚在栏杆上的手臂，然后你突然出现，点上当天的第一支烟——那是二十年前的今天。只要这栋房子还在，这都将会是你的魂牵梦萦处——也是我的。我本来想这么说。

我们伫立片刻。我和父亲曾经在这里讨论过奥利弗。现在则是他和我在谈论父亲。明天，我将回想这一刻，让他们缺席的灵魂在薄暮时分游荡。

"我知道他会乐见这样的事发生，尤其是在如此绚丽的夏日。"

"我相信他会的。你把他的其他骨灰埋在了哪里？"他问。

"喔，撒向了四方。哈得孙河、爱琴海和死海。但这里才是我来与他做伴的地方。"

他什么都没说。没什么要说的。

"来，在你改变主意之前，我带你去圣贾科莫。"我最后说，"午餐前还有点时间。记得路吗？"

"我记得路。"

"你记得路啊。"我附和他说。

他看着我微笑。我感到欢欣鼓舞。或许是因为我知道他在嘲笑我。

二十年恍如隔日，昨天只比今天早上早了一点，然而早上却似乎有几光年那么远。

"我和你一样，"他说，"我什么都记得。"

暂停片刻。我想说：如果你什么都记得，如果你真的和我一样，那么在你明天离开以前，或即将关上出租车门的瞬间，当你已经向其他每个人都告别，此生已再无其他的话可说时，那么，就这一次，请转身面对我，即使用开玩笑的口吻，或当作事后无意间想起。当我们在一起时，这对我来说可能极为重要。就像你过去所做的那样，看着我的脸，与我四目相视，以你的名字呼唤我。

图书在版编目（CIP）数据

夏日终曲 /（美）安德烈·艾席蒙（Andre Aciman）著；吴妍蓉译. —— 北京：外语教学与研究出版社，2018.1（2025.2 重印）
ISBN 978-7-5135-9825-5

Ⅰ. ①夏… Ⅱ. ①安… ②吴… Ⅲ. ①长篇小说 - 美国 - 现代 Ⅳ. ①I712.45

中国版本图书馆 CIP 数据核字 (2018) 第 018684 号

出 版 人	王 芳
策 划 人	陆皎清
出版统筹	张 颖
特约编辑	曹雪峰
责任编辑	陈 宇
责任校对	姜霁淞
装帧设计	赵 瑾
出版发行	外语教学与研究出版社
社 址	北京市西三环北路 19 号（100089）
网 址	https://www.fltrp.com
印 刷	山东临沂新华印刷物流集团有限责任公司
开 本	880×1230 1/32
印 张	7.5
版 次	2018 年 2 月第 1 版 2025 年 2 月第 29 次印刷
书 号	ISBN 978-7-5135-9825-5
定 价	39.90 元

如有图书采购需求，图书内容或印刷装订等问题，侵权、盗版书籍等线索，请拨打以下电话或关注官方服务号：
客服电话：400 898 7008
官方服务号：微信搜索并关注公众号"外研社官方服务号"
外研社购书网址：https://fltrp.tmall.com

物料号：298250001

记载人类文明
沟通世界文化
www.fltrp.com

Copyright © 2007 by André Aciman
All rights reserved including the rights of reproduction
in whole or in part in any form.
本书中文简体字版权 © 2017 上海雅众文化传播有限公司

*本书中文简体字专有出版权、封面图片使用权由上海雅众文化传播有限公司独家所有，
非经本公司同意不得连载、摘编、复制或传播，否则本公司将追究相关法律责任。